Abbi Glines

Because of Lila – Füreinander bestimmt

PIPER

Zu diesem Buch

Lila Kate Carter hat das Leben im beschaulichen Rosemary Beach satt. Schon lange rumort es in ihr. Sie will nicht mehr das perfekte Mädchen von nebenan sein, das zu allen nett ist und es jedem recht macht. Als ihre große heimliche Liebe, der stadtbekannte Playboy Cruz Kerrington, ihr dann auch noch vorwirft, gefühlskalt zu sein, platzt ihr der Kragen. Sie will einen Schlussstrich unter ihr bisheriges Leben ziehen und irgendwo neu anfangen – ohne ihre dummen Gefühle für Cruz. Als sie in Sea Breeze ankommt, lernt sie in einer Bar den gut aussehenden Eli Hardy kennen, mit dem sie einen heißen One-Night-Stand erlebt. Es bleibt aber nicht dabei, und die beiden kommen sich immer näher, bis Cruz aus heiterem Himmel in Sea Breeze auftaucht und Lila plötzlich zu einer Spritztour nach New Orleans einlädt …

Abbi Glines, 1977 in Birmingham (Alabama) geboren, steht für die ganz großen Gefühle. Mit ihren »New Adult«-Romanen gelang ihr der internationale Durchbruch, und auf die Frage, wie viele Bücher sie insgesamt geschrieben hat, hält die Bestsellerautorin meist kurz inne und beginnt, an ihren Fingern abzuzählen. Wenn sie nicht gerade schreibt, liest sie, schleicht sich ins Kino und hört sich die alltäglichen Dramen ihrer Teenager-Kinder an, während sie sich überlegt, welche sie davon später in ihren Büchern verwenden wird. Heute lebt sie mit ihrer Familie in Fairhope/Alabama.

Abbi Glines

Because OF LILA

Ein »Sea Breeze Meets Rosemary Beach«-Roman

Aus dem Amerikanischen
von Heidi Lichtblau

PIPER

Mehr über unsere Autoren und Bücher:
www.piper.de

Wenn Ihnen dieser Roman gefallen hat, schreiben Sie uns unter Nennung des Titels »Because of Lila – Füreinander bestimmt« an empfehlungen@piper.de, *und wir empfehlen Ihnen gerne vergleichbare Bücher.*

Von Abbi Glines liegen im Piper Verlag vor:
Once She Dreamed
Ein Moment für die Ewigkeit

»Vincent Boys«-Reihe
Little Secrets – Vollkommen verliebt
Little Lies – Vollkommen vertraut

»Sea Breeze«-Reihe
Breathe – Jax und Sadie
Because of Low – Marcus und Willow
While It Lasts – Cage und Eva
Just for Now – Preston und Amanda
Sometimes It Lasts – Cage und Eva
Misbehaving – Jason und Jess
Bad For You – Krit und Blythe
Hold On Tight – Dewayne und Sienna
Until the End – Rock und Trisha

»Rosemary Beach«-Reihe
Rush of Love – Verführt (Rush 1)
Rush of Love – Erlöst (Rush 2)
Rush of Love – Vereint (Rush 3)
Rush too Far – Erhofft (Rush 4)
Twisted Perfection – Ersehnt (Woods 1)
Simple Perfection – Erfüllt (Woods 2)
Take a Chance – Begehrt (Grant 1)
One more Chance – Befreit (Grant 2)
You were Mine – Unvergessen (Tripp)
Kiro's Emily – Für immer (Kiro; E-Novella)
When I'm Gone – Verloren (Mase 1)
When You're Back – Gefunden (Mase 2)
The Best Goodbye – Ganz nah (Captain)
Up in Flames – Entbrannt (Nan)

»Field Party«-Reihe
Until Friday Night – Maggie und West
Under the Lights – Gunner und Willa
After the Game – Riley und Brady

»Sea Breeze Meets Rosemary Beach«-Reihe
Like a Memory – Liebe kennt kein Zurück
Because of Lila – Füreinander bestimmt

FSC www.fsc.org
MIX
Papier aus verantwortungsvollen Quellen
FSC® C083411

Deutsche Erstausgabe
ISBN 978-3-492-31383-4
Februar 2019

Titel der amerikanischen Originalausgabe:
»Because of Lila«, im Selbstverlag 2017

Umschlaggestaltung: zero-media.net, München
Umschlagabbildung: Getty Images/PeopleImages; FinePic®, München
Satz: Satz für Satz, Wangen im Allgäu
Gesetzt aus der Bembo
Druck und Bindung: CPI books GmbH, Leck
Printed in the EU

PROLOG

Immer dasselbe. Jede Veranstaltung lief gleich ab. Nie ein neues Gesicht, nie eine neue Kulisse. Wiederholung, Wiederholung, Wiederholung.

Ich seufzte, bemühte mich aber, mir meine schlechte Laune nicht anmerken zu lassen – was mir nach all den Jahren auch nicht sonderlich schwerfiel. Lächeln, nicken, Fragen beantworten, Interesse am Leben des Gegenübers heucheln und dann auf zum nächsten Small Talk. Die beste Überlebensstrategie für jeden Event der Reichen und Schönen von Rosemary Beach.

Als ich klein war, hatte ich solche Veranstaltungen geliebt. Ich hatte mit den anderen Kindern gespielt, und unsere Eltern hatten schon mal ein Auge zugedrückt, wenn uns Nate Finlay oder Cruz Kerrington zu Dummheiten anstifteten. Natürlich war das aufregend gewesen. Von Langeweile keine Spur. Doch mit der Pubertät hatte sich alles verändert.

Ich drehte mich zu meinen Eltern um. Meinem gut aussehenden Vater merkte man nicht an, dass er schon über vierzig Jahre alt war. Alle hier liebten ihn, und das galt auch für meine schöne Mutter. Die beiden unterhielten sich gerade miteinander. Er hatte dabei zärtlich die Hand auf ihren unteren Rücken gelegt, und ihre Blicke sprachen Bände.

Nichts und niemand konnte ihre Liebe zueinander infrage stellen.

Dank ihrer märchenhaften Liebesgeschichte stellte ich wohl etwas zu hohe Ansprüche an meine eigenen Beziehungen. Ach was, machen wir unrealistisch hohe Ansprüche daraus. Ich wollte das, was sie hatten, und ich ging automatisch davon aus, dass auch mir so etwas Hochromantisches bevorstand. Irgendwann. Denn ich selbst war mit zweiundzwanzig noch nie verliebt gewesen. Gut, in meinen Teenagerjahren hatte es einmal kurz danach ausgesehen. Nach einem Kuss von Cruz Kerrington hatte ich meine eigene märchenhafte Zukunft klar vor mir gesehen, aber schon in der Woche darauf hatte Cruz mit Melanie Harnett herumgeknutscht und mir damit das vierzehnjährige Herz gebrochen.

Trotzdem gab ich zunächst nicht auf und träumte weiter, denn er flirtete danach noch immer mit mir oder zwinkerte mir zu, holte mich auf den Gängen der Schule ein und flüsterte mir Dinge ins Ohr. Allerdings grundsätzlich nicht in Gegenwart anderer. Gleichzeitig lag ein Mädchen nach dem anderen in seinen Armen oder auf dem Rücksitz seines BMWs, und so schaffte es Cruz nach und nach, mich zu desillusionieren und mir meine Träume zu nehmen.

»Na, so still heute Abend?« Mein Cousin Caspian Manning setzte sich neben mich. Er lebte in Fort Worth und war deshalb auf solchen Events nur selten anzutreffen. Mom hoffte zwar, dass er seinen Wunsch, auf ein College in Florida zu wechseln, in die Tat umsetzen würde, aber ich konnte mir Caspian nirgendwo anders vorstellen als auf der Ranch von Onkel Mase. Aber Caspian hatte andere Erwartungen ans Leben. Ich hätte ihm sagen können, dass Florida eine Schnapsidee war. *Go west!*

»Ich denke nach«, erwiderte ich mit nicht ganz so breitem Fake-Lächeln, denn er kannte mich zu gut.

Er schmunzelte. »Darüber, wie lange es noch dauert, bis du dich nach Hause stehlen und dich mit einem Buch in dein Bett verkriechen kannst?«

Ich zuckte kurz die Achseln und erwiderte sein Grinsen. »Das vor allem, ja.«

Er lehnte sich zurück und verschränkte die Arme vor der Brust. »Glaubst du, die Leute hier denken jemals an einen Tapetenwechsel? Diese Bälle oder was immer das für ein Quatsch ist, den ihr hier veranstaltet, kommen mir alle gleich vor. Das Aufregendste ist noch der Shrimps-Dip da drüben.«

»Na, komm schon, das hier ist eine Benefizveranstaltung für Legastheniker, und deine Eltern gehören zu den Sponsoren.« Seine Mutter, meine Tante Reese, hatte, ohne es zu wissen, jahrelang an Legasthenie gelitten. Sobald ihr das klar geworden war, hatte sie lesen gelernt und ihren Schulabschluss nachgeholt. Sie war eine echte Inspiration.

»Ja, schon klar, aber letzten Monat hat hier eine andere Party stattgefunden und in dem davor auch eine. Wir kriegen immer die Einladungen dazu, auf feinem Papier und mit einem Siegel aus Goldwachs auf der Rückseite. Die liegen dann bei uns auf der Küchentheke herum.« Seufzend ließ Caspian den Blick durch den gut gefüllten Raum schweifen.

Eigentlich hätte ich ihm ja gern zugestimmt, verkniff es mir aber. Letzten Monat hatte der alljährliche Debütantinnenball stattgefunden, bei dem die Mädchen, die seit Kurzem volljährig waren, in die Gesellschaft eingeführt wurden. So unglaublich überholt das auch war, fand es doch immer noch statt. Als ich volljährig geworden war, hatte ich auch an einem teilgenommen – und immer noch Albträume deswegen.

»Irgendwer sollte Cruz den Alk wegnehmen. Der sieht aus, als wäre er besoffen und auf dem besten Weg zu hackedicht.«

Das ließ mich aufhorchen, leider! Ich folgte Caspians Blick und entdeckte einen leicht schwankenden Cruz, der ein wenig zu laut lachte. Hastig sah ich mich im Raum nach seinen Eltern um, entdeckte sie aber nirgends. Wenn sie etwas davon mitbekämen, wären sie stinksauer. Normalerweise wäre spätestens jetzt Nate eingeschritten, doch der lebte mittlerweile mit seiner Verlobten in Alabama.

Ich wartete ab, ob vielleicht jemand anderes einsprang, als Cruz von einem Kellner auch schon ein weiterer Drink in die Hand gedrückt wurde. Gar nicht gut!

»Ich gehe besser mal zu ihm. Es wäre schrecklich für seine Eltern, wenn er sich gerade heute Abend danebenbenehmen würde.«

»Viel Glück«, erwiderte Caspian, und ich machte mich widerstrebend auf den Weg zu Cruz.

Für gewöhnlich mied ich Cruz. Aus guten Gründen. Doch der Kerrington Country Club, in dem die Veranstaltung stattfand, gehörte nun mal seinen Eltern, die ich – anders als ihn – sehr mochte. Wenn Cruz austicken und sich vor aller Augen blamieren würde, täten sie mir schrecklich leid.

Oje, gerade gab er seinem neunzehnjährigen Bruder Blaze seinen Drink und nahm sich dafür ein Glas Bourbon vom Tablett. Gleich zwei betrunkene Kerrington-Jungs, das war noch schlimmer. Ich verfluchte Nate und seinen Umzug, da ich jetzt zum ersten Mal seit Jahren gezwungen war, mit Cruz ein Wort zu wechseln. Ich hatte ein Talent darin entwickelt, ihm aus dem Weg zu gehen, worauf ich ziemlich stolz war.

Ich erreichte die beiden unbemerkt und schnappte mir Blaze' Glas genau in dem Augenblick, als er zum Trinken ansetzte. »Sorry, daraus wird nichts«, bemerkte ich trocken und stellte das volle Glas auf das Tablett zurück, ehe ich mich an Cruz wandte, der mich mit einem belustigten, wenn auch irritierten Grinsen ansah. »Und was dich angeht: Lass uns besser von hier verschwinden, bevor du noch irgendeine Dummheit begehst. Nein, warte: Bevor du eine weitere Dummheit begehst. Du hast ja einem Neunzehnjährigen schon Alkohol angedreht.«

Cruz lachte verblüfft auf. »Ich glaube, wir haben uns noch gar nicht kennengelernt. Ich bin Cruz Kerrington, und wer bist du?«, scherzte er.

»Jetzt sei kein Arsch!«, erwiderte ich mit finsterer Miene.

Er fing laut zu lachen an. Als sich unsere Blicke wieder trafen, machten sich seine Augen noch immer über mich lustig. »Ich kann nicht fassen, dass Lila Kate Carter gerade das Wort ›Arsch‹ in den Mund genommen hat!«

Warum hatte ich früher nur mal was für ihn übriggehabt? Hatte ich damals wirklich geglaubt, ihn zu lieben? Gott, wie bescheuert. »Cruz. Bitte. Lass uns gehen.« Ich packte ihn am Arm, als sich Chanel – deren Nachnamen ich nicht mehr im Kopf hatte, deren Vornamen man jedoch nur schwer vergessen konnte – uns in den Weg stellte.

»Wohin willst du, Cruz?«, wollte sie wissen. »Wir hatten doch was vor.«

Er zuckte unschuldig die Achseln. »Keine Ahnung. Frag Lila Kate.« Er machte keinerlei Anstalten, sich aus meinem Griff zu befreien. Im Gegenteil, er schien das Ganze auch noch zu genießen!

Chanel riss den Blick von Cruz los und funkelte mich mit ihren großen braunen Augen an. Sie war wütend. Mir doch egal! Wenn sie Cruz von hier hinauslotsen wollte, gerne. »Wir haben schon Pläne gemacht. Er ist vergeben.« Es klang fast schon wie ein Knurren.

»Wenn eure Pläne vorsehen, von hier abzuhauen, nur zu. Er hat zu viel getrunken und muss dringend hier weg.«

»Er kann tun und lassen, was er will. Er ist ein Kerrington!«

»Darf ich kurz einwerfen, dass ich das hier immens genieße?« Inzwischen nuschelte Cruz ein wenig.

»Nimm ihn einfach und geh.« Mir reichte es! Ich wollte nur wieder zurück an meinen Tisch. Meine Ruhe haben, bis ich endlich nach Hause fahren konnte.

»Sag mir nicht, was ich zu tun habe! Wer dein Großvater ist, kratzt mich nicht. Der hat sich längst zur Ruhe gesetzt. Also komm runter von deinem hohen Ross.«

Kam sie jetzt wirklich damit daher? Herrgott! Diesen Vorwurf hatte ich mir schon lange nicht mehr anhören müssen. Mein Opa war der Leadsänger der legendären Rockband Slacker Demon. Schon vor Jahren hatten sie aufgehört, auf Tour zu gehen. Ich erinnerte mich nicht mal mehr, wann genau. So lang war das schon her.

»Ich habe es mir anders überlegt, Chanel. Ich möchte, dass Lila Kate mich rausbringt. Du langweilst mich«, sagte Cruz. »Und gemein bist du auch.«

Wie, was? Mein Blick flog von Chanel zu Cruz, der

noch immer albern grinste. »Lila Kate, du bist lustiger. Lass uns gehen.«

»Ist das dein Ernst?«, keifte Chanel eine Oktave höher. »Die ist doch die totale Schlaftablette!«

»Sie ist echt, Chanel. Verdammt echt«, sagte er ruhig und grinste mich dann verschmitzt an. »Du bringst mich besser raus, bevor ich hier noch unangenehm auffalle.«

Da ich das eh vorgehabt hatte, begleitete ich ihn genervt aus dem Ballsaal und aus dem Gebäude hinaus. Weg von dem Angestellten des Parkservices, denn dass sich Cruz hinters Steuer setzte, kam nicht infrage. Stattdessen brachte ich ihn zum Clubhaus, in dem er auf einem der vielen großen und teuren Ledersofas seinen Rausch ausschlafen konnte.

»Wohin gehen wir eigentlich? Soll ich dir am zehnten Loch zu Willen sein?«

Nur ein Scherz, das wusste ich. Trotzdem gingen mir seine Worte unter die Haut. »Danke, kein Bedarf. Ich möchte Della und Woods lediglich ersparen, dass sich ihr Ältester in aller Öffentlichkeit lächerlich macht.«

Er grinste. »Gott, immer der Anstand in Person! Das ist so sexy, weißt du das? Dein engelsgleiches Gesicht, dein Killerbody und dein perfektes Benehmen. Eine Kombination, die bei Kerlen wie mir Fantasien weckt … Man will dich dazu bringen, mal so richtig aus dir rauszugehen. Freiheit zu schmecken.«

»Ich fühle mich … frei«, brachte ich heraus, auch wenn mich seine Beschreibung von mir ein bisschen erschreckte.

»Lila Kate Carter, Miss Rühr-mich-nicht-an«, fuhr er leicht lallend fort. »So begehrenswert und so eisig, dass man ihr lieber nicht zu nahe kommt.«

Eisig? Ich war nicht eisig!

»Wie bitte?«

Bei der Treppe zum Clubhaus blieb ich stehen und funkelte ihn wütend an. Er machte einen Schritt auf mich zu.

»Du …«, flüsterte er und fuhr mit seiner Fingerspitze unter mein Kinn, »bist eine kostbare Porzellanpuppe, die man nur ansehen, aber nicht berühren darf. Dabei ist der Gedanke so verdammt verlockend! Aber man weiß, dass sie zerbricht, wenn man's versucht. Also lässt man es. Hält Abstand. Betrachtet sie aus der Ferne. Bis man genug intus hat und sich doch mal ein bisschen was traut.«

Mir gefiel das nicht. Nichts davon. Ich war keine zerbrechliche Puppe. Ich war sehr stark, neigte nur einfach nicht zu Gefühlsdramen. Ja, ich war tough und hielt mich an die Regeln, aber das machte mich noch lange nicht kalt! »Nur weil ich mir nicht dauernd die Kante gebe, ständig Party mache und mit jedem Kerl in der Stadt was am Laufen habe, macht mich das noch lange nicht kalt!«, schoss ich zurück.

»Nein, aber du hast dich noch nie auf jemanden eingelassen. Das geht schon in Richtung eisig.«

»Tut es nicht!«, hob ich die Stimme. Cruz war unfair.

»Ach nein? Wie wär's dann damit?«, sagte er, legte den Arm um meine Hüfte und zog mich an sich. Das Erste, was ich schmeckte, als er mich küsste, war der Whisky, und es fühlte sich an, als würde er mich provozieren wollen – als würde er mich zu einer Reaktion zwingen wollen. Er küsste mich so, als würde er es überhaupt nicht wirklich meinen. Mit der Hand hielt er meine Taille so fest, dass es wehtat, und nichts an diesem Moment war romantisch.

Ich stemmte beide Hände gegen seine Brust und stieß

ihn weg. Er stolperte zurück und schüttelte lachend den Kopf. »Siehst du? Meine Rede!«

»Cruz!«, ertönte Chanels kreischende Stimme.

Wir drehten uns um und sahen, wie sie auf megahohen High Heels auf uns zugestürmt kam. Ein Wunder, dass sie sich dabei nicht das Genick brach. Ich hätte das nicht hingekriegt.

»Tja, Chanel, du hast mich gefunden. Gut gemacht.« Er deutete mit dem Daumen auf mich. »Mit der hier klappt's eh nicht, insofern darfst du mit mir ins Clubhaus kommen und mir dieses rote Höschen zeigen, von dem du sagtest, du würdest es nicht anhaben.«

Chanel lächelte selbstzufrieden. Als hätte sie einen Preis gewonnen, um den wir gestritten hätten.

»Du hast mich da drinnen zurückgelassen!«, schmollte sie.

»Na ja, ich wollte eben auch mal die andere Option checken. Es war köstlich, gehört für meinen Geschmack allerdings etwas aufgetaut«, erklärte Cruz mit schwerer Zunge und sah mich durch gesenkte Augenlider an. »Gute Nacht, Lila Kate.«

Während sie zum Eingang des Clubhauses gingen, legte er ihr die Hand auf den Hintern, und sie knutschte sich bereits an seinem Hals entlang. So einfach lief das bei ihm. Und so oberflächlich war er.

Auf jemanden mit so einem miesen Charakter konnte ich gut verzichten, und wenn es für mich schon keine Märchen gab, dann wollte ich wenigstens Abenteuer, beschloss ich. Dafür musste ich Rosemary Beach allerdings verlassen.

Zeit wurde es!

1. KAPITEL

Lila Kate

Das Geld, das mein Grandpa in meinen Treuhandfonds einbezahlt hatte, hatte ich bislang noch nicht angerührt. Mein Studium auf einem Privatcollege, das etwas über eine Autostunde von Rosemary Beach entfernt lag, hatte ich nämlich mithilfe eines Stipendiums für Tanz finanziert. Seitdem ich meinen Dad mit drei Jahren gefragt hatte, ob ich ein Tutu tragen und eines Tages auf einer großen Bühne herumwirbeln dürfe, hatte ich privaten Tanzunterricht bekommen.

Ursprünglich hatte ich in Rosemary Beach eine Tanzakademie eröffnen wollen, doch je klarer mir wurde, dass ich auf meinen Märchenprinzen wohl lang warten musste, desto weniger reizte mich der Gedanke noch. Ich wollte auch nicht die Welt bereisen und endlose Stunden dem Traum hinterherjagen, eine berühmte Tänzerin zu werden. Ich sah ja, wie viel Einsatz und Hingabe das Ganze verlangte. Schließlich hatte ich Freundinnen, die dieses Ziel eisern verfolgt hatten und denen nun für nichts anderes mehr Zeit blieb. Es war ihr Leben. Ich wollte etwas anderes.

Seitdem ich im vergangenen Mai meinen Collegeabschluss mit Literatur im Haupt- und Tanz im Nebenfach gemacht hatte, überlegte ich, welchen Weg ich einschlagen sollte. Nichts kam mir richtig vor, und so sah ich mich stattdessen erst mal nach einer Eigentumswohnung um, die ich mit einem Teil des Geldes aus meinem Treuhandfonds kaufen wollte. So prickelnd fand ich es nämlich nicht, mit zweiundzwanzig, fast schon dreiundzwanzig, noch bei meinen Eltern zu wohnen.

Insofern hatte ich die Idee, mich auf eine Abenteuerreise zu begeben, aufregend gefunden. Nun stand ich auf der Veranda meines Elternhauses, mit einem gepackten Koffer neben mir, und musste mir eingestehen, dass mir der Abschied von meinen Eltern schwerer fiel als gedacht.

»Ruf an. Sobald du in Sea Breeze bist, ruf gleich an, wenn du bei Nate angekommen bist. Bitte!«, sagte meine Mom, während sie mich fest umarmte. So klischeehaft das auch klingen mag, meine Mom war meine beste Freundin. Ich hatte nie eine rebellische Phase durchlaufen, in der ich meine Eltern hasste oder für beschränkt hielt. Ich hatte mich mit all meinen Problemen an meine Mutter gewandt.

»Mach ich, und sobald ich weiß, wie es von dort aus weitergeht, gebe ich Bescheid«, versicherte ich ihr. Ich hatte eine Freundin in Birmingham, die an der Alabama School of Fine Arts eine Lehrerstelle angenommen und mich zu sich eingeladen hatte. Allerdings stellte sich noch die Frage, ob ich die Golfküste entlangfahren oder auf meiner Reise eine nördlichere Route nehmen wollte.

»Die Reifen sind neu, das Öl ist gewechselt, und alles ist komplett durchgecheckt.« Mein Dad wies mit dem Kopf in Richtung meines silbernen Land Rovers, den ich von meinen Eltern zum Collegeabschluss geschenkt bekommen hatte. »Wenn irgendein Warnlicht aufblinkt, dann bitte nichts wie zum nächsten Rover-Händler.« Seine

Stimme war von Gefühlen belegt, die er mühsam zu verbergen suchte. Meine Mutter war meine beste Freundin, doch mein Vater war mein Held. Das hatte ich ihm mit zwei Jahren erklärt, und das galt immer noch.

Ich ging zu ihm und umarmte ihn. »Danke. Ich liebe dich, Daddy«, sagte ich und spürte, wie mir die Tränen kamen. Er hielt mich fest, als könnte er mich dadurch am Wegfahren hindern.

»Ich liebe dich, Baby-Girl.« Ihm brach die Stimme. Ich versuchte, die drohenden Tränen wegzuzwinkern. Meine Eltern sollten mich nicht weinen sehen. Ich wollte das doch durchziehen.

»Ich wusste, dass dieser Tag kommen würde. Wir haben dich so großgezogen, dass du an dich selber glaubst. Findest, was dich glücklich macht. Ich könnte nicht stolzer auf die Frau sein, zu der du dich entwickelt hast!«

Wie sollte ich bei solchen Worten nicht losheulen? Ich schluckte schwer und lehnte den Kopf an seinen Brustkorb. Dann atmete ich tief ein, riss mich zusammen und löste mich von ihm. Wenn ich auf eigenen Beinen stehen wollte, dann musste ich diese behütete Welt verlassen, in der sich mein Vater um alles kümmerte.

»Dank euch bin ich, wer ich bin«, erklärte ich ihnen mit einem Lächeln. »Ich kriege das hin, und ich rufe euch regelmäßig an und bringe euch auf den neuesten Stand.«

Schniefend schenkte mir Mom ein kleines Lächeln. »Geh und finde dein Glück. Du magst aussehen wie ich, aber du bist um so vieles mutiger, als ich es war. Ich wünschte, ich wäre in deinem Alter auch so furchtlos gewesen.«

Meine Mutter war die mutigste Frau, die ich kannte. Um mich auf die Welt zu bringen, hatte sie dem Tod ins Auge geblickt. Das betrachtete sie nicht als mutig genug, egal, wie oft ich sie vom Gegenteil überzeugen wollte. Vor allem, wenn wir uns hinsetzten und zusammen die Briefe durchgingen, die sie mir während der Schwangerschaft geschrieben hatte. Für den Fall, dass sie die Geburt nicht überlebte. Im Laufe der Jahre hatten wir sie jeweils zur vorgesehenen Zeit geöffnet und gelesen. Zunächst war Dad mit von der Partie gewesen, doch irgendwann – zu der Zeit war ich noch ganz klein – war er dann nach den ersten Zeilen, die Mom laut vorlas, unvermittelt aus dem Raum geflohen und hatte sich danach auch nicht wieder zu uns gesellt.

Mom hatte mir über den Kopf gestrichen und gelächelt. »Das ist okay. Er ist so glücklich, dass wir alle zusammen sind, und diese Briefe erinnern ihn daran, wie gesegnet wir sind.«

Damals hatte ich das nicht verstanden, doch ein paar Jahre darauf begriff ich, dass diese Briefe meinen Dad an die schwerste Zeit in seinem Leben erinnerten – an die, als er glaubte, er müsse sein Leben ohne meine Mom verbringen. Für mich war ein Leben ohne sie nicht vorstellbar. Daher verstand ich seine Qualen auch und erwähnte die Briefe ihm gegenüber nie mehr.

Dad ergriff meinen Koffer. »Das kann doch nicht dein einziges Gepäck sein, oder?«

»Doch, ich reise mit leichtem Gepäck!«

»Und ich dachte, ich könnte dein Zimmer in meinen privaten Fitnessraum umwandeln. Dabei lässt du ja alles zurück!« Nun zog er mich auf.

Achselzuckend ging ich auf seine Stichelei ein. »Ich wollte sicherstellen, dass noch alles da ist und ihr mich nicht vergessen habt, wenn ich mich entschließe heimzukommen.«

Dad verfrachtete den Koffer in meinen Rover.

»Wir würden dein Zimmer nie anrühren. Das weißt du«, sagte Mom ernst.

Ich lachte. »Klar weiß ich das.« Auch wenn ich nicht vorhatte, wieder bei meinen Eltern einzuziehen. Doch für den Moment brauchte ich einfach nicht viel.

»Pass auf dich auf, Lila Kate. Wie lieben dich sehr«, sagte sie, als ich sie noch einmal umarmte und dann auf die Fahrerseite zusteuerte, wo mein Vater bereits mit geöffneter Tür auf mich wartete.

»Mach bei keinen Tankstellen halt, bei denen nichts los ist und die schlecht beleuchtet sind. Versuch, vor dem Dunkelwerden anzukommen. Deine Pistole hast du hoffentlich griffbereit unter dem Sitz?«

»Ja, Daddy. Habe ich. Ich pass schon auf.«

Nach einer weiteren Umarmung kletterte ich in den Rover und fuhr los. Im Rückspiegel sah ich, wie mir meine Eltern aus dem Vorgarten nachwinkten. An dem Baum dort hing noch immer meine Schaukel, wie schon mein Leben lang. Während ich Richtung Westen fuhr, ließ ich meine Welt, in der ich mich immer geborgen gefühlt hatte, diese Stadt, in der ich tagtäglich nur noch dieselbe Leere entdeckte, immer weiter hinter mir.

Ich schaltete Bluetooth in meinem Wagen ein und entdeckte die am Vorabend zusammengestellte Playlist auf meinem Handy. Ich fühlte mich frei. Aufgekratzt. Gar nicht mehr wie mein altes Selbst. Und so wollte ich mich auch gar nicht mehr fühlen. Ich wollte nicht als brav und bieder bezeichnet werden. Oder als eisig. Eisig war am schlimmsten.

Ich hatte über Cruz' Worte nachgedacht und begriffen, dass sie stimmten. Auch wenn er betrunken war, und ich hasste ihn sowohl dafür, dass er sie ausgesprochen hatte, wie auch dafür, dass er recht hatte. Dieses Mädchen wollte ich nicht sein. Ich wollte anders sein. Wollte Risiken eingehen. Abenteuer bestehen.

Ich griff nach meiner Wasserflasche und sang zur Musik mit.

Das Mädchen, das alle von nun an kennenlernen würden, würde sich sehr von der alten Lila Kate Carter unterscheiden.

Ich würde nie wieder das Etikett »brav« oder »kalt« verpasst bekommen. Ich wäre lustig, faszinierend, zu allem bereit. Der Gedanke machte mich etwas nervös, doch gab er mir auch einen Kick, wie ich ihn nie zuvor erlebt hatte.

Immer her mit meinem neuen Leben! Jedes verrückte, wilde, chaotische bisschen davon.

2. KAPITEL

Lila Kate

Sea Breeze, das in Alabama lag, ähnelte Rosemary zwar irgendwie, war andererseits aber komplett anders. Die Strände sahen genauso aus. Logisch, Sea Breeze und Rosemary lagen ja auch an derselben Küste. Der Ort allerdings war … na ja … weniger strukturiert, und es gab weder einen Country Club noch Luxusläden. Dagegen gab es Souvenirshops mit kitschigen, aufblasbaren Wasserspielzeugen davor und wild bedruckten T-Shirts, die du in den Straßen von Rosemary Beach nie zu Gesicht bekommen hättest. Ich liebte es hier. Die Echtheit. Die neongelben Schilder mit den Aufschriften »Free Hermit Crabs«, »Twenty-Four-Hour Breakfast« und »All You Can Eat Shrimp« gaben mir das Gefühl, mich bereits in einer anderen Welt zu befinden.

Mein GPS war so eingestellt, dass es mich direkt zu Nates Haus leiten würde, aber ich wurde erst später erwartet. Ich konnte mich also umsehen und hatte noch etwas Zeit für mich, ehe ich wieder über meine Pläne reden musste. Und Nate würde Fragen stellen. Meine Aktion war so untypisch für mich, dass er mich damit vermutlich nur so löchern würde.

Kurz rief ich Mom an und gab Bescheid, dass ich sicher in Sea Breeze angekommen war, nun ein bisschen shoppen gehen und mich umschauen würde und sie später von Nate aus anriefe, um ausführlicher mit ihr zu plaudern. Ich beschloss, nach einem Lokal zu schauen, dessen Schild mit Livemusik und frischen Krabben warb, und wendete. Es war fast sechs, und ich hatte Nate und Bliss gesagt, ich würde bei meiner Ankunft bereits gegessen haben. Ah, das hier sah doch nicht schlecht aus! Drinnen schien schon einiges los zu sein, ich konnte mich also einfach unter die Leute mischen. Die Musik, die aus den Lautsprechern schallte, war selbst auf dem Parkplatz schon zu hören. Schlecht war sie nicht, wenn auch nicht unbedingt mein Ding. Andererseits wollte ich ja von nun an offen für Neues sein. Beim Eintreten merkte ich, dass es sich um eine Bar handelte. Gerade kamen mir Zweifel an meinem Entschluss, als mir klar wurde, dass die alte Lila Kate so denken mochte, die neue das aber wesentlich gelassener sähe. Sie würde das Essen in der Bar einfach mal probieren.

Um die Tanzfläche herum standen hohe Tische, mit Hockern bestuhlt, um die sich bereits eine Menge Mädchen in winzigen Shorts, schulterfreien Tops und teilweise sogar in Bikinioberteilen drängten. Der Sommer war vorbei, aber im Freien war es noch immer heiß. Herbstlich würde es hier erst Ende Oktober sein. Noch immer strömten Touristen nach Sea Breeze, doch nachdem sich die Bargäste hier alle zu kennen schienen, stammten sie wohl größtenteils aus dem Ort.

Ich entschied mich für einen der freien Plätze an der Bar. Dort bediente eine Frau, und ich entspannte mich gleich ein wenig. Ich schwang mich so auf den Hocker, dass ich mir die Band auf der Bühne ansehen und die Leute beobachten konnte. Zu Collegezeiten war ich mit Freunden in ähnliche Bars gegangen, hatte mich dort aber immer unwohl gefühlt. Damit musste jetzt Schluss sein.

»Was kann ich dir bringen?« Ich wandte mich um und sah, dass mich die umwerfende Barkeeperin anlächelte. Ihre Haare hatten einen Rotton, für den man viel Geld hinblättern würde, und ihre Augen waren von einem beneidenswerten Grünton.

»Äh, ja. Eine Speisekarte vielleicht?«

»Okay.« Sie lächelte freundlich und schob mir eine zu. »Ich komme dann gleich wieder. Außer du möchtest schon mal was zu trinken bestellen?«

»Oh, nein, ich brauche noch einen Moment. Danke.«

Sie wandte sich zum Gehen, hielt aber noch mal kurz inne. »Du bist nicht von hier, oder?«

Ich schüttelte den Kopf. »Nein.«

»Hab ich mir schon gedacht.« Sie wirkte belustigt. »Wenn du Fragen hast, ruf mich einfach. Ich heiße Larissa.«

»Ja, okay. Danke, Larissa.«

Ich studierte die Speisekarte. Krabben-Nachos – von so einer Kombination hatte ich noch nie gehört. Machten sie Nachos mit Krabben darauf? Superidee eigentlich. Frittierte Pickles, so etwas hatte ich in Bars schon mal gesehen, aber noch nie probiert. Schließlich mussten Tänzerinnen auf ihr Gewicht achten. Frittiertes war tabu. Ob ich die mal probieren sollte? Proletenkaviar, das klang doch interessant. Aber ich war kein Fan von Schwarzaugenbohnen, und mit Kaviar schien das Ganze nicht viel gemein zu haben.

»Versuch die gefüllten Potato Skins mit Krabbenfleisch. Megafettig und kein bisschen gesund, aber so verdammt lecker!«, ertönte hinter mir die Stimme eines Mannes. Vor Schreck ließ ich die Speisekarte fallen.

Ich drehte mich um, und mir blieb die Luft weg. Ein hochgewachsener, braun gebrannter Blondschopf mit einem Hammerlächeln stand vor mir. Außerdem roch er gut. Nach Seife … und Whisky. Eine gute Mischung irgendwie!

Er hob meine Speisekarte auf und gab sie mir zurück. »Ich hab die in dieser Bar schon gegessen, da durfte ich rechtlich gesehen noch gar nicht rein. Vertrau mir. Nimm die Potato Skins.«

Ich nickte. Eigentlich hätte ich etwas Witziges oder Neckisches erwidern sollen, doch mir fiel nichts ein. Da haperte es noch, was diesen Neue-Lila-Kram anging. »Okay«, lautete meine geniale Antwort. Nur »okay«. Was stimmte nicht mit mir? Mit attraktiven Männern hatte ich doch schon mein ganzes Leben zu tun. Warum brachte ich ausgerechnet bei diesem hier nichts Vernünftiges raus?

»Larissa!«, rief er, und hinter der Bar wandte sich die Rothaarige um und sah ihn mit gerunzelter Stirn an.

»Was gibt's, Eli?« Sie rührte sich nicht vom Fleck.

Er sah mich an. »Wie heißt du?«

Immerhin, darauf konnte ich antworten. »Lila«, erwiderte ich, denn ich hatte beschlossen, dass die neue Lila Kate dieses alberne Kate weglassen würde. Damit klang ich wie eine Zehnjährige. Lila war … sexyer.

Er grinste schief. »Lila. Der Name gefällt mir. Passt zu dir.« Dann wandte er sich wieder an Larissa. »Lila hätte gern mit Krabben gefüllte Potato Skins.«

Larissa kam zu uns. »Ihr freundet euch gerade an?«, fragte sie Eli und sah dann lächelnd zu mir. »Er hat heute Abend ein bisschen zu tief ins Glas geschaut. Ich würde ihm ja den Hahn zudrehen, aber das ist eine Ausnahme bei ihm, glaub mir. Wie auch immer: Hat er für dich bestellt, weil er vorhat, dir alles wegzuessen, oder möchtest du die gefüllten Kartoffeln wirklich?«

Hier kannte ja wirklich jeder jeden. Cool, wie in einer Vorabendserie. »Ja, er hat sie mir so dermaßen angepriesen. Sie klingen köstlich!«

Larissa lachte. »Erwarte lieber nicht zu viel. Gut sind sie ja, aber köstlich ist vielleicht übertrieben. Wie wär's noch mit einem Getränk?«

Normalerweise hätte ich Mineralwasser bestellt. »Einen Dirty Martini, bitte«, sagte ich stattdessen.

»Hast du deinen Perso dabei?«

Ich langte in meine Handtasche, zog meinen Führerschein raus und gab ihn ihr. Larissa warf einen Blick darauf, nickte und sah zu dem Typen neben mir. »Benimm dich!«, sagte sie und marschierte wieder hinter die Bar.

Er setzte sich neben mich, lehnte sich an die Rückwand des Tresens und ließ den Blick über die Menge schweifen. »Ich hab dich hier noch nie gesehen. Woher kommst du, Lila?«

Gerade wollte ich antworten, dass ich aus Rosemary käme, bremste mich aber gerade noch. Ich kannte diesen Eli ja gar nicht. Er war ein Fremder. Auch wenn ich jetzt wilder und unbekümmerter drauf sein wollte, musste ich bis zu einem gewissen Grad vorsichtig sein.

»Aus Florida«, sagte ich daher. Es war ein großer Bundesstaat. Da konnte ich vage sein.

Er nickte. »Florida, hm? Ich hab gedacht, du machst Urlaub hier, aber wenn du aus Florida kommst, macht das wenig Sinn. Warum Urlaub an diesem Strand machen, wenn's dort auch schöne gibt? Was führt dich also nach Alabama?«

Ich mochte seine Stimme. Sie war so wohlklingend, und sie passte gut zu seinem Geruch – sehr attraktiv! »Mich zieht's gen Westen. Eine Art Abenteuerreise.«

Abrupt drehte er sich zu mir. »Eine Abenteuerreise? Allein?«

Okay, das war eine Schnapsidee. Ich sollte einem Unbekannten nicht erzählen, dass ich allein unterwegs war. »Nein, ich reise mit Freunden«, schwindelte ich hastig.

Er schien mir das nicht abzunehmen. »Wirklich?«

Ich nickte. »Ja, wirklich.«

»Bitte schön, dein Dirty Martini.« Larissa stellte den Drink vor mir ab. Er hatte Eisstückchen drin, so wie ich es liebte.

»Danke. Der sieht super aus.«

»Larissa ist die Beste«, stimmte mir Eli zu. »Apropos, wie sieht's nun mit einem weiteren Jack aus?«, fragte er sie.

»Wie wär's erst mal mit einem Glas Wasser?« Sie schob ihm ein Glas Wasser hin.

»Willst du's dir mit mir verscherzen?« Unglücklich sah er auf das Glas.

»Im Gegenteil. Ich will dir den Arsch retten«, entgegnete sie. Dann wandte sie sich um und sagte über die lauter werdende Musik zu mir: »Eli ist ein netter Kerl. So richtig merkt man das, wenn er nüchtern ist, und dein Essen kriegst du in fünf Minuten.« Sie hielt die Hand mit fünf gespreizten Fingern hoch.

Die Barkeeperin, die echt nett wirkte, schien Eli zu mögen. Insofern konnte ich wohl davon ausgehen, dass ich heute Abend weder entführt noch vergewaltigt wurde. Schon mal was!

3. KAPITEL

Eli Hardy

Zu viel Alkohol war einfach nicht der Bringer. Außer man befand sich mit einer Pizza oder, besser noch, mit chinesischem Essen und dem DVD-Box-Set von Rocky allein zu Hause. Da konnte nichts schiefgehen. Doch ich hatte seit drei Wochen allen Frauen abgeschworen. Die Frau, die ich zuletzt datete, hatte sich beim sechsten Treffen Notizen für eine Hochzeit gemacht und sie mir dann gezeigt. Das war unser letztes Date gewesen.

Zugegeben, ich vermisste Frauen. Die, die neben mir saß, war sensationell, außerdem erinnerte sie mich an dieses Benimmbuch, das meine Großmutter Larissa zum Lesen gegeben hatte, als wir klein waren. Grandma wollte, dass ich es auch las, aber ich dachte gar nicht dran. Das Mädchen auf dem Buchcover war mir zu adrett und artig – ein Look, dem ich erst jetzt etwas abgewinnen konnte. Eingepackt in das Paket neben mir war er der totale Antörner.

Es war einfach zu drollig, Lila dabei zu beobachten, wie sie sich abmühte, mit Messer und Gabel eine Potato Skin zu essen. Larissas Gesicht, als Lila sie um »Besteck« gebeten hatte, toppte das allerdings noch. Wir waren im Umfeld meiner Großmutter groß geworden, Leute mit guten Manieren waren uns also nicht fremd. Doch in einem Schuppen wie dem Live Bay traf man auf diese Sorte Mädchen sonst nicht.

Bestimmt war Larissa genauso amüsiert wie ich. Wenn auch nicht unbedingt so fasziniert. Jedes Mal, wenn sie wegen Getränken ankam, bedachte sie mich mit diesem Benimm-dich-Funkeln.

Sie war meine Tante, aber nur ein paar Jahre älter als ich, weshalb wir mehr wie Cousin und Cousine aufgewachsen waren. Eine Zeit lang hatte sie sogar bei uns gewohnt, doch damals war ich noch so klein, dass ich mich daran nicht mehr richtig erinnern konnte.

Ich hatte ganz schön schauspielern müssen, um Larissa über meinen tatsächlichen Trunkenheitsgrad hinwegzutäuschen und auf die Art an einen weiteren Whisky zu gelangen.

Schließlich fasste ich zu Lilas Teller hinüber, nahm eine der Potato Skins und hielt sie ihr an den vollkommenen rosigen Mund, was sie mit einem Stirnrunzeln quittierte. »Iss sie mit der Hand. Versuch's mal. Dadurch kriegst du zwar fettige Finger, aber irgendwie macht's das noch besser.«

Als leidenschaftlicher Läufer war ich eigentlich kein Junkfood-Typ, sondern suchte mir mein Essen sehr bedacht aus – bis ich mich betrank. Dann war nichts mehr sicher vor mir. Heute hielt mich Lila allerdings davon ab. Sie faszinierte mich viel zu sehr, als dass mich noch irgendetwas anderes interessiert hätte.

Anmutig aß sie einen Bissen, hielt dann beim Kauen die Hand vor den Mund und grinste, als hätte sie etwas total Verruchtes getan. Mann, war das heiß! Nie im Leben war sie wirklich so perfekt, wie es mir vorkam. Irgendwo musste es einen Haken geben, der mir allerdings in meinem angeschickerten Zustand entging. Ich musste vorsichtig vorgehen.

Ich versuchte, mich mehr zu fokussieren, um zu sehen, ob ihre Zähne krumm waren oder dazwischen eine Lücke war, groß genug, dass das Essen hindurchpasste. Vielleicht hatte sie Mundgeruch? Oder war verheiratet? Auf der Suche nach Hinweisen betrachtete ich sie forschend.

»Was machst du?«, fragte sie.

Ich würde ihr nicht unter die Nase reiben, dass ich sie nach Mängeln abcheckte. Es musste doch einen Grund geben, warum ich der einzige Typ in der Bar war, der auf sie abfuhr. Wenn sie tatsächlich so perfekt war, wie es mir meine Sinne vorgaukelten, dann hätten einige Typen um sie rumhängen müssen. Das war mein erster Anhaltspunkt. Natürlich konnte ich auch Larissa fragen, doch bestand die Gefahr, dass sie mir daraufhin keine Drinks mehr geben und mir möglicherweise eine scheuern würde, weil sie das oberflächlich fand.

Ich wählte die beste Ausrede. »Ich hab versucht herauszubekommen, ob du verheiratet oder verlobt bist.«

Darauf lachte sie. Aus vollem Herzen. Das klang so schön, dass es mich wohlig überrieselte. »Verheiratet? Wie kommst du denn darauf? Und warum musterst du meinen Mund, als wäre ich Teil eines wissenschaftlichen Experiments? Sollte der dir sagen, ob ich verheiratet bin?«

Sonderlich glatt lief das nicht. Vielleicht sollte ich doch lieber Wasser trinken.

»Hab nur geschaut, ob dir diese grünen Zwiebeln zwischen den Zähnen klemmen. Das tun sie bei mir nämlich immer.«

Wieder lachte sie. Dieses Lachen gefiel mir! Und es gefiel mir, dass sie meine Lüge lustig fand.

»Dann muss ich mich wohl bedanken. Ich schätze, ich habe die Prüfung bestanden.«

Ich nickte, denn sie sah immer noch perfekt aus, und ich wollte verdammt sein, wenn ich sie mir einfach nur schöngetrunken hatte. Falls ja, hatte ich eine bessere Fantasie als angenommen.

»Tanz mit mir«, sagte ich und stand auf, und das, ohne hinzustürzen, yeah! Mein Gleichgewicht hatte ich noch immer im Griff. Na bitte.

»Trink erst noch dieses Wasser, Romeo«, unterbrach mich Larissa. Ihre ernste Miene sagte mir, dass ich meinen Rausch vielleicht doch nicht so gut verbergen konnte, weshalb ich das Glas bereitwillig leerte.

Sie warf einen Blick zu Lila. »Ich vertrau dir«, lauteten ihre abschließenden Worte mit Blick zu mir, bevor sie sich zu anderen Gästen aufmachte. Es war scheiße, wenn deine Tante die Barkeeperin im einzigen coolen Club des Ortes war. Na ja, es war nicht immer scheiße, doch heute Abend kam mir dieser Umstand eindeutig in die Quere.

»Larissa ist meine Tante«, tat ich ihre Bemerkung grinsend ab. »Die musst du einfach ignorieren.«

Lilas Augen weiteten sich erstaunt. »Oh, dabei sieht sie noch so jung aus!«

»Ist sie auch. Uns trennen gerade mal ein paar Jahre. Dahinter steckt eine Geschichte voller Intrigen und Lügen, eine ausgesprochene Seifenoper. Ich erzähle dir alles darüber, wenn du mit mir tanzt. Die ist besser als jeder Liebesroman, versprochen.« Und das stimmte auch. Larissas Geschichte hatte es in sich.

Lila blickte auf ihr Essen. »Ich kriege sowieso nichts mehr runter. Du hast recht, die Potato Skins sind köstlich, machen aber schnell satt.« Sie stand auf und bedachte mich mit einem Lächeln, an das ich mich morgen hoffentlich noch erinnerte.

Ich legte ihr eine Hand auf den Rücken und führte sie auf die Tanzfläche. Als ich einen Blick zu dem Tisch warf, an dem ich bei ihrer Ankunft gestanden hatte, entdeckte ich Micah Falco und Jimmy Taylor, die mir zunickten. Beide grinsten. Entweder weil Lila so megaheiß war, wie ich dachte, oder weil sie mich noch jahrelang damit aufzuziehen gedachten. Inzwischen war mir das egal. Und ich war arschfroh, dass Saffron heute Abend nicht hier war, um Unruhe zu stiften. Sie hätte mir aus purer Mutwilligkeit alles kaputt gemacht.

Selbst wenn ich Teile dieses Abends vergäße, würden Micah und Jimmy mir garantiert eine vollständige Zusammenfassung liefern. Sobald wir auf der rammelvollen Tanzfläche waren, zog ich Lila an mich und atmete tief ein. Herrje, sie roch himmlisch. Dabei schien sie weder ein schweres Parfum aufgelegt noch eine besondere Bodylotion verwendet zu haben. Dennoch duftete sie ganz leicht nach Mandeln oder Zimt. Einfach berauschend. Ich zog sie näher an mich und inhalierte wieder tief.

»Bin mir sicher, du hörst das oft, aber du riechst sensationell.«

Sie legte den Kopf gerade so viel zurück, dass sie zu mir aufschauen konnte. »Danke! Und, nein, eigentlich nicht.«

Ich stutzte. Lebte sie in einem Nonnenkloster? »Wie ist das möglich?«

Sie zuckte leicht mit den Achseln. »Mir kommen Männer nicht oft so nahe.« Sie zögerte, dann machte sie ein ernstes Gesicht, als würde sie sich fragen, ob sie das hätte sagen sollen. »Ich meine, lange Zeit war das so, jetzt ist das anders. Ich bin anders. Es wird Zeit für eine Veränderung.«

Eine Veränderung? Was war sie, eine Lesbe, die sich mal am anderen Ufer versuchte? Lieber nicht nachfragen, denn sie könnte sich verletzt fühlen, falls dem so war. So oder so, es war mir schnuppe.

»Und woraus besteht diese Veränderung dann so?«, fragte ich.

»Abenteuer.«

Nur dieses eine Wort. Interessant. Sie hatte ihr Kneipenessen mit Messer und Gabel zu sich genommen, eine Serviette im Schoß, und sie war auf Abenteuer aus. Fragte sich, ob das gut gehen konnte. Sie wirkte so unschuldig. Aber vielleicht machte ich mir ja ein völlig falsches Bild von ihr?

»Woraus besteht dieses Abenteuer?«

»Das weiß ich noch nicht so genau. Aber ich stecke mittendrin. Kneipen, Zufallsbekanntschaften, Essen an der Bar … das ganze Programm.«

»Bin ich der Beginn deines Abenteuers?«

Lächelnd nickte sie. »Ja, Eli, das bist du.«

4. KAPITEL

Lila Kate

Mein Tanz mit Eli war nicht mein erster in einer Bar. Auch zu Collegezeiten hatte ich das schon mal getan. Eine Freundin vom Tanzteam feierte ihren einundzwanzigsten Geburtstag im angesagten Club des Ortes. Ich ging hin. Tanzte. Ging früh und war noch vor Mitternacht nüchtern wieder zu Hause. So viel dazu. Doch diese Zeiten lagen hinter mir.

»Ich glaube, ich hätte gern noch einen Drink«, erklärte ich Eli nach unserem Tanz.

Er lächelte belustigt. »Irgendwas Spezielles?«

Beinahe hätte ich »Martini« gesagt, bremste mich aber. »Was auch immer.«

Er schmunzelte, und ich beobachtete, wie er einer Kellnerin ein Zeichen gab, die ein Tablett mit lauter Gläschen voller Wackelpudding trug. Sie kam her, und er nahm zwei der Gläser vom Tablett herunter. »Danke.«

Dann reichte er mir eines davon.

»Was ist das?« Ich hielt mein Glas hoch.

»Ein Jello-O-Shot. Der ist sogar noch besser als ein Bardrink. Es ist ein Clubdrink.«

Der Club, auf den er anspielte, war kein Club, wie ich ihn kannte. Aber ich dachte mir, warum nicht, und probierte vorsichtig.

»Das ist ein Shot, Lila. Den schlürft man nicht genüsslich. Einfach runter damit!«

Da ich ihn nicht enttäuschen wollte, tat ich es. Das Zeug schmeckte lecker nach Erdbeer-Wackelpeter.

»Wie findest du ihn?«

»Mir hat's geschmeckt.«

Er reichte mir seinen Shot. »Ich finde, es sieht einfach lächerlich aus, wenn ein Kerl sich einen Jello-O-Shot reinzieht. Nimm ihn.«

Das machte ich glatt.

Keine Ahnung, welche Art von Alkohol mit im Spiel war, doch ich fühlte mich beschwingt und glücklich. Eli nahm beide Gläser, hob wieder eine Hand und stellte sie auf das Tablett, mit dem die Kellnerin zu uns kam.

»Bereit für einen weiteren Tanz?«

Ich begab mich wieder in seine Arme, und wir tanzten. Diesmal war ich schon viel lockerer drauf, hatte meinen Spaß und lachte. Ich hörte mein eigenes Gelächter, und es fühlte sich richtig an.

Erst drei Tänze später, als sich Eli einen Drink von einem Tablett nahm, fragte ich mich, wie viel Uhr es eigentlich war. Ich musste meine Mom anrufen. Und Nate auch.

Dann begriff ich, dass das die Überlegungen der alten Lila Kate waren. Die neue pfiff darauf!

Wir tanzten weiter. Unsere Bewegungen wurden sinnlicher. Die Berührungen intensiver, und mein Herz schlug ein wenig schneller. Ich genoss die Nähe zu Eli. Ich mochte es, wie seine Hände über meine Hüften glitten und meinen Hintern umfassten. Als meine Brüste seinen Brustkorb streiften, glich das einem Stromschlag. Solche Gefühle kannte ich gar nicht. Nicht, dass ich nicht zuvor auch schon gern so empfunden hätte. Es war nur nie geschehen. Ich war immer so angespannt und unsicher gewesen. Aber es fiel mir leicht, Eli zu vertrauen, und bei seinem Lächeln wäre selbst eine Nonne schwach geworden.

Er senkte den Kopf, und ich spürte seinen Atem heiß an meinem Hals. Ich erschauerte, als er damit mein Ohr streifte. »Geh irgendwohin mit mir.«

Ich hielt im Tanzen inne. Da war sie. Meine Chance, etwas richtig Wildes zu tun. Mich von meinem alten Ich zu befreien. Jemand anderes zu werden. Ich brauchte das. Ich wollte das. Schon lange hatte ich mich zu niemandem mehr so hingezogen gefühlt wie jetzt zu Eli. Dafür waren auch nicht nur die Shots verantwortlich. Er hatte mir schon gefallen, bevor ich zu trinken angefangen hatte.

»Okay«, antwortete ich laut genug, dass er mich hören konnte.

Er biss mir sanft ins Ohrläppchen. »Ich hol schnell deine Handtasche von Larissa.« Er hatte sie ihr gegeben, als wir von der Bar zur Tanzfläche gegangen waren.

»Bist du mit dem Auto da?«, fragte er, als er damit zurückkam.

»Ja.«

»Bin mir nicht sicher, ob du oder ich noch fahren sollten. Gehen wir doch einfach zum Strand runter.«

Er hatte recht. Ich sollte mich besser nicht mehr ans Steuer setzen, und er hatte mehr getrunken als ich. Seine Hand glitt über meine, und wir verflochten unsere Finger. Wortlos überquerten wir im Mondschein die Straße und gingen zum Strand hinunter. Die Musik aus dem Live Bay verklang in der Ferne.

Der Strandabschnitt hier war abgelegen und friedlich.

Zu Hause war ich nachts schon oft am Strand gewesen. Allerdings nie mit einem Mann. Nicht so. Mir kam es fast magisch vor.

»Badest du oft im Golf? Oder wohnst du an der Ostküste?«

»Ich wohne an der Westküste, und nein. Ich genieße die Schönheit des Meers, gehe aber nicht oft rein.«

»Wo in Florida wohnst du denn?«

Unsicher zögerte ich. Eigentlich wollte ich mein altes Ich ja hinter mir lassen. Rosemary Beach war klein, aber sehr elitär. Es war allgemein bekannt, dass dort reiche und berühmte Leute wohnten. Er würde ins Grübeln kommen. Fragen stellen. Im Nu würde ich mich wieder in Lila Kate Carter zurückverwandeln. Das wollte ich aber nicht.

»In einer Kleinstadt. Nichts Besonderes.«

Er nickte. »Okay.«

Ich seufzte. Es sah aus, als würde ich es Eli verschweigen wollen, weil ich ihm nicht traute. Dabei war ich allein mit ihm hier draußen und zeigte ihm damit eigentlich Vertrauen genug. »Das ist es nicht. Es ist nur so … Ich möchte mich verändern. Jemand Neues sein.«

»Abenteuer«, ergänzte er.

»Genau.«

Als wir eine dunkle und abgeschiedene Stelle des Strands erreichten, an der nur die Wellen ans Ufer brandeten und landeinwärts nichts als hohes Seegras zu sehen war, blieb er stehen. Die Häuser hatten wir inzwischen hinter uns gelassen. Er drehte sich zu mir und legte die Hände um meine Taille. Würde ich behaupten, ich hätte nicht die Luft angehalten, würde ich lügen. Als er mich küsste, atmete ich scharf ein. Seine Lippen waren fest und sanft zugleich, und er wusste genau, wie man sie einsetzen musste. Wir vertieften den Kuss, und er glitt mit den Händen über meinen Hintern und schob sie dann wieder nach oben, bis er meine Brüste erreichte.

Mein Atem ging bereits stoßweise, als er mit den Daumenkuppen meine Brustspitzen streifte. Als er mir mein Shirt über den Kopf ziehen wollte, zögerte ich. Plötzlich wurde ich unsicher. Ich kannte ihn nicht. War ich dazu bereit? Ich hob den Blick und sah in sein perfektes, markantes Gesicht, und ich beschloss, es war der richtige Zeitpunkt. Für ein richtiges Abenteuer, und er war der Richtige dafür.

Ich ließ mir von ihm mein Shirt ausziehen. Nach einem bewundernden Blick ließ er es auf den Boden gleiten, zog mir den BH aus und warf ihn auf mein Shirt. Wieder vergaß ich zu atmen, als Eli mit dem Mund zu meinen Brüsten hinunterwanderte, die Lippen um eine Brustwarze schloss und leicht daran saugte. Meine Knie gaben nach, und ich musste mich an seinem Kopf festhalten. Er schien genau zu wissen, was ich brauchte, und unterbrach es nur kurz, um sich von seinem Shirt zu befreien. Er breitete es auf dem Sand aus und machte dasselbe dann mit seinen Jeans. Währenddessen ließ ich fasziniert den Blick über seinen durchtrainierten Körper wandern. Sobald er mit dem behelfsmäßigen Lager fertig war, setzte er sich darauf und zog mich zu sich herunter.

Ich setzte mich rittlings auf ihn, wobei mein Rock automatisch hochrutschte, sodass uns nur noch seine Boxershorts und mein Höschen trennten. Dann fuhr er mir mit den Händen übers Haar, hielt meinen Kopf und sah mir tief in die Augen. »Verdammt, du bist perfekt, Lila. Das kann doch nicht sein, oder?«

»Ich bin alles andere als perfekt.«

Er lächelte, dann verdunkelte sich sein Blick, und ich erschauerte. »Ich möchte dich kosten.«

Ich wollte ihn auch immer wieder küssen. »Okay.«

Mit einer raschen Bewegung rollte er mich unter sich, ich konnte unter mir seine zerknüllten Klamotten und Sand spüren und erschrak. Doch als er sich meine Knie über die Schultern legte, ging mir die wahre Bedeutung seiner Worte auf, und mir wurde flau im Magen. Noch nie hatte ich etwas so Intimes mit einem Mann gemacht. Nervös war gar kein Ausdruck für das, was ich war.

Dann fuhr er mit der Zunge über die Innenseite meines Oberschenkels, und ich erstarrte. Keine Ahnung, ob aus Vorfreude oder aus Angst vor dem, was gleich kommen würde. Jene Lippen, die genau wussten, wie sie mit meinen spielen mussten, übten nun dieselbe Magie zwischen meinen Beinen aus. Mit jedem Zungenschlag und jedem sorgfältig platzierten Kuss stöhnte ich kurz auf, erzitterte und fing an, leise nach mehr zu flehen. Es war der erotischste, erregendste Augenblick meines Lebens. Ich wünschte, er würde nie enden.

5. KAPITEL

Eli Hardy

Wasser. Verdammt, ich hatte nicht genügend Wasser getrunken. Ich lag im Bett, in meinem Kopf dröhnte es, und ich traute mich nicht, die Augen aufzuschlagen. Mir stand ein höllischer Kater bevor. So viel wie am vergangenen Abend trank ich normalerweise nie, und jetzt hatte ich den Salat. Ich hasste es, mich so scheiße zu fühlen.

Moment mal. Dieser Geruch! Ich inhalierte tief. Der Geruch war noch immer da. Heilige Scheiße! Ich erinnerte mich daran. Mandel, Zimt und möglicherweise Vanille. Es klang nach einem Zucker-Cookie, aber das war es nicht, was ich roch. Sie war's.

Ich öffnete die Augen und sah mich um. Nein. Ich lag allein im Bett. Bekleidet. Aber mir haftete Lilas Duft an. Ich hob meinen Arm an die Nase und schnüffelte. Ja. Eindeutig. Doch wie konnte das sein? Vom Tanzen? Wir hatten die Potato Skins gegessen, die ich mir heute würde ablaufen müssen. Dann hatten wir getanzt. Dann … Ja, Shit noch mal, wenn ich das noch wüsste! Ich konnte mich an rein gar nichts mehr erinnern.

Hatte ich Lila dort sitzen lassen und war einfach gegangen? Ich kannte ja nicht mal ihren Nachnamen. Doch das perfekte, himmlisch duftende Mädchen meiner betrunkenen Erinnerungen war wahrscheinlich längst nicht so vollkommen, wie ich es mir eingebildet hatte. Schließlich war ich sternhagelvoll gewesen. Wann hatte schon je ein Mann in betrunkenem Zustand eine weise Entscheidung getroffen? Niemals.

Mein Handy klingelte, und ich drückte ein Kissen darauf, um das nervige Geräusch zu dämpfen. Ächzend setzte ich mich auf und streckte mich. Wasser und Aspirin. Jetzt brauchte ich beides. Allein der Gedanke, mich auch nur zu erheben, war grauenvoll.

Die Lampen im Apartment brannten nicht, was hieß, dass ich nicht zu betrunken gewesen war, um sie auszuknipsen. Dumm nur, dass ich über meine Heimkehr überhaupt nichts mehr auf dem Schirm hatte. Möglicherweise hatte mich Larissa nach Hause gebracht. Das würde erklären, dass meine Pick-up-Schlüssel auf der Küchentheke lagen und ich dennoch noch unter den Lebenden weilte.

Ich nahm mir ein Glas aus dem Küchenschrank, füllte es mit Wasser und holte das ansonsten selten benutzte Aspirin aus der Schublade. Sobald beides konsumiert war, toastete ich mir zwei Brote, schnappte mir einen Apfel, füllte das Wasserglas erneut und ging damit ins Wohnzimmer. Eigentlich hätte ich dringend einen Kaffee gebraucht, aber den würde ich meinem Körper nach dem Schaden, den ich ihm gestern Abend zugefügt hatte, nicht auch noch antun.

Ich lehnte mich auf dem Sofa zurück und stöhnte erneut auf. Warum hatte ich mich nur derart volllaufen lassen? Es gab doch eigentlich keine Gründe dafür? Ich hatte einen sicheren Job. War gesund. Hatte Freunde. Meine beste Freundin war verlobt, aber damit kam ich so langsam klar. Aber verdammt wollte ich sein, wenn ich gestern Abend nicht vor irgendetwas hatte fliehen wollen!

Mehr als die beiden Toastbrote vertrug mein Magen nicht. Ich aß sie auf und ließ den Apfel auf dem Tisch liegen. Das musste erst mal reichen. Sobald ich mich wieder wie ein Mensch fühlte, würde ich laufen gehen und mir dann ein Herz fassen und Larissa anrufen, um sie zu fragen, was ich den gestrigen Abend eigentlich so getrieben hatte.

Mal abgesehen von der Tatsache, dass ich ein wenig gebechert hatte. Oder auch viel. Das sah mir gar nicht ähnlich. Doch in dem Moment hatte ich mich gut gefühlt. Das Geplänkel mit Lila hatte ich genossen. Eigentlich wollte ich mit Frauen gerade nichts zu tun haben, aber mehr als mit ihr geflirtet und getanzt hatte ich ja auch nicht. Außerdem befand sie sich auf der Suche nach Abenteuern. Zumindest daran erinnerte ich mich noch. Ich musste lächeln. Dieses Mädchen und ihr Abenteuer klangen so nach *Alice im Wunderland*.

Ich würde mich bei Larissa erkundigen müssen, ob sie wirklich so eine Hammerfrau gewesen war oder ob ich mir das in meiner Trunkenheit nur eingebildet hatte. Einfach nur, damit ich sie korrekt in Erinnerung behielt. Andererseits sollte ich meine Erinnerungen vielleicht nicht von der Realität trüben lassen. Schließlich war ich nicht zusammen mit ihr im Bett oder im verheirateten Zustand aufgewacht. Schon mal was!

Wieder hörte ich den gedämpften Klingelton meines Handys. Da war ja jemand ganz schön hartnäckig! Gähnend stand ich von meinem gemütlichen Plätzchen auf, was ein schmerzhaftes Stechen in meinem Kopf zur Folge hatte, und ging mein Handy unter dem Kissen holen.

Nur eine Seite meines Bettes war zerwühlt. Auch ein gutes Zeichen. Oder nicht? Noch immer haftete mir ihr

Duft an, und ich wusste noch genau, wie sie sich beim Tanzen in meinen Armen angefühlt hatte. Na, vielleicht wäre es gar nicht so übel gewesen, wenn sie beim Aufwachen neben mir gelegen hätte.

Ich hielt inne und überließ meiner Fantasie einen Augenblick die Oberhand. Ich sah Lila vor mir, mit ihrem braunen Haar, wie sie mich mit ihren hübschen Augen anlächelte. Dieser süße Duft, von dem man nicht genug bekam! Doch früher oder später würde sie loslegen und über unsere Hochzeit reden und unsere Kinder und dass sie in meinem Schrank Platz bräuchte und für ihre Höschen eine Schublade in meiner Kommode. *Halt! Nichts wie weg!* Das war der Grund, warum ich Frauen für eine Weile abschwor. Alle wollten sie dir Handschellen anlegen und dich zum Altar zerren. Nicht, dass ich nicht eines Tages auch heiraten wollte. Doch, doch, klar. Bloß jetzt noch nicht. Nicht, bis ich auf eine Frau traf, ohne die ich nicht leben konnte.

Doch das war bislang noch nicht der Fall gewesen.

Ich nahm mein Handy und entdeckte auf dem Display Bliss Yorks Namen. In einem halben Jahr würde sie Bliss Finlay heißen. Sie war meine beste Freundin, und ich war den Großteil meines Lebens in sie verliebt gewesen. Ich freute mich für sie. Sie hatte dem Tod ins Gesicht gesehen und gewonnen. Sie verdiente das. Nur hatte ich mir immer vorgestellt, sie würde mich heiraten. Doch dann war Nate Finlay auf der Bildfläche erschienen und hatte alles verändert.

Ich liebte sie immer noch. Aber ich hatte akzeptiert, dass sie sich für einen anderen entschieden hatte, und so allmählich glaubte ich, wenn ich mich vor Frauen fürchtete, die mehr wollten, lag das an ihr. Bliss hatte ich geliebt, solange ich mich erinnern konnte. Wie sollte ich je eine andere derart lieben? Ich hatte Angst, jemandem zu nahe zu kommen, denn am Ende hätte er zu leiden. Was, wenn Bliss immer noch die Eine für mich war? Was, wenn eine andere Bliss' Platz nicht einnehmen konnte oder ich sie einfach nicht aus dem Kopf bekam? Bisher war das nicht geschehen.

Es war ja nicht so, dass ich je angenommen hatte, Bliss würde meine Liebe erwidern. Zumindest nicht auf diese Art. Sie hatte nie so getan, als würde sie mehr in mir sehen als einen guten Freund. Da hatte ich mich lediglich Illusionen hingegeben. Unsere Eltern standen sich nahe. Meine Mutter und ihr Vater waren auch als beste Freunde aufgewachsen. Von Geburt an hatten wir im jeweiligen Kinderbettchen des anderen gelegen. Für Bliss war ich wie einer ihrer Brüder. Außer dass meine Zukunft nicht unbedingt Gefängnisaufenthalte mit einschloss.

Ihre Brüder waren echte Rabauken.

Ich überlegte, ob ich sie zurückrufen sollte. Noch immer hatte ich dröhnende Kopfschmerzen und hatte gerade keinen Bock, mir den ganzen Scheiß über ihr Liebesglück anzuhören. Dann leuchtete ein Text auf. Hab ein großes Frühstück zubereitet. Komm und iss mit uns.

So was war echt ätzend. Bliss mochte es, wenn ich sie besuchte. Was hart war, weil ich dann immer ihr häusliches Glück vor Augen hatte. Trotzdem entschied ich mich dazu hinzugehen, denn ich konnte mich an keine Zeit in meinem Leben erinnern, in der ich nicht alles getan hatte, um Bliss zum Lächeln zu bringen. So allmählich ließ dieses Bedürfnis allerdings nach. Jetzt hatte sie Nate, der sie zum

Lächeln brachte, und den Job wollte ich ohnehin nicht mehr. Meine Zukunftspläne hatten sie bisher immer eingeschlossen. Jetzt nicht mehr. Zumindest nicht mehr so.

Eigentlich war Lilas Idee, endlich mal allem zu entfliehen, gar nicht schlecht. Einfach weg und sich neu erfinden. Einen neuen Weg gehen. Das Problem war nur, dass ich hier einen Job hatte, eine Wohnung und ein Leben. Da konnte ich nicht einfach davonrennen. Keine Ahnung, wie sie ihr Abenteuer finanzierte, ich jedenfalls hatte nicht die Kohle dazu.

Ich wollte Bliss auf ihre Nachricht hin schreiben: *Danke, aber ich hab schon was vor.* Oder: *Danke, aber ich bin beschäftigt.* Damit hätte ich mich von dem Gedanken frei gemacht, sie immer glücklich machen zu wollen. Ein echter Mann hätte so etwas getan. Stattdessen erwiderte ich: Bin grad erst aufgestanden. Lass mich noch duschen. Dann komm ich rüber.

Ich warf mein Handy aufs Bett und ärgerte mich über meine Schwäche. Das war ja so, als hätte ich es nötig, nett zu sein. Das Richtige zu tun. Verdammt, das hasste ich an mir. Das Letzte, was ich an diesem Vormittag tun wollte, war, zu Bliss und Nate zu fahren und mit ihnen zu essen. Schafften die beiden das nicht ohne mich?

Wieder meldete sich mein Handy. Super. Eine gute Bekannte von Nate ist zu Besuch. Ich möchte, dass du sie kennenlernst.

Verdammt noch mal, die wollten mich verkuppeln. Und wieso bekam Nate Besuch von einer Frau?

Eine Bekannte?, textete ich zurück.

Ja. Wir warten mit dem Essen auf dich.

Ich hätte ja gern noch weitere Fragen gestellt, wie etwa, ob sonst noch jemand eingeladen sei. Diese Art von Spielchen war nämlich das Letzte, was ich brauchte, und das wusste Bliss ganz genau. Bei mir war Frauenpause angesagt. Auch das war ihr bekannt. Ich fragte mich, ob Nates »gute Bekannte« insgeheim in ihn verliebt war. Tja, hatten wir am Ende vielleicht doch etwas gemeinsam?

6. KAPITEL

Lila
Kate

Ich stand länger unter der warmen Dusche als üblich. Denn noch immer war ich an Stellen sandig, an denen ich es noch nie gewesen war. Ich schloss die Augen und versuchte, mir selbst gegenüber nicht zu streng zu sein. Schließlich hatte ich genau das getan, was ich mir vorgenommen hatte. Eli war ein netter Kerl. Er war lieb und sanft, und als er ein Kondom aus seiner Hosentasche gezogen hatte, war ich extrem dankbar gewesen.

Während wir miteinander geschlafen hatten, hatte er mich mit seinem Dirty Talk doch tatsächlich ziemlich heiß gemacht. Natürlich hatte er es nicht »miteinander schlafen« genannt, stattdessen war häufig das Wort »ficken« gefallen. Ich berührte die empfindliche Stelle zwischen meinen Beinen und lächelte. Ich war wild gewesen. Hatte einen One-Night-Stand gehabt. Ich. Lila Kate Carter hatte rumgehurt! Unwillkürlich musste ich kichern.

Selbst durch den Dunst der warmen Dusche konnte ich Bacon und Zimt riechen. Was immer Bliss da zubereitete, ließ meinen Magen freudig knurren. Nach der ganzen Tanzerei, dem Spaziergang und dem besten Sex ever hatte ich einen Bärenhunger.

Zum Glück hatte mich das Stranderlebnis gestern Abend wieder nüchtern genug gemacht, dass ich hierherfahren konnte. Eli aber hatte ich noch immer nicht für fahrtüchtig gehalten. Entsprechend hatte ich Larissa Bescheid gegeben, als wir danach wieder zum Parkplatz zurückgegangen waren. Zum Abschied hatte er mich wie ein Mann geküsst, der Hunger auf mehr hatte. Ich hatte mir alles genau einzuprägen versucht, da ich diesen Abend niemals vergessen wollte.

Eli hatte sich weder nach meiner Handynummer, meinem Nachnamen noch sonst irgendetwas erkundigt. Für ihn war es also auch nur eine einmalige Sache gewesen. Es machte mich ein bisschen traurig, dass ich nie mehr über ihn erfahren und ihn nie wiedersehen würde. Eli würde immer meine erste Erfahrung als neue Lila sein.

Widerstrebend stieg ich aus der Duschkabine und trocknete meinen Körper und meine Haare mit einem Handtuch ab. Dann schlüpfte ich in legere weiße Leinenshorts und ein ärmelloses marineblaues Top, das schön weich war. Ich fing an, mir die Haare zu föhnen, hörte aber gleich wieder damit auf. Die alte Lila Kate hätte sich erst hergerichtet, ehe sie zum Frühstück gegangen wäre. Die neue ging einfach barfuß und mit nassen Haaren hin. Normalerweise verhielt ich mich nur zu Hause so. Warum nicht auch hier? Es erwartete mich doch niemand!

Ich hängte mein Handtuch auf, denn auch wenn ich jetzt relaxter drauf war, wollte ich doch nicht unhöflich sein. Dann folgte ich dem wunderbaren Geruch. Nates und Bliss' Haus war groß und elegant, und wie sein Elternhaus lag es direkt am Meer. Es war zwar längst nicht so nobel, aber dennoch sehr beeindruckend. Und auf jeden Fall größer als mein Elternhaus.

Gerade als ich in die Küche trat, klingelte es an der Tür.

Bliss wirbelte herum und lächelte bei meinem Anblick breit. »Guten Morgen, Lila Kate, tut mir leid, dass ich gestern Abend schon geschlafen habe, als du ankamst. Schau, hier kannst du aus verschiedenen Kaffeesorten wählen.« Bliss deutete auf ein ganzes Sortiment von Kaffeekapseln. »Such dir eine aus, und wenn du keinen Kaffee magst, sind auch einige Tee- oder Kakaokapseln darunter. Bedien dich einfach. Bin gleich zurück. Unser anderer Frühstücksgast trudelt gerade ein.« Sie ging Richtung Haustür.

Ich versuchte, nicht darüber nachzudenken, dass ich gleich mit mehreren Leuten barfuß und mit nassen Haaren ein schickes Frühstück einnehmen würde. Es war lächerlich, sich deswegen einen Kopf zu machen. Ich besah mir die Kaffee- und Teeauswahl. Ich mochte Tee, allerdings mittels einem in heißes Wasser getauchten Teebeutel zubereitet – und nicht Tee aus einer kleinen Plastikkapsel. Ich suchte mir einen Kaffee aus und bereitete ihn mir zu.

»Moin, du Partytier«, erschreckte mich Nates Stimme. Ich hatte auf meine Tasse gestarrt, die sich langsam mit Kaffee füllte, und war mit den Gedanken noch immer beim gestrigen Abend gewesen.

Ich spürte, wie ich rot anlief. Nate war noch wach gewesen, als ich sandig, mit zerzaustem Haar und nach Bar stinkend bei ihnen aufgekreuzt war. Er hatte gelacht. Lauthals. Und hatte mir erzählt, er hätte meine Mutter angeschwindelt und ihr weisgemacht, ich wäre bei meiner Ankunft schon derart müde gewesen, dass ich sofort schlafen gegangen wäre und sie am nächsten Tag anriefe. Zu dem Zeitpunkt war ich noch immer ganz high von den Erinnerungen an meinen wilden Abend. Ich hatte Nate gedankt, mich für mein Zuspätkommen entschuldigt, mich schnell noch gewaschen und ins Bett gelegt.

»Guten Morgen.« Meine Ankunft gestern Abend war mir jetzt noch peinlicher. Zum Glück hatte Bliss schon geschlafen.

»Kater?«, fragte er.

Ich schüttelte den Kopf. »Nein, dafür habe ich nicht genügend getrunken.«

Er grinste. »Alrighty. Bliss will heute Morgen eine ihrer Frühstücksorgien abhalten. Sie hat dazu auch ihren besten Freund eingeladen. Kann gut sein, dass es ein abgekartetes Spiel ist – bin mir nicht sicher. Ich warne dich aber lieber. Der Typ, der kommt, ist in sie verliebt. Sie glaubt's bloß nicht. Aber so was spüre ich. Lächle einfach, und wir bringen das Frühstück hinter uns.«

Ein abgekartetes Spiel? Unvermittelt verging mir der Appetit. »Mich braucht ihr nicht zu verkuppeln. Bin doch in ein paar Tagen sowieso wieder weg.«

Nate zuckte die Achseln. »Ich weiß. Aber das kann man Bliss nicht sagen. Sie behauptet ja, es sei nichts in der Art, insgeheim aber eben doch, wenn du mich fragst. Sie will's nur nicht zugeben. Sie macht sich Sorgen um ihn. Und du wirst all die Leckereien genießen. Außerdem ist sie ein Goldschatz, und es fällt schwer, sie nicht zu lieben. Wirst schon sehen. Ich kann es dem Typen nicht verdenken.«

Ich nickte. »Okay.« Was hätte ich sonst sagen können?

»Hier, nimm das Tablett mit diesen raffinierten Muffins darauf. Ich nehme die Kasserolle«, sagte Nate. »Bliss möchte, dass vor dem Essen alles schon auf dem Tisch steht.«

Ich folgte ihm ins Esszimmer. »Übrigens, Lila Kate, ich

bin stolz auf dich. Es ist nicht einfach, seine Zelte zu Hause abzubrechen.«

Ich lächelte. Nicht, dass ich es nötig gehabt hätte, dass Nate Finlay stolz auf mich war. Doch ich hörte es trotzdem gern. »Dir ist es leichtgefallen.«

»Schon, aber für dich … ist das ein Riesending. Ich bin beeindruckt. Deine Mom ist krank vor Sorge, aber du bist jetzt nun mal erwachsen.«

Gerade wollte ich etwas erwidern, als mir die Worte im Hals stecken blieben und ich abrupt stehen blieb. Denn da kam mein erstes Abenteuer in den Raum marschiert. Bliss kam mit Eli herein. Meinem Eli!

O mein Gott!

Er unterhielt sich mit Bliss und hatte uns noch gar nicht bemerkt. Ich konnte mich nicht vom Fleck rühren. War zur Salzsäule erstarrt. Nates Worte gingen mir durch den Kopf, verhöhnten mich. Eli war Bliss' bester Freund und in sie verliebt? Und ausgerechnet der hatte mich in der Bar ansprechen müssen? Ausgerechnet der hatte mein Herz zum Flattern bringen und den Wunsch in mir wecken müssen, ihm nahe zu sein?

Ich war mir nicht sicher, ob ich mich bewegen und damit Aufmerksamkeit auf mich lenken sollte. Würde Eli es ihnen erzählen? Würde er mich beim Namen nennen, sodass sie merkten, dass wir uns schon kannten? Oder würde er so tun, als hätte es den gestrigen Abend nie gegeben?

»Oha, Eli, du siehst mitgenommen aus heute Morgen. Wilde Nacht?«, fragte Nate, und in diesem Augenblick wandte sich Eli zu uns um. Unsere Blicke trafen sich. Er blinzelte, als könnte er mich nur verschwommen sehen und müsste sich fokussieren, um mich zu erkennen.

»Eli, das ist Lila Kate. Eine gute Freundin von Nate. Denk nur, genau wie wir kennen sie einander schon ihr ganzes Leben. Lila Kate, das ist Eli. Normalerweise ist er redseliger, doch er scheint einen kleinen Kater zu haben«, meinte Bliss in belustigtem Ton.

Unsicher, wie wir vorgehen würden, wartete ich ab. Dass wir beide am Strand Sex miteinander gehabt hatten, würde ja wohl unter uns bleiben. Zumindest hoffte ich das.

»Wir haben uns schon kennengelernt.« Endlich zeigte sich ein Lächeln auf seinem Gesicht. Das Lächeln, an das ich mich vom Vorabend erinnerte. »Zumindest glaube ich das. Ich habe gestern Abend zu tief ins Glas geschaut, weshalb ich mich an alles nur verschwommen erinnere, aber du bist das Mädchen von der Bar gestern Abend. Live Bay? Habe ich dich nicht dazu überredet, Potato Skins zu essen?«

Er klang unglaublich überzeugend. Ich stieg darauf ein. »Genau so war's.«

»Da hast du gestern Abend also gesteckt!« Nate klang überrascht, fast schon beeindruckt. »Das erklärt einiges.«

Ich sah ihn nicht an. Sah auch nicht länger zu Eli. Stattdessen beschloss ich, das Essen auf dem Tisch zu studieren. Meine Art, mit unbehaglichen Situationen umzugehen. Darin war ich gut. Ein Profi.

»Diese Potato Skins sind köstlich«, sagte Bliss mit Freude in der Stimme. »Ich bin so froh, dass ihr euch schon kennengelernt habt. Nate und ich holen jetzt das restliche Essen. Macht's euch bequem. Wir sind gleich zurück.«

Bliss freute sich ein bisschen zu sehr über das Ganze. Sie hatte wohl tatsächlich Hintergedanken, und ihrer Reaktion nach zu urteilen meinte sie nun, durch unser Treffen am Vorabend würde alles einfacher. Sobald die beiden verschwunden waren, linste ich zu Eli. Er studierte mich noch immer.

»Meine Erinnerung stimmte also. Was mich ein wenig überrascht. Ich war mir unsicher, ob es nicht an meinem Suff lag, dass du mir so perfekt und adrett vorkamst. Doch so war's nicht, wie ich sehe.«

Errötend knetete ich die Hände. Nett, dass er das sagte. Oder?

»Wenn ich sicher gewusst hätte, dass ich mir das Ganze nicht nur einbilde, hätte ich mir etwas einfallen lassen, dich dazu zu bringen, mit mir zu verschwinden. Aber ich hatte einfach zu viele Whiskys intus. Schade!«

In seiner Stimme schwang ein freundliches Necken mit. Doch das war es nicht, was mich stutzig machte. Sondern das, was er sagte. Er hätte sich etwas ausgedacht, wie er mich dazu bringt, mit ihm zu verschwinden. Garantiert sagte er das nur für den Fall, dass Bliss und Nate uns hören konnten. So betrunken war er nicht gewesen. Oder doch?

»Oh«, erwiderte ich, da ich ja irgendetwas antworten musste.

»Es war nett, mit dir zu tanzen. Echt nett«, meinte er mit gesenkter Stimme. »Heute Morgen nach dem Aufwachen konnte ich dich noch auf meiner Haut riechen.«

Benutzte er irgendeinen Geheimcode? Ich warf einen Blick zur Tür, doch weder Bliss noch Nate waren zu sehen. Verwirrend!

Ehe ich mir irgendeine Antwort überlegen musste, tauchte Nate mit einem Obsttablett auf. »Wenn ihr zwei vorhabt, miteinander anzubandeln, sagt es Bliss einfach, und wenn nicht, dann sagt es ihr auch, sonst treibt sie uns alle in den Wahnsinn mit ihren Verkupplungsversuchen.«

Nate redete nicht lang um den heißen Brei herum. Bis jetzt hatte mir das immer an ihm gefallen. Gerade hätte ich darauf verzichten können. Was ihm allerdings nicht klar war. Zum Glück wusste er nicht, was geschehen war.

»Auch wenn du völlig geschafft aussiehst, Eli, und Lila Kate erst spät und in leicht derangiertem Zustand bei uns aufschlug, ich daher so meine Vermutungen habe, werde ich nicht nachbohren. Behaltet es einfach für euch«, schloss Nate das Thema ab. Dann deutete er auf den Tisch. »Setzt euch doch. Ich sterbe vor Hunger.«

Ich ließ mich auf dem Stuhl nieder, der mir am nächsten war. Nate setzte sich an das Tischende nahe der Tür zur Küche. Eli nahm mir gegenüber Platz. Ab und an sah er mich mit grübelnder Miene an, als würde er sich an etwas zu erinnern versuchen, und ich befürchtete, dass es sich dabei darum handelte, was geschehen war, nachdem wir die Bar verlassen hatten. Je länger er mich so ansah, umso überzeugter war ich, dass er keinerlei Erinnerung an unser Stranderlebnis hatte. Man Sex mit mir also vergessen konnte. Meine glücklichen Gedanken von heute Morgen waren wie weggeblasen.

»Ich hab sowohl was Herzhaftes als auch was Süßes zubereitet. Und für dich, Eli, extra noch was Gesundes.« Bliss sah zu mir. »Er mag dich gestern Abend zu Potato Skins überredet haben, aber normalerweise ist er der totale Gesundheitsfreak. Das kann richtig nerven.«

Ich zwang mich zu einem Lächeln.

7. KAPITEL

Eli Hardy

Sie war kein Traum gewesen. Doch das schäkernde Mädchen von gestern Abend mit dem schüchternen Lächeln war wie vom Erdboden verschluckt. Dieses hier war angespannt und schien sich unbehaglich zu fühlen. Wirkte sogar sauer. Ich meinerseits hatte bei ihrem Anblick gedacht, ich würde noch träumen, als ich hereingekommen war. Mit einem frischen Gesicht, das Haar noch feucht von der Dusche und noch genauso vollkommen, wie ich sie in Erinnerung hatte.

Ich versuchte, sie dazu zu bringen, mich anzusehen, doch sie hielt den Blick stur auf ihr Essen gerichtet, das sie kaum anrührte, und sah nur auf, wenn Nate oder Bliss ihr eine Frage stellten. So allmählich musste jedem klar sein, dass sie nicht mit mir an diesem Tisch sitzen wollte. Bliss warf mir sogar schon den ein oder anderen fragenden Blick zu, als hätte ich irgendetwas angestellt. Zur Hölle, ich war gestern Abend blau gewesen. Ich erinnerte mich nur noch, dass Lila die Potato Skins mit Messer und Gabel gegessen hatte und wie gut sie sich beim Tanzen in meinen Armen angefühlt hatte. Was die Dinge danach anging, hatte ich ein Blackout. Tja, da wollte ich mir einmal die Kante geben, obwohl ich wenig vertrug, und schon hatte ich den Schlamassel.

Sobald ich wieder zu Hause wäre, musste ich Larissa anrufen und sie über den Verlauf des Abends ausquetschen. Von ihrem Platz hinter der Bar musste sie ja alles mitbekommen haben.

»Was ist dein nächstes Ziel, Lila Kate?«, erkundigte sich Bliss allzu fröhlich. Komisch, dass sie sie Lila Kate nannten. Nicht nur Lila. Mir hatte sie sich als Lila vorgestellt. Ganz bestimmt. Lila Kate klang zwar nett, aber irgendwie kindisch. Ärgerte sie das? Mich nervte das nämlich. Ich war drauf und dran, Bliss zu korrigieren.

»Bin mir nicht sicher. Ich wollte mir heute mal eine Landkarte angucken und dann entscheiden. Ein paar Ideen habe ich schon. Es gibt da eine Freundin, die ich gern besuchen würde.«

Also hatte ich es nicht nur geträumt, dass sie von einem Abenteuer erzählt hatte.

»Du reist allein?«, fragte ich. Ich hielt das ja noch immer für eine dumme Idee.

Sie sah mich kaum an und nickte knapp. »Ja.«

»Ist das sicher?«

Sie versteifte sich. Straffte die Schultern und neigte den Kopf unvermittelt in einer sehr königlichen Pose. Interessant! Als sie »Ja« antwortete, sah sie aus wie eine Kennedy.

»Im Fall der Fälle zieht Lila Kate einfach eine Knarre und macht kurzen Prozess. Auch wenn man es ihr nicht ansieht, anlegen sollte man sich nicht mit ihr!« Nate grinste schief.

»Du trägst eine Waffe bei dir?«, fragte ich fassungslos. Das tat ja nicht mal ich, dabei war ich ein Mann und stammte aus Alabama.

Sie zuckte anmutig die Achseln. »Logisch.«

»Dann hast du wohl Brüder wie Bliss.« In meinen Augen war das die einzige Erklärung.

»Nö, ich bin Einzelkind.«

»Als Lila Kate anfing, Auto zu fahren, wurde Harlow, ihre Mutter, nervös«, erklärte Nate. »Daher bot meine Mom an, ihr den Umgang mit einer Waffe beizubringen.«

Ich sah zu Nate. »Deine Mom führt auch eine Waffe bei sich?«

Nate lachte. »Aber ja. Meine Mutter ist ein sehr femininer Typ, schön und absolut krass drauf!«

Bliss fiel in sein Gelächter ein. »Ja, das ist sie!«

»Es heißt, dass meine Mom an ihrem ersten Abend in Rosemary Beach mit ihrer Knarre auf Lila Kates Dad gezielt hat, und der hat sich vor Angst in die Hose gemacht.« Nate schmunzelte.

Lilas Mundwinkel hoben sich ein bisschen. Ihr gefiel die Geschichte auch. Ich beobachtete gespannt, ob sich das Ganze vielleicht zu einem breiten Lächeln wie gestern Abend entwickeln würde, bei dem ihre Augen aufgeleuchtet hatten. Fehlanzeige.

Bliss und Nate erzählten lachend, wie einer von Bliss' Brüdern ihn bei seinem ersten Essen in ihrem Elternhaus mit einer Waffe bedroht hatte. Ich hörte zu, konzentrierte mich aber weiterhin auf Lila. Sobald sie fertig gefrühstückt hatte, erklärte sie Bliss, wie köstlich es gewesen sei und dass sie die Küche aufräumen werde. Dann entschuldigte sie sich damit, dass sie ein paar Telefonate führen müsse. Darunter auch ein wichtiges mit ihrer Mutter.

Sobald sie den Raum verlassen hatte, funkelte Bliss mich an. »Was hast du mit ihr angestellt?«, flüsterte sie.

Ich zuckte unschuldig mit den Schultern. »Ich hab überhaupt nichts gemacht, Ehrenwort! Wir haben was gegessen, was getrunken und zusammen getanzt. Das war's.«

Bliss wirkte nicht überzeugt. »Sie war so wortkarg und nervös, und sie schien sich nicht wohl in ihrer Haut zu fühlen.«

»So ist Lila Kate einfach. Sie ist keine großartige Rednerin. Bleibt lieber im Hintergrund. Hört zu, redet aber nur selten mit. Daran gewöhnst du dich«, erklärte Nate. Doch da war ich anderer Meinung. Das Mädchen von gestern Abend war ganz anders drauf gewesen. Irgendetwas war heute Morgen schiefgelaufen. Nur was?

»Ich möchte aber, dass sie ihren Aufenthalt hier genießt!« Bliss klang traurig.

»Das wird sie, Baby. Lila Kate ist einfach nur still, im Ernst. Ich kenne sie mein ganzes Leben, und so ist sie einfach.«

Bliss nickte seufzend. »Okay. Nun, offenbar interessiert sie sich nicht für dich«, meinte sie mit Blick zu mir. »Vielleicht könnte ich mit ihr shoppen gehen und stattdessen Crimson einladen. Deine Schwester würde sie mögen, darauf wette ich.«

So allmählich ging mir das Ganze auf den Keks.

Nate schenkte Bliss ein Lächeln, das ihr sagen sollte, dass er sie anbetete und sich wünschte, sie wären allein. Normalerweise wurde mir dann unbehaglich zumute, aber im Moment schien mich das nicht zu jucken. Vielmehr interessierte mich gerade, warum Lila sauer auf mich war, und auch Bliss sollte meinetwegen keinen Frust schieben. Oder sich im Stich gelassen fühlen.

»Wenn du fertig gefrühstückt hast, gehst du mal besser. Damit sich Lila Kate wohler fühlt, wenn sie nachher zurückkommt.« Bliss warf mir einen entschuldigenden Blick zu.

Mir reichte es. Ich musste sofort mit Larissa sprechen.

»Ja, ich bin satt. Danke für das Frühstück«, sagte ich, obwohl ich ja eigentlich gar nichts hatte essen wollen. Jetzt rumorte es in meinem Magen umso mehr. »Es war echt lecker.« Ich stand auf und sah zu Nate. »Ich wollte nicht, dass sie sich meinetwegen unbehaglich fühlt. Gestern Abend haben wir uns prima verstanden.«

»Denk dir nichts. Im Ernst, das ist typisch Lila Kate. Bliss kennt sie nur noch nicht. Sie wird sich daran gewöhnen.«

Wieder war ich anderer Ansicht und hatte das Gefühl, Nate würde sie vielleicht nicht so gut kennen. Ich hatte gestern ein völlig anderes Mädchen erlebt. War das vielleicht alles eine Illusion, verursacht durch meinen Rausch? Hatte ich sie für eine andere gehalten, weil ich so dicht gewesen war?

Aber dieses Lächeln und Lachen hatte ich mir doch nicht nur eingebildet. Das war echt gewesen. Das wusste ich genau.

»Okay, danke für die Einladung«, sagte ich und steuerte die Tür an. Ich wollte Lila finden und allein mit ihr sprechen. Doch mit diesen beiden hier im Haus würde das nicht klappen. Ich konnte nur hoffen, dass wir uns vor ihrer Abreise noch mal über den Weg liefen.

Ich schloss die Tür hinter mir und ging zu meinem Pickup. Vor dem Einsteigen warf ich noch einen letzten Blick zu den Fenstern hoch. Keine Ahnung, warum, ein Bauchgefühl wahrscheinlich. Und da stand Lila und beobachtete mich aus einem Fenster auf der linken Seite. Sie hatte die Arme vor der Brust verschränkt und wirkte betrübt, das sah ich selbst aus dieser Entfernung noch. O Mann, das würde mir nicht mehr aus dem Kopf gehen.

Ich wartete. Erwiderte Lilas Blick. Wünschte mir, sie würde herauskommen. Schließlich schwang der Vorhang zurück, und sie war verschwunden. Trotzdem wartete ich noch einen Moment ab. Als nichts geschah, stieg ich schließlich in den Pick-up und fuhr los. Ein paar Dinge mussten dringend geklärt werden!

8. KAPITEL

Lila Kate

Durch die Vorhänge beobachtete ich ihn, bis er wegfuhr. Eigentlich hätte an unserer Begegnung nichts weiter dabei sein sollen. Ich hatte ihn für einen One-Night-Stand gehalten. Einen Typen, den ich nie wiedersah. Dass er zu betrunken gewesen war, um sich besser an mich zu erinnern beziehungsweise daran, dass wir Sex miteinander gehabt hatten – was eigentlich so was von eindeutig war –, sollte mir nichts ausmachen. Ich zog ja in ein paar Tagen sowieso weiter und würde ihn dann nie wiedersehen.

Er war in Bliss verliebt. Wie vermutlich die meisten Männer. Sie war die Sorte Frau, in die sich Männer verknallten. Schön, smart, kontaktfreudig und äußerst nett.

Über die Jahre hatte ich Nate Finlay unzählige Mädchen daten sehen. Doch selbst als er verlobt war, hatte ich nicht erlebt, dass er eine Frau so ansah wie nun Bliss.

Trotzdem wurmte mich das Ganze. Ich war nicht jemandes wilder One-Night-Stand gewesen. Sondern die Lückenbüßerin für einen Betrunkenen. Hätte ich wirklich mit einem Typen Sex gehabt, den ich nie wiedersah, hätte ich von seiner Erinnerung daran nie etwas mitgekriegt. So aber wusste ich, dass die Dinge, die er mir gesagt hatte, und die Art, wie er mich hatte fühlen lassen, dass ich begehrenswert und sexy war, allesamt Quatsch waren. Er war einfach betrunken gewesen und in diesem Zustand anscheinend ein Meister der Worte.

Dafür konnte ich ihn nicht hassen. Doch Abstand halten konnte ich. Es war das Beste so. Ich bezweifelte, dass Bliss während meines Aufenthalts noch weitere gemeinsame Essen einplante, schließlich hatte sie sich von diesem etwas erhofft. Ich schätzte, tief in ihrem Inneren wusste sie, dass ihr bester Freund in sie verliebt war, und versuchte deshalb, seine Aufmerksamkeit woandershin zu lenken.

Ein Klopfen an meiner Zimmertür riss mich aus meinen Gedanken. Bestimmt war es Bliss, die hören wollte, ob ich etwas brauchte.

»Komm rein«, rief ich und drehte mich zu ihr.

Ihr Lächeln war echt. Schon an ihrem Blick erkannte man ihr freundliches Wesen. Solche Menschen waren bei mir zu Hause rar gesät. Zumindest, was die Frauen betraf. Sofern es sich um keine echten Freundinnen oder Verwandten handelte, waren sie ziemlich fies geartet. Ein Fluch, der damit einherging, unter den Reichen und Schönen aufzuwachsen.

»Ich hoffe, ich störe nicht. Ich weiß, du wolltest deine Mutter anrufen.«

Das musste ich noch immer. »Nein, überhaupt nicht.«

Sie wirkte erleichtert. »Ich dachte, vielleicht könnten wir zusammen shoppen gehen, im Lokal von Nates Großvater lunchen und ein paar meiner Freunde besuchen. Diesmal lauter Mädels.« Bei ihrer letzten Bemerkung lief sie rot an. Ich war froh, dass wir dieses Frühstück und meinen Abend nicht noch mal durchhecheln mussten. Bliss war nicht von der neugierigen Sorte. Auch das gefiel mir an ihr.

»Okay, ja, das klingt doch nett. Ich möchte dich aber von nichts abhalten. Du musst nicht meinen, mich unterhalten zu müssen.«

Bliss strahlte mich an. »Als Nate erzählt hat, dass du kommst, habe ich mir extra freigenommen, damit ich viel Zeit habe, um dich herumzuführen.«

Hätte ich hier gewohnt, wären Bliss und ich sicher gute Freundinnen geworden. Doch mich würde es nirgends lang halten. Das hier war nur mein erster Stopp.

»Danke, das ist wirklich lieb von dir. Mir kam es nämlich vor, als würde ich dich und Nate regelrecht überfallen. Es war ja eine Planung in letzter Minute.«

Ihrem Blick nach schien Bliss mehr zu verstehen, als ich ihr gesagt hatte. »Ich musste auch mal weg. Weit bin ich zwar nicht gekommen, aber es hat gereicht. Manchmal braucht man einfach einen Tapetenwechsel.«

Ich nickte nur, denn sie hatte recht. Auch wenn bei mir noch einiges mehr dahintersteckte. Ich konnte mir nicht vorstellen, dass Bliss sich wiedererschaffen musste. Eine neue Bliss erfinden. Sie wirkte perfekt, so wie sie war. Meine Mutter war so perfekt wie sie. Mein Vater war gesellig und attraktiv. Alle liebten es, sich in seiner Nähe aufzuhalten. Wieso hatte ich mich so … so … anders entwickelt?

Die Schuld daran konnte ich ihnen nicht geben. Sie hatten alles getan, um mir ein erfülltes Leben zu ermöglichen. Als Familie standen wir uns nahe. Mom und Dad waren großartige Vorbilder. Aber ich war das seltsame kleine Entlein. Ich zog Bücher und Einsamkeit vor. Ich war korrekt und höflich. Das hatte ich von meiner Mutter. Allerdings wirkte sie anmutig und elegant, wenn sie so Dinge tat, wie Potato Skins mit Besteck zu essen.

»Ich bin bereit, wann immer du es bist. Komm dann einfach runter.«

Ich würde sie unten nicht warten lassen. So etwas machte man einfach nicht, und auch wenn ich mich bemühte, mich nicht mehr so krampfhaft an Regeln zu klammern und lockerer zu werden, würde ich nicht unhöflich sein.

»Lass mich nur schnell meine Haare bürsten und ein Paar Schuhe finden, dann kann's auch schon losgehen.«

Sie machte ein erfreutes Gesicht, ging hinaus und schloss die Tür hinter sich. Nates Mutter, Blaire, hatte am Morgen, nachdem Nate Bliss zu einem Besuch mitgebracht hatte, bei uns vorbeigeschaut und uns alles über sie erzählt. Blaire war total aus dem Häuschen gewesen. Sie liebte Bliss, und das zu Recht. In jeder Hinsicht. Bei der Dinnerparty, die Blaire bei ihnen zu Hause am letzten Abend ihres Besuchs veranstaltete, hatte ich Bliss kennengelernt. Sogar ein paar Sätze hatten wir miteinander gewechselt, ehe sie von Ophelia, Nates Schwester, weggezogen worden war, um ihr weitere Gäste vorzustellen. Es überraschte mich, dass Nate seiner Mutter erlaubte, solch ein Event zu planen. Er war gegenüber Bliss sehr fürsorglich.

Andererseits hatte er seiner Mutter gegenüber auch einen schweren Stand. Hätte er sich ihr jemals widersetzt, wäre sein Vater eingeschritten. Bliss schien den Abend jedoch zu genießen. Sie hatte überhaupt kein Problem damit, einer so eng verbundenen Horde Menschen ausgesetzt zu werden.

Ich ging in mein Bad und föhnte mir die Haare trocken. Legte dann etwas Lipgloss auf und erwog, mich noch mehr zu schminken, ließ es aber bleiben. Ich verließ das

Bad, suchte meine Sandalen und schlüpfte hinein. Nach einem kurzen Blick in den Spiegel steckte ich kleine silberne Kreolenohrringe an und streifte mir ein paar meiner liebsten Armreife über.

Zufrieden verließ ich das Zimmer und machte mich auf die Suche nach Bliss. Das Haus war wirklich toll eingerichtet. Offensichtlich hatte Bliss eine Händchen für Dekoration. Obwohl es über breite Flure, hohe Decken und in den meisten Räumen aufwendige Kranzprofile und Kronleuchter verfügte, hatte es etwas Heimeliges. Irgendwie hatte sie es geschafft, dass man sich hier sofort wohlfühlte. Respekt!

Als ich unten ankam, trat Bliss gerade verträumt lächelnd aus einem Hinterzimmer. Ich brauchte nicht zu fragen, ob sie mit Nate dort drin gewesen war. Diesen Ausdruck hatte ich viele Male im Gesicht meiner Mutter gesehen. Ich schätzte, es gab Menschen, deren Traum von einem Märchen wahr wurde. Selbst wenn sie zuerst eine Tragödie durchleben mussten.

In meinem Leben hatte es keine Tragödie gegeben. Nichts, gar nichts. Mein Lebenslauf war eintönig. Nichts Aufregendes, immer dasselbe. Tagtäglich. Vermutlich sollte ich dankbar dafür sein. Tragödien wünschte man sich ja nicht unbedingt.

»Oh, du bist schon fertig. Das ging ja schnell. Ich hol nur noch meine Tasche, dann können wir los.« Ihr Ton war aufgekratzt, und ihre Wangen waren leicht gerötet.

»Nur keine Eile.« Hoffentlich hatte ich sie nicht bei irgendetwas unterbrochen. Gerade frisch verlobt und dann mich als Gast, das war vermutlich nicht einfach für sie. Daran hatte ich gar nicht gedacht. Heute Abend sollte ich mir mal durch den Kopf gehen lassen, wohin es als Nächstes gehen sollte. Bislang gab es in Sea Breeze nichts, was mich hielt.

9. KAPITEL

Eli Hardy

Bei Larissa wollte ich dann doch lieber direkt vorbeigehen. Ich wusste, dass sie schon auf sein würde, denn ihre Tochter Jilly war drei und wachte mit der Sonne auf, selbst wenn Larissa bis spät in die Nacht arbeiten musste. Aber sie weigerte sich, ihre Kleine bis zum nächsten Morgen einem Babysitter zu überlassen. Sobald sie heimkam, schickte sie ihn nach Hause und war Mom, bis sie wieder arbeiten ging. Manchmal fragte ich mich, ob sie übermenschliche Kräfte besaß.

Ich klingelte, hörte drinnen Kindergetrappel und dann Jilly, die rief: »Da ist jemand!«

Die Kleine war so süß. Eine Schande, dass ihr Dad gar nichts von ihrem Leben mitbekam. Der Typ war ein Vollidiot gewesen. Das hatte ich Larissa auch gesagt, als sie ihn datete. Was ich ihr allerdings nicht unter die Nase rieb, als er sie schließlich sitzen ließ. Das wäre fies gewesen, und ich wusste, Larissa ging es schon dreckig genug. Sie war eine großartige Mutter und brauchte dieses armselige Arschloch gar nicht. Jilly genauso wenig. Er hingegen verpasste was.

Die Tür ging auf, und Larissa stand vor mir, das Haar zu einem zerzausten Dutt zusammengefasst und mit einer Tasse Kaffee in der Hand. Sie sah hellwach aus. Schätzungsweise konnte man literweise Kaffee trinken, wenn man bereits um sechs Uhr aufstehen musste.

»Überraschung, Überraschung! Wenn das mal nicht der bezechte Romeo ist!« Sie verdrehte die Augen, wandte sich um und ging in den Wohnbereich zurück. Dort spielte Jilly mit ihren Spielsachen und sah sich dabei irgendeine Sendung über ein kleines Mädchen an, das eine Spielzeugärztin war.

Larissa ging zum Sofa und ließ sich darauf plumpsen.

»Eli!«, rief Jilly freudig bei der nächsten Werbepause auf. Sie kam hergerannt und umarmte mein Bein. Ich beugte mich hinunter und nahm sie hoch.

»Hey, Pimpf!« Ich küsste sie aufs Haar.

»Hey!«, erwiderte sie kichernd und kuschelte sich an mich. Genauso schnell wand sie sich allerdings auch schon wieder hinunter und flitzte zu ihren Spielsachen zurück.

»Möchtest du wissen, wie du nach Hause gekommen bist?«, fragte Larissa.

Ich wollte mehr wissen als das.

»Ja, und was nach unserem dritten Tanz passiert ist.«

Larissa riss die Augen auf und prustete los. »Du verarschst mich, oder? So schlimm stand es doch gar nicht um dich!«

»Na ja, mein bester Abend war's nicht. Es ging schon mal damit los, dass ich meinen Frust darüber, was Micah und Jimmy zugestoßen ist, runterspülen wollte. Dann hab ich Lila hereinkommen sehen und bin in Aktion getreten. Hab die Keine-Frauen-Regel in den Wind geschossen und bin zu ihr hin. Jetzt bedaure ich das. Glaub mir. Mir dröhnt noch immer der Schädel.«

Larissa saß mit angezogenen Beinen auf dem Sofa und schaute amüsiert. »Nun, diese Lila ist keine, die du vergessen möchtest. Schön, aber so etepetete, dass es schon wieder lustig ist. Du warst hin und weg von ihr.«

Das wusste ich ja alles. »Erzähl mir, woran ich mich nicht mehr erinnern kann. Keine Zusammenfassung von dem, was ich noch weiß.«

Larissa seufzte. »Okidoki. Zum einen waren es schon mal wesentlich mehr als nur drei Tänze. Na, und dann habt ihr euch aus dem Staub gemacht. Davor habe ich allerdings noch darauf bestanden, dass du deine Autoschlüssel rausrückst. Du hast mir erzählt, ihr würdet einen Strandspaziergang machen wollen, und dann seid ihr zwei Stunden weggeblieben. Gerade als ich rausging, um abzuschließen, seid ihr zurückgekommen. Ich hab dich heimgefahren und Micah gebeten, deinen Wagen zu dir zu fahren. Das ist alles.«

Das ist alles? »Wir sind spazieren gegangen?«

Sie nickte. »Jepp. Das ist alles. Sie ist in ihren Land Rover gestiegen und weggefahren. Ende Gelände. Eine Schande, echt. So eine wie sie lässt man eigentlich nicht gehen. Aber ihr Autokennzeichen stammte aus Florida. Sie kommt also nicht aus der Gegend.«

Ich lehnte meinen Kopf an den Stuhl an und kniff frustriert die Augen zusammen. »Ja, sie kommt aus Florida, aus Rosemary Beach, um genau zu sein. Möchtest du wissen, woher ich das weiß? Weil ich vorhin bei Bliss und Nate zusammen mit ihr gefrühstückt habe. Sie ist eine Bekannte von Nate. Hat hier auf ihrem Roadtrip-Abenteuer haltgemacht. Eine Knarre besitzt sie auch.«

»Nee, oder?« Larissa klang aufgeregt. Ich hob nicht den Kopf, um sie anzusehen. »O mein Gott! Du bist da heute Morgen hingekommen und hattest keine Ahnung, stimmt's? Weiß Bliss von gestern Abend?«

Ich seufzte. »Nein, ich hatte keine Ahnung. Bin reingekommen und – bäm! – da stand sie. Ich habe Nate und Bliss erzählt, dass wir uns gestern Abend kennengelernt hätten. Mehr nicht. Sie hat kaum mit mir gesprochen und mich fast nicht angesehen. Ich muss wissen, was ich getan habe, dass sie sich so verhält.« Ich sah auf. »Und sie war so verdammt perfekt, wie ich es mir in betrunkenem Zustand ausmalte. Wie kann das sein? Ich dachte, sie hätte bestimmt irgendeinen schrecklichen Makel, den ich in meinem Suff nur nicht gesehen habe. Aber nix da. Sie ist genauso, wie ich sie in Erinnerung hatte.«

Larissa kicherte. »Das ist ja geil. Äh, ich meine großartig!«, korrigierte sie sich hastig und sah rasch zu Jilly, ob sie etwas mitbekommen hatte. Jilly war bereits wegen Fluchens aus der Kita geflogen. Man sah es nicht gern, wenn ein Kind der Kindergärtnerin sagte, sie wolle keinen verfickten Mittagsschlaf halten. Das galt als ein Grund, sie aus der Kita zu verweisen. Nun arbeitete Larissa an der Bereinigung des Sprachschatzes ihrer Dreijährigen.

»Und das Tollste war, dass Bliss uns, glaube ich, verkuppeln wollte.«

Larissa grinste über ihre Tasse hinweg. »Dafür war sie zu spät dran.«

»Yeah, und Lila – die sie die ganze Zeit Lila Kate nannten – hat überhaupt nicht viel geredet. Hat mir zu verstehen gegeben, dass sie den gestrigen Abend nicht genossen hat und nicht gern mit mir frühstückt.«

»Du meinst, sie hat ihre guten Umgangsformen vergessen?«

»O nein. Die hatte sie voll drauf. Mit mir hat sie jedoch nur gesprochen, wenn sie dazu gezwungen war.«

»Autsch!«

Autsch wäre mir dazu nicht eingefallen. Schon eher: Was zur Hölle hatte ich getan?

»Du hast also keine Ahnung, was das für ein Spaziergang war? Wohin wir gegangen sind?«

»Ich habe gearbeitet – du kennst meinen Job, oder nicht? Ich serviere Drinks?« Ihr Sarkasmus entging mir nicht.

»Vielleicht erwische ich sie mal allein, und wir können reden?«

»Bleibt sie denn noch so lang in der Stadt?«

Scheiße. »Nein.«

Larissa zuckte mit den Schultern. »Dann lass es doch einfach gut sein.«

Wenn ich das doch nur gekonnt hätte! Ich wollte es nicht einfach gut sein lassen, und gehen lassen wollte ich sie auch nicht. Selbst wenn es auf der Hand lag, dass ich beides tun musste.

Ich umarmte Jilly noch einmal, doch der Müllwagen, den das kleine Mädchen im Fernsehen reparierte, war interessanter. Ich dankte Larissa und marschierte zur Tür.

»Falls du sie wiedersiehst, erzähl mir bitte davon«, rief mir Larissa hinterher. »Ich muss unbedingt wissen, wie es weiterging!«

Ich verdrehte die Augen und schloss die Tür hinter mir. Ein paar Infos mehr hatte ich jetzt ja, doch nun, da ich wusste, dass ich zusammen mit Lila die Bar verlassen hatte, wollte ich mit ihr reden. In diesen beiden Stunden musste etwas vorgefallen sein, das zu ihrem seltsamen Verhalten mir gegenüber geführt hatte. Wenn ich eine Grenze überschritten hatte oder so was in der Art, dann musste ich es wissen. Mich entschuldigen. Shit. Etwas tun!

10. KAPITEL

Cruz Kerrington

Wenn mich mein Dad ins Büro zitierte, verhieß das nichts Gutes. Wenn er mich aber in aller Herrgottsfrühe weckte und mir mitteilte, wir müssten um halb sieben auf dem Golfplatz sein, obwohl er wusste, dass ich diesen Sport hasste, war das noch wesentlich bedenklicher. Mit Woods Kerrington Golf zu spielen hieß im Klartext, dass er ein Wörtchen mit mir zu reden hatte. Achtzehn verdammte Löcher lang.

Meine Mutter war schon auf, als ich in die Küche kam. Sie stand mit einer Tasse Tee an der Bar und schaute auf ihren Computerbildschirm, als ich in die Küche kam. Sie senkte ihre Tasse und lächelte. »Guten Morgen. Du siehst ja wirklich putzmunter aus!«, frotzelte sie.

»Pff«, machte ich und bereitete mir an der Maschine einen Kaffee zu. Ich hasste dieses Gesöff, trank es aber, wenn ich gezwungen war, noch vor Sonnenaufgang aus den Federn zu kriechen.

»Heißer Kakao ist keiner mehr dabei. Den hat Zander vernichtet. Ich muss heute zum Einkaufen fahren.«

»Kaffee tut's schon«, murmelte ich.

Sie besaß die Frechheit zu glucksen. Mom war nicht von der sanften und lieben Sorte. Sie hatte keine Tochter bekommen, sondern drei Söhne, und sie behauptete sich wacker gegen uns. So zierlich sie auch war, konnte sie einem eine Heidenangst einjagen, wenn sie ausrastete. Unnötig zu erwähnen, dass keiner von uns sich je mit ihr anlegte.

»Möchtest du einen Muffin? Ich habe gestern frische gemacht. Musste die Heidelbeeren aufbrauchen, bevor sie verderben.«

Ein Lichtblick an diesem Morgen, wenn auch nur ein schwacher. »Ja, bitte.« Ich fragte mich, wie ich die frischen Muffins bei meiner Heimkehr gestern Abend hatte übersehen können. Normalerweise konnte ich schon am Geruch im Haus erkennen, ob meine Mom gebacken hatte, und stellte umgehend Nachforschungen darüber an.

Sie stellte einen Teller mit zwei Muffins vor mich hin. »Dad möchte einfach nur Zeit mit dir verbringen«, versuchte sie, mich zu beruhigen.

»Warum will er das nicht bei etwas tun, das ich auch genieße? Und zu einer menschlicheren Stunde?«, grummelte ich.

»Weil er einen Job hat und es Zeit wird, dass du deinen eigenen Job ernster nimmst.«

Besagter Job sah so aus, dass ich unter der Fuchtel meines Vaters im Club arbeitete. An Meetings teilnahm und mich einarbeitete. Ich hatte noch ein Jahr College vor mir, dann wurde die Sache ernst. Ich wollte, dass dieses Jahr möglichst lang dauerte, denn meine Zukunft klang alles andere als aufregend.

»Was auch immer.« Ich biss in den Muffin und rechnete damit, für diese Bemerkung eine Rüge zu bekommen. Stattdessen stapfte Dad herein, bereits angekleidet und offenbar bester Laune.

»Iss das unterwegs. Wir müssen los«, erklärte er mir und

küsste Mom. »Wenn Zander bis acht noch nicht aufgestanden ist, ruf mich an. Ich habe ihm gestern gesagt, dass er heute mit dem Rasenmähen dran ist.«

Viel Rasen hatten wir gar nicht, denn unser Garten bestand aus dem Strand. Aber Rasenmähen bedeutete nicht nur Rasenmähen. Es bedeutete, den ganzen Mist im Garten zu erledigen, der so anstand. Man hätte ja meinen können, dass wir uns einen Gärtner hätten leisten können, aber nein! Dad war der Ansicht, warum er für Dinge bezahlen solle, die seine drei Söhne genauso gut übernehmen könnten.

»Notfalls wecke ich ihn«, sagte Mom mit einem verschmitzten Grinsen. Oh, oh, da konnte Eis mit ins Spiel kommen. Das wusste ich. Sie hatte mir auch schon mal Eiswürfel ins Bett gelegt, als ich keine Anstalten gemacht hatte aufzustehen.

Dad schmunzelte. »Na, ich hoffe für ihn, dass das nicht nötig sein wird.«

Ich nahm meinen zweiten Muffin und einen Becher Kaffee und marschierte zur Tür.

»Viel Spaß euch beiden!«, rief Mom uns nach. Als ob das möglich wäre.

Dad folgte mir zur Tür hinaus. »Steig in meinen Wagen. Es ist unnötig, dass wir beide fahren.«

Gar nicht gut. Das hieß nämlich, dass er mich den ganzen Tag mit irgendeinem Quatsch beschäftigt halten würde. Ich würde dort festsitzen. Außer ich schnappte mir für die Heimfahrt einen Clubwagen. Andererseits würde er das binnen Sekunden herausfinden. Verdammt!

Ich ging zu seinem silbernen SUV und setzte mich auf den Beifahrersitz. Er stieg auf der Fahrerseite ein, und wir fuhren los. Und schwiegen. Gott sei Dank! Ich trank meinen Kaffee, der wie Arsch und Friedrich schmeckte, und aß den Muffin. Warum hatte mir Mom nicht einen mehr mitgegeben? Die Fahrt zum Golfplatz dauerte nur Minuten.

Gerade als ich dachte, wir würden sie ohne Unterhaltung hinter uns bringen, hielt mein Dad vor dem Aussteigen inne. »Ich möchte nicht noch mal erleben, dass ich meinen Sohn per Überwachungskamera beim Vögeln erwische. Verstanden?«

Ach du Scheiße! Ich sah zu dem Clubhaus vor uns hoch. In meinem alkoholisierten Zustand hatte ich die neu installierten Überwachungskameras im Gebäude völlig vergessen. Ich leerte den Kaffeebecher, stellte ihn im Wagen ab und stieg aus.

»Deine Mutter weiß von nichts. Weißt du, wir sind ja nicht naiv. Dass du ein Sexleben hast, ist uns klar. Ich will nur nicht Zeuge davon werden, und unsere Mitarbeiter sollten es auch nicht. Das war peinlich!«

»Mensch, Dad, die Kameras hab ich vergessen. Sie sind neu. Ich hatte getrunken und dann nicht mehr daran gedacht.«

Er kam zu mir herum, wobei er mich früher noch überragt hätte. Ich hatte ihn für den größten und mächtigsten Mann auf Erden gehalten. Nun befanden wir uns auf Augenhöhe, und trotzdem schüchterte er mich immer noch ein, verdammt! Sein finsterer Blick tat ein Übriges. »Cruz, du bist kein Kind mehr, also hör auf, dich wie eins zu benehmen. Werde erwachsen, verflucht noch mal. Jetzt!«

»Meine Herren, da kriege ich hautnah mit, wie jemand

ordentlich zusammengefaltet wird, und hab kein Popcorn dabei!«, unterbrach uns Grant Carter. Trotz der Ankunft seines Freundes funkelte Dad mich weiter an.

»Morgen, Grant«, sagte Dad, als er sich schließlich zu ihm wandte und mich dadurch von seinem finsteren Blick erlöste.

»Ich dachte, wir hätten heute Morgen ein schönes Spiel vor uns, aber nachdem ich sehe, dass dein Junior dabei ist, der Golf hasst, dürfte es spannend werden!« Lila Kates Dad war selten ernst. Aus dem engen Freundeskreis meines Dads war er am lockersten drauf und damit das krasse Gegenteil seiner verklemmten Tochter.

Eine weitere Wagentür wurde zugeschlagen, und ich sah zum Parkplatz. Rush Finlay kam auf uns zu. Nates Dad war also auch mit von der Partie. Was zur Hölle hatte das zu bedeuten? Ich sah zu Dad zurück. »Das hier ist aber nicht irgendeine kranke Art, mich zu bestrafen?«, fragte ich und versuchte, aus dem Ganzen schlau zu werden. Wenn er nicht vorhatte, mich zur Schnecke zu machen, wieso waren wir dann hier?

Er zog eine Augenbraue nach oben. »O doch. Es ist eine Bestrafung. Für dich. Nicht für mich.«

Da ging mir auf, was da lief. Dieser hinterhältige Bastard! Er hatte vor, mir den Vormittag zur Hölle zu machen und fand das mit Zeugen noch unterhaltsamer. Krank.

»Verdammt«, murmelte ich, und er lachte.

»Junior ist in Schwierigkeiten«, erklärte Grant Rush.

»Was hat er diesmal ausgefressen?«

»Ich kam in den unerfreulichen Genuss, meinen Sohn vor laufender Kamera vögeln zu sehen.« Dad warf mir einen weiteren dreckigen Blick zu.

»Was?« Grant riss die Augen auf und grinste von einem Ohr zum anderen.

»Die Überwachungskameras sind neu. Die hab ich vergessen«, erklärte ich genervt.

Dafür erntete ich sowohl von Grant als auch von Rush schallendes Gelächter. Da ich mir ihre Witze darüber ersparen wollte, marschierte ich schon mal voraus. Sie würden sich die ganzen achtzehn Löcher lang darüber lustig machen.

»Wenn das alles ist, dann sei doch mal nicht so, Woods. Schließlich hast du in seinem Alter ja auch nichts anbrennen lassen. Herrje, das haben wir doch alle nicht.«

Ich schaute zurück, wie Dad das aufnahm.

»Deine Tochter hat das College beendet. Sie hat Rosemary Beach verlassen, um ihren Weg zu finden. Sie unternimmt etwas. Erreicht etwas. Sie hat ein Ziel vor Augen. Hat Ehrgeiz.«

Noch immer war ich baff, dass Lila Kate Rosemary Beach den Rücken gekehrt haben sollte. Wohin war sie verschwunden? Wann war sie aufgebrochen? Das klang doch überhaupt nicht nach Lila Kate. Die kroch ihren Eltern doch grundsätzlich in den Arsch und tat, was sie wollten! Vermutlich hätte ich Chanel nicht mal in diesem Clubhaus flachgelegt und wäre auch nicht auf ein Video gebannt worden, wenn ich nicht gegen meine Schwäche für Lila Kate hätte ankämpfen wollen. Sie brachte mich ganz durcheinander.

»Sie ist ja auch ein Mädchen«, entgegnete Grant.

»Kein gutes Argument«, meldete sich Rush zu Wort. »Phoenix macht mir die Hölle heiß. Sie ist ein Mädchen und dennoch nicht leichter zu bändigen. Du hast einfach einen Riesendusel, weil Lila Kate ganz nach ihrer Mutter kommt.«

Sie hatte Rosemary Beach verlassen? Und Grant fand das okay?

»Wer begleitet sie denn?«, versuchte ich, das Thema auf das wirklich Wichtige zu lenken.

»Niemand«, sagte Grant.

»Du lässt sie ganz allein losziehen?« Ich fragte mich, ob er sie noch alle hatte. Er war doch immer so überfürsorglich gewesen.

»Sie ist eine erwachsene Frau und clever«, verteidigte sich Grant.

»Gerade ist sie bei Nate und Bliss zu Besuch«, setzte Rush hinzu.

Aha, sie war in Sea Breeze. Noch war sie also nicht weit gekommen. »Und wohin will sie danach?«

»Eins ist mal sicher: Sie macht keine Sexvideos im Clubhaus«, meinte Dad gedehnt.

Nein. Das würde sie nie tun. Die Sorte Mädchen war Lila Kate nicht. Aber auch nicht die, die sich einfach so davonmachte. Allein. Andererseits war sie gerade mal bis Alabama gekommen.

Die Chancen standen gut, dass sie zurückkehrte, und sie würde es vermutlich auch. Aber … was, wenn nicht?

11. KAPITEL

Lila Kate

Bliss hatte nette Freundinnen, wobei ich auch nichts anderes erwartet hatte. Wir hatten einen tollen Tag miteinander verbracht. Nun musste ich mir über mein nächstes Ziel klar werden. Bliss war in die Bibliothek gegangen, in der sie arbeitete, um ein paar Dinge zu checken. Ich hatte beschlossen, dazubleiben und zu planen.

Ausgerüstet mit einer Sonnenbrille, einem Handtuch als Unterlage, einem Notebook und meinem iPhone zum Recherchieren setzte ich mich mit Blick aufs Meer an den Strand.

Es wehte eine warme Brise, und es war friedlich. Es fühlte sich wie zu Hause an. Der Teil meines Zuhauses, den ich liebte. Die Wärme, das Rauschen der Wellen, Sand zwischen den Zehen – Dinge, mit denen ich aufgewachsen war und die immer ein Teil von mir sein würden. Egal, wo ich schließlich einmal landete.

Ich machte mir Notizen und war hin- und hergerissen, ob ich den Weg über Birmingham wählen und meine Freundin besuchen oder lieber bis Nashville durchfahren sollte, wo ich die Stadt genießen und mich dann zu den Smokey Mountains aufmachen konnte. Entweder das oder ich steuerte weiter westlich Louisiana an. Ich war noch nie in New Orleans gewesen. Das stellte ich mir aufregend vor.

Ohne Begleitung dorthin zu reisen war allerdings vielleicht nicht das Smarteste.

»Darf ich stören?«, erschreckte mich eine Stimme, und als ich den Blick hob, entdeckte ich Eli. Ich hatte nicht damit gerechnet, dass er sich nach diesem Frühstück noch mal blicken lassen würde. Oder zumindest hatte ich es gehofft.

Am liebsten hätte ich gesagt: »Nein, das darfst du nicht!«, aber dafür war ich zu gut erzogen. »Ich schätze mal, ja.«

Er ließ sich neben mir im Sand nieder. Einen Platz auf meinem Handtuch bot ich ihm aber nicht an. Was immer er vorhatte, er würde sich dabei einen sandigen Hintern einhandeln.

»Das Frühstück war interessant«, fing er an.

»Allerdings.«

Er lachte leise auf. »Du bist die Letzte gewesen, die ich auf dem Schirm hatte. Ich war ja fast davon überzeugt, ich hätte dich mir nur eingebildet.«

Das war ja wohl lächerlich. »Betrinkst du dich oft?«, fragte ich, einfach nur, um bissig zu sein.

»Niemals. Na ja, so gut wie nie. Tut mir leid, dass ich es gestern getan habe.«

Darauf wettete ich. »Kann ich mir vorstellen.«

Ein paar Augenblicke schwieg er. Ich studierte das Notebook in meinen Händen.

»Nach dem dritten Tanz … Da habe ich, äh, einen Filmriss. Ich erinnere mich an nichts mehr.«

Na toll. Wieder machte er mir klar, wie nichtssagend der Sex mit mir gewesen sein musste. Exakt das, worüber ich mich unterhalten wollte. Keine Ahnung, ob ich ihm überhaupt glauben sollte. Wie bekam man einfach mal so eben einen Filmriss?

»Du hast nicht vor, mir zu erzählen, was danach passiert ist, oder?«, fragte er, als ich nichts erwiderte.

Ich zuckte die Achseln. »Eigentlich nichts. Wir sind spazieren gegangen. Du bist ein bisschen herumgestolpert. Ich bin nach meinem kurzen Schwips wieder nüchtern geworden und hab dich dann bei deiner Tante zurückgelassen.«

Wenn er sich nicht mehr daran erinnerte, würde ich ihm auch nicht auf die Sprünge helfen. Es bliebe mein Geheimnis.

»Das ist alles?«, fragte er.

»Das ist alles.« Eigentlich war ich keine Lügnerin. Ich vermied es, ihn anzusehen, als ich die Lüge bestätigte, denn ich wusste, meine Miene würde mich verraten.

Er seufzte. »Warum habe ich dann das Gefühl, dass du mich aus irgendeinem Grund hasst? Das Mädchen, an das ich mich von gestern Abend erinnere, war netter.«

Darauf würde er auch keine Antwort kriegen.

»Du warst betrunken. Du weißt doch gar nicht, ob ich nett war oder ob du es dir nur eingebildet hast.«

»Du hast mit mir einen Strandspaziergang gemacht.« Er grinste. »Wenn das nicht nett ist?«

Da war was dran. Ich sah zu ihm auf und war ehrlich, worüber ich ehrlich sein wollte. »Ich dachte nicht, dass ich dich je wiedersehen würde. Gestern Abend war ich zum ersten Mal allein in einer Bar. Habe zum ersten Mal mit einem Fremden getanzt und etwas mit ihm getrunken. Ich habe gedacht, genauso würde mir das in Erinnerung bleiben, ohne dass ich mich am Morgen darauf beim Frühstück damit auseinandersetzen müsste.«

»Ich war zwar überrascht, aber doch sehr froh über deinen Anblick, als ich reingekommen bin. Es hatte mir gestunken, dass ich mir nicht deine Nummer habe geben lassen. Es war, als würde ich eine zweite Chance bekommen.«

Eine zweite Chance? Wofür? Er war in Bliss verliebt. Sah sich doch gar nicht anderweitig um. »Was genau hast du dir denn erhofft?«

Er starrte auf das Wasser hinaus und zuckte leicht mit den Schultern. Schöne Schultern, übrigens. Breit und muskulös. Ganz bestimmt liefen ihm die Frauen in Scharen hinterher. Ich war eine von vielen. »Eigentlich hatte ich Frauen eine Weile abgeschworen. Hab eine Pause gebraucht, um einen klaren Kopf zu bekommen. Das lief auch gut. Ich war fokussiert. Bekam Dinge gebacken. Joggte mehr. Doch dann bist du ins Live Bay gekommen. Ich war bei einem Bierchen gerade mitten in einer Unterhaltung mit meinen Freunden und nicht imstande, den Blick von dir abzuwenden. Das ist mir … schon lange nicht mehr passiert.«

Das nahm dem Umstand, dass er vergessen hatte, dass wir Sex gehabt hatten, fast den Stachel. Fast. Aber es half.

»Ich verlasse Sea Breeze bald wieder. Wahrscheinlich morgen. Spätestens am Montag.«

Das schien ihm nicht zu gefallen. »Ich weiß. Dich lockt das Abenteuer. Aber während du hier bist, würde ich gern wieder Teil dieses Abenteuers sein. Vielleicht legst du auf deinem Rückweg hier ja einen Zwischenstopp ein und erzählst mir, wie's gelaufen ist. Ich würde … Ja, ich würde dich eben gern näher kennenlernen.«

Daraufhin hätte ich eine Menge erwidern können. Doch mir rutschte lediglich ein »Okay« heraus. Womit ich mich selbst überraschte.

Das Lächeln, das sich auf seinem markanten Gesicht

ausbreitete, war einfach nur schön. Schlecht sah er wirklich nicht aus, so viel stand fest, und er mochte in eine fast verheiratete Frau verliebt sein, aber nett war er. Er hatte sich betrunken, doch das machte noch keinen Idioten aus ihm. Vielleicht hätte ich mich auch abgeschossen, wenn ich jemanden geliebt hätte, der meine Gefühle nie auf dieselbe Art erwidern würde.

»Wie sehen deine Pläne für den restlichen Abend aus?«, fragte er hoffnungsvoll.

»Außer dass ich mir über meine weitere Reise Gedanken machen muss, habe ich nichts vor. Allerdings habe ich noch nicht mit Bliss und Nate gesprochen. Keine Ahnung, ob die was geplant haben.«

»Es ist Samstagabend. Komm noch mal ins Live Bay mit mir. Ich würde so gern noch mal in nüchternem Zustand mit dir das Tanzbein schwingen. Danach könnten wir einen Strandspaziergang machen, an den ich mich hinterher erinnere. Zunächst aber lade ich dich an der Bar sogar zu einem Essen ein, das du mit Besteck verzehren kannst. Meine Freunde werden ihren Spaß daran haben, und es wird sie möglicherweise genauso bezaubern wie mich.«

Ich musste unwillkürlich lächeln. Auf den Mund gefallen war er nicht! »Wenn Bliss und Nate noch nichts für uns drei ins Auge gefasst haben, dann gern. Lass mich das aber erst mal checken.«

Er nickte zu dem Notebook in meinem Schoß. »Du planst dein Abenteuer?«

»Ja«, sagte ich leicht verlegen.

»Wo geht's als Nächstes hin?«

»Nach Nashville oder New Orleans.«

Seine Augenbrauen schossen in die Höhe. »Für eine

Frau, die allein reist, ist New Orleans ein gefährliches Pflaster!«

Das war mir auch schon durch den Kopf gegangen. »Weiß schon. Aber was ist ein Abenteuer ohne Gefahren?«

»Mag ja sein, aber um davon erzählen zu können, sollte man es auch überleben.«

Das hatte ich vor. »Ich erwäge es ja nur. Eigentlich wollte ich mich bei diesem Trip einfach treiben lassen. Andererseits weiß ich doch ganz gern, wohin es geht.«

»Ich bin froh, dass das hier dein erster Halt war.«

Vielleicht war ich das ja auch.

12. KAPITEL

Eli Hardy

Zwei Stunden darauf textete mir Lila, sie sei am Abend verfügbar. Ich schrieb zurück, ich würde sie um sechs abholen und zum Essen einladen. Danach könnten wir tanzen. Der vordere Teil des Live Bay war nämlich ein Restaurant mit gutem Essen.

Als ich an Bliss' Tür klopfte, tat ich es das erste Mal, ohne dass mir dabei schwer ums Herz war. Ich hatte ihr meine Gefühle nie offenbart, doch nun war es zu spät. Sie war verliebt und glücklich. So, wie sie Nate ansah, hatte sie mich nie angesehen.

Bliss öffnete die Tür und lächelte mich strahlend an. »Gerade wollte ich dich anrufen. Ich muss mit dir reden.«

Offensichtlich wusste sie nicht, dass ich Lila abholen wollte. Ich schaute ja auch so immer mal vorbei. »Okay.« Ich trat ein und sah mich nach Lila um.

»Ich ringe damit etwas«, lachte sie. »Nate meinte, ich könne tun und lassen, was ich will. Es ist unsere Hochzeit, und wir pfeifen auf die Regeln. Mir gefällt der Gedanke, sie auf unsere Art zu gestalten. Verstehst du?«

Bliss wollte mit mir über ihre Hochzeit reden? Ernsthaft? Ich nickte nur.

»Möchtest du was zu trinken? Ich hätte Tafelwasser im Kühlschrank.« Sie klang nervös.

»Nein, passt schon. Danke.« Ich musterte sie. Sie war hibbelig. Als würde sie sich darüber sorgen, was sie mir zu sagen hatte.

»Okay, nun, magst du dich hinsetzen? Wir müssen hier ja nicht rumstehen. Nachdem ich meinen Entschluss gefasst hatte, wollte ich unbedingt mit dir darüber reden, und nun tauchst du überraschend auf, und ich weiß, es ist richtig!«

Sie hatte wirklich keine Ahnung, dass ich wegen Lila hier war. Wieder sah ich mich um, doch von ihr war nach wie vor nichts zu sehen.

»Wir können stehen. Ich möchte ja gar nicht lange bleiben.«

Bliss nickte. »Okay. Gut. Okay«, plapperte sie, wie sie es eigentlich nur tat, wenn sie nervös war. Was zum Teufel war los mit ihr? Wie konnte irgendetwas, das mit ihrer Hochzeit zu tun hatte, mich betreffen?

»Ich möchte, dass du mein Trauzeuge wirst«, platzte es aus ihr heraus.

»Was?«, entfuhr es mir.

»Mein Trauzeuge. Ich brauche keine Brautjungfer. Überhaupt, wer sollte das denn sein? Du bist mein bester Freund. Also passt das doch. Was soll ich da mit einer Brautjungfer? Na, und du kannst ja schlecht ein Kleid anziehen«, lachte sie und fuhr fort: »Und kannst auch nicht auf Nates Seite stehen. Du bist mein Freund. Bei ihm wird sein Dad der Trauzeuge sein. Ich will … Ich will einfach nur, dass du ein Teil meines großen Tages bist. Schließlich warst du ein Teil aller großen Ereignisse meines Lebens. Da sollte es bei diesem nicht anders sein. Brautjungfern möchte ich keine. Wir haben entschieden, dass wir beide einen Trauzeugen haben werden, und Jilly wird natürlich Blumenmädchen. Es klingt verrückt, ist es aber nicht. Es ergibt Sinn. Verstehst du?«

Auch wenn ich alles verstand, was sie sagte, war ich ratlos, wie meine Antwort ausfallen sollte. Wie sollte ich dastehen und zuschauen, wie das Girl, das ich immer als meine Traumfrau betrachtet hatte, einen anderen heiratete? Als sie krank und ich mir nicht sicher gewesen war, dass sie überleben würde, hatte ich befürchtet, wir würden nie die Chance auf ein gemeinsames Leben bekommen. Heiraten zu können, Kinder zu haben. Aber sie hatte den Krebs besiegt – und sie würde heiraten. Nur leider nicht mich. Doch sie wollte, dass ich es persönlich und noch dazu hautnah mitverfolgte.

Ja, Scheiße noch mal!

»Bitte, denk darüber nach. Das würde diesen Tag perfekt machen. Dich dabeizuhaben klingt einfach richtig.«

Bei meiner Ankunft war mir nicht schwer ums Herz gewesen, nun schon. Schwerer denn je. »Yeah, okay, klar. Kann ich machen!«

Oha, was hatte ich da gerade gesagt?

Bliss strahlte. »Danke! Das bedeutet mir so unendlich viel!«

Für mich bedeutete es die Hölle schlechthin. Doch das verschwieg ich. »Danke, dass du mich darum gebeten hast.«

»Ich muss es Nate erzählen!« Sie wollte ihr Handy aus der Tasche angeln, hob jedoch unvermittelt den Kopf und sah mich an. »Moment mal, du bist ja hergekommen, um mich zu besuchen, und ich hab die Unterhaltung an mich gerissen. Bist du einfach so hergekommen oder gibt's einen bestimmten Grund?«

»Lila. Ich bin hier, um Lila abzuholen«, erwiderte ich, noch immer geplättet von ihrer Bitte.

Das brachte ihr Lächeln wieder zum Vorschein. »Dann habt ihr also Pläne für heute Abend. Wie cool!« Und das meinte sie auch so. Bliss wollte, dass ich jemanden datete. Jemanden fand, so wie sie. »Nun, ich geh jetzt einfach hoch in mein Zimmer und lese, bis Nate heimkommt. Viel Spaß euch beiden!« Sie umarmte mich kurz. »Und noch mal danke!«

Ich sah ihr nicht nach. Stand nur da und starrte stur geradeaus. Ließ das alles sacken. Ich war so in Gedanken versunken, dass ich Lilas Schritte nicht hörte, bis sie direkt an mir vorbei zur Hausbar gerauscht war. Ich sah zu, wie sie sie öffnete und dann über die Schulter zu mir zurückschaute. »Wodka oder Tequila?«

»Wodka.«

»Gut.« Sie griff nach der Flasche Grey Goose und drehte sich wieder zu mir. »Komm«, meinte sie im Befehlston. Ich war mir nicht sicher, was sie vorhatte, doch ich folgte ihr zur Tür hinaus und zum Strand hinunter. Dort angekommen, lief sie weiter. Mit meinen langen Beinen hatte ich sie bald eingeholt.

»Was machen wir?«, fragte ich schließlich.

»Wir laufen weiter, bis wir außer Sichtweite des Hauses sind«, erwiderte sie, die Wodkaflasche noch immer in der Hand.

»Okay!« Eine Erklärung war das eigentlich nicht, aber gut. Nach einer Viertelmeile erreichten wir einen großen Baumstamm, der vor langer Zeit an den Strand gespült worden war und ein ganzes Stück vom Wasser entfernt lag.

Lila nahm darauf Platz, und ich setzte mich neben sie.

Sie schraubte die Wodkaflasche auf, nahm einen tiefen Schluck und reichte sie mir dann. »Hier, du hast ihn nötiger als ich.«

Ich nahm ihr die Flasche ab und trank, denn sie hatte recht. Das tat ich. Den Grund kannte sie allerdings nicht.

»Wie lang liebst du Bliss schon? Dein ganzes Leben? Seit ihr Kinder wart oder erst später?«

Verdammt. »Ist es so offensichtlich?«

Sie zuckte die Achseln. »Jein. Du siehst sie an, wie ein verliebter Mann eine Frau ansieht. Allerdings nicht immerzu. Du bist vorsichtig. Ich war nur aufmerksam.«

Ich reichte ihr die Flasche zurück. Sie nahm sie und seufzte. »Deswegen bin ich fortgegangen.« Sie nahm einen Schluck. Ich war beeindruckt. Wer hätte gedacht, dass Lila direkt aus der Flasche Wodka trinken konnte. Das passte doch überhaupt nicht zu ihr! Doch sie zuckte nicht mal zusammen. Ob sie das mit Tequila auch hingebracht hätte? In dem Moment ging mir auf, was sie gesagt hatte. »Du bist fortgegangen, weil dich jemand gebeten hat, eine wichtige Rolle bei seiner Hochzeit zu spielen, oder weil du jemanden liebst, der deine Gefühle nicht erwidert?«

»Ich bin mit diesem Jemand aufgewachsen. Wir wurden schon als Kinder zusammengeworfen. Ich fand ihn schon immer aufregend und amüsant. Er brachte mich immer zum Lachen, und dann hat er mich eines Tages geküsst. Ich wusste, ich war verliebt in ihn. Doch er empfand nicht dasselbe.«

Schöne Scheiße. »Nate?«, fragte ich und dachte, ich würde ihn doch hassen.

Sie riss den Kopf zu mir herum und prustete los. »O Gott, nein! Das wäre ja schon fast Inzest. Ich meine, direkt verwandt sind wir nicht, aber es fühlt sich so an. Hat es schon immer. Unsere Dads waren Stiefbrüder, als sie jünger waren. Die Beziehung ihrer Eltern hat aber nicht funktioniert, weil Nates Großmutter ein Psycho ist. Na, jedenfalls blieben sie selbst nach der Scheidung ihrer Eltern beste Freunde.«

Sie reichte mir den Wodka wieder. »Bei mir war's also eine unerwiderte Liebe. Inzwischen empfinde ich allerdings nichts mehr für diesen Kerl. Auf den zarten Gefühlen, die ich für ihn noch hegte, nachdem ich jahrelang kaum ein Wort mit ihm gewechselt hatte, hat er herumgetrampelt, mich mit seinen Worten verletzt, indem er immer mal wieder Spitzen auf mich losgelassen hat, wenn er betrunken war. Wobei das eine oder andere tatsächlich stimmte.«

Unvorstellbar, dass sich über sie überhaupt etwas Negatives sagen ließ. »Er ist ein Idiot«, erwiderte ich, ohne überhaupt gehört zu haben, was er über sie gesagt hatte. Dann trank ich einen Schluck.

»O ja, allerdings!«

Ein paar Minuten saßen wir schweigend da und ließen den Wodka hin- und herwandern. Schließlich beantwortete ich ihre Frage. »Dass ich sie liebe, ist mir im Alter von sechs Jahren aufgegangen, glaube ich. Sie hatte einen Blumenkranz geflochten, ihn sich auf den Kopf gesetzt und war damit im Garten herumgetanzt. Ich beobachtete sie eine lange Zeit und fragte mich, ob es ein hübscheres Mädchen als sie geben könne. Schließlich entdeckte sie mich, hörte zu tanzen auf, schenkte mir ein großes Lächeln und streckte die Hand nach mir aus. Sie sagte, sie sei eine Feenkönigin und ich könnte ihr König sein. Eine alberne Erinnerung, ich weiß, aber sie ist hängen geblieben.«

Ich nahm einen Schluck. »Danke für den Wodka. Er hilft.« Ich gab ihr die Flasche zurück.

»Yeah, vielleicht sind wir später nicht mehr in der Lage, zum Haus zurückzugehen, aber zumindest bist du über deinen Kummer hinweg, und ich habe keine Panik mehr vor meinem Abenteuer.«

»Panik? Ich dachte, du wünschst es dir?«

Sie zuckte mit den Schultern. »Ich wollte jemand anderes sein. Etwas tun, das mir so gar nicht ähnlich sieht. Genau genommen jagt mir das alles aber Angst ein.«

»Dann lass diese Fahrt doch sein.«

Sie lächelte traurig. »Ich muss es tun. Unbedingt.«

»Seinetwegen?«

»Nein.« Sie schüttelte den Kopf. »Lila zuliebe. Ich muss das für Lila tun, und ich habe zu viel auf leeren Magen getrunken. Ich spreche von mir in der dritten Person.«

Ich lachte, und sie stimmte mit ein. Es fühlte sich richtig an, hier lachend draußen zu sitzen und völlig offen zueinander zu sein.

13. KAPITEL

Lila Kate

Zum Glück war das Live Bay von Nates und Bliss' Haus aus leicht zu Fuß zu erreichen, denn keiner von uns beiden hätte sich mehr hinters Steuer klemmen dürfen. Durch den Marsch wurden wir wieder etwas nüchterner, doch es blieb ein angenehmes und entspanntes Gefühl zurück. Bis wir dann das Essen im Restaurant vor der Live Bay's Bar hinter uns hatten, herrschte wieder Klarheit in meinem Kopf, und damit kehrten auch meine Sorgen und Ängste zurück.

»Ich weiß nicht, ob ich heute Abend in der Stimmung bin zu tanzen«, erklärte ich Eli.

»Und ich glaube, ich bin nicht in der Stimmung für die vielen Menschen«, stimmte er zu.

Gut, zumindest würde er mich also nicht zum Bleiben überreden wollen. Allerdings wollte ich auch nicht unbedingt in Nates Haus zurück, wo ich nur allein herumsitzen und ins Grübeln geraten würde.

»Fahren wir doch zu mir und schauen uns einen Film an«, meinte Eli dann. »Wodka hab ich da. Auch noch Erdnussbuttereis, das wegmuss«, grinste er. »Und in meinem Apartment ist es wenigstens schön ruhig.«

Das klang besser. »Okay. Ja, das klingt gut. Vor allem das Eis.«

Eli schmunzelte. »Und ich dachte, mein einnehmendes Wesen würde den Ausschlag geben.«

»Das tut ein Übriges. Der Knaller ist aber definitiv das Erdnussbuttereis, sorry.«

Der Kellner kam, und Eli nahm die Rechnung und beglich sie. Das hier war ein Date gewesen. Ein echtes. Selbst noch nach unseren betrunkenen Geständnissen am Strand. Auf dem Weg zu seinem Pick-up unterhielten wir uns über Sea Breeze und seine Kindheit dort. Er hatte gute Erinnerungen an den Ort und viele Freunde, die wesentlich verschiedenartiger zu sein schienen als meine zu Hause.

Ohne ins Haus zu gehen und mit Bliss oder Nate zu sprechen, stiegen wir in seinen Wagen und fuhren zu seiner Eigentumswohnung am Strand. Bliss hatte dort zusammen mit ihm gewohnt, bevor sie mit Nate zusammengekommen war. Ob er wohl nur ihretwegen eine Zweizimmerwohnung gekauft hatte?

Doch darüber wollte ich nicht mehr reden, weswegen ich nicht nachhakte.

»Da wären wir! Die Filme sind im Schrank, falls du einen Blick darauf werfen möchtest. Wir können uns aber auch etwas von iTunes runterladen. Ganz wie du magst.«

Die Wohnung gefiel mir. Man merkte, dass hier eine Frau gewohnt hatte. Sie hatte einen weiblichen Touch, den die meisten Männer beim Einrichten einfach nicht hinbekamen. Vielleicht war es ihnen ja auch egal.

»Ich guck sie mir mal an«, erklärte ich und ging zum Schrank.

Eli verschwand in die Küche, und ich öffnete den Schrank und stellte schmunzelnd fest, dass die DVDs alphabetisch sortiert waren. Er hatte eine tolle Auswahl. Schließlich entdeckte ich Top Gun und nahm den Film heraus. Den hatte ich mir in jüngeren Jahren schon mal angesehen. Schon damals war er ein Klassiker gewesen.

Eli kam mit einer Flasche Wodka, zwei Gläsern und Cranberry-Saft ins Zimmer zurück. »Ich schätze, du trinkst Wodka nicht immer direkt aus der Flasche«, sagte er mit einem spitzbübischen Grinsen.

»Das kann man so sagen. Das war tatsächlich eine Premiere.«

»Dachte ich's mir doch.«

Ich gab ihm die DVD, und er nickte. »Gute Wahl!«, meinte er, stellte die Gläser auf dem Couchtisch ab und dahinter den Wodka und den Saft. »Bedien dich. Möchtest du das Eis schon gleich dazu? Oder lieber erst später?«

Von den frittierten Krabbenbeinen und Pommes war ich noch immer satt. »Wodka reicht erst mal, danke.«

Er setzte sich aufs Sofa und klopfte auf den Platz neben sich. »Dann lass uns trinken. Ich bin wieder nüchtern und ziehe den leichten Wodkaschwips von vorhin vor.«

»Er macht einen definitiv mutig. Was nicht notwendigerweise gut ist«, sagte ich und dachte dabei an mich selbst.

Er reichte mir ein Glas mit Eiswürfeln. »Bereite ihn dir zu, wie du ihn magst. Ich habe auch Sodawasser da, falls du das lieber willst.«

»Cranberry-Saft ist perfekt.«

Ich goss mir ein, was ich für einen Schuss Wodka hielt, und füllte den Rest des Glases mit dem Saft auf. »Wir haben nicht den besten Einfluss aufeinander, hm?«, fragte ich.

Er gluckste. »Wieso? Weil wir immer weitertrinken?«

Ich nickte.

»Es ist nur so, dass das Timing weder für dich noch für mich gerade so gut ist.«

Ich lehnte mich gemütlich zurück, schlug die Beine übereinander und trank einen Schluck. »Nein, ich schätze, nicht.«

Er goss sich mindestens das halbe Glas mit Wodka voll und fügte nur einen Spritzer Saft hinzu. Dann stand er auf, ging zum DVD-Player und legte den Film ein. Ich fand es gemütlich bei ihm. Es fiel so leicht, Eli zu vertrauen.

Der Film begann, und wir tranken dabei. Nach ungefähr einer Stunde stand Eli auf und holte das Eis. Noch immer hatte ich keinen Hunger, machte mich aber trotzdem darüber her. Ein weiterer Drink erschien in meiner Hand, und damit einher ging das angenehme, locker-leichte Wohlgefühl. Ich genoss es und ließ zu, dass er nachgoss.

»Lila?«

»Ja?«

»Was ist gestern Abend wirklich passiert?«

Ich dachte einen Augenblick nach und kam zu dem Schluss, dass es keinen Grund gab, ihm gegenüber nicht ehrlich zu sein. »Wir hatten Sex am Strand. Du hast aber ein Kondom benutzt, keine Sorge.«

Abrupt setzte er sich auf, und ich kicherte. Inzwischen fand ich das Ganze lustig. Vielleicht half der Wodka ja dabei.

»War ... War ich denn einigermaßen gut?«, fragte er, und ich prustete laut los. Ich hätte nicht gedacht, dass ausgerechnet das ihm Sorgen machen würde.

»Ja. Im berauschten Zustand hast du's echt drauf. Andererseits habe ich ja keine Ahnung, wie das nüchtern so aussähe.«

Sein Lächeln wurde dunkel und sexy. »Das könnten wir rausfinden.«

Ich schüttelte den Kopf. »Nein, das können wir nicht!«

Seufzend lehnte er sich an das Sofa zurück. »Mist!«

Noch vor dem Ende des Films schlief ich ein, doch der Abend hatte Spaß gemacht. Der Alkohol entspannte mich, und ich träumte nichts, schlief einfach nur.

Als ich die Augen wieder aufschlug, ging gerade die Sonne auf. Ich lag allein auf dem Sofa, ein Kissen unter dem Kopf und eine Decke über meinem Körper. Ich streckte mich, stand auf, faltete die Decke zusammen und fuhr mir mit einer Hand durchs Haar. Ich musste gehen. Bliss und Nate würden mir Dinge unterstellen, die nicht stattgefunden hatten. Eigentlich hätte mir das nichts ausmachen sollen. Doch ein wenig tat es das doch, und es war ja auch schon passiert, nur eben nicht am vergangenen Abend.

In meiner Handtasche entdeckte ich ein Stück Papier und einen Stift.

Danke für gestern Abend. Hat Spaß gemacht!
Ich hoffe, es hat geholfen.
Lila

Ich platzierte die Nachricht auf dem Couchtisch und ging. Ich mochte Eli Hardy, und unter anderen Umständen wäre es mir schwerer gefallen zu verschwinden. Doch sein Herz war vergeben, wenn auch gegen seinen Willen.

Mein Marsch zurück zu Bliss und Nate war angenehm. Die Möwen waren schon unterwegs, und der Geruch der salzigen Luft beruhigte mich. Noch brannte die Sonne nicht so stark, und ich genoss das Alleinsein. Ich war völlig in

Gedanken, und das so sehr, dass ich beinahe das Motorrad übersehen hätte, das vor Nates Haus parkte.

Als ich es entdeckte, stutzte ich. Dieses Motorrad kannte ich doch! Ups, und vor allem kannte ich den Typen darauf. Er wandte den Kopf um und sah mich an. Auch wenn ich es hasste. Auch wenn ich alles getan hätte, damit mich sein Anblick dort kaltgelassen hätte, beschleunigte sich mein Herzschlag ein klein wenig.

Nach einem tiefen Atemzug setzte ich meinen Weg zur Haustür und zu Cruz Kerrington fort.

»Was hast du hier zu suchen?«, schnauzte ich, sobald er mich hören konnte.

Er bedachte mich mit einem frechen Grinsen. »Hab gehört, du machst einen Roadtrip.«

»Na und?«

»Warum?«

Ich wollte ihm nicht antworten. Aber er war hier, obwohl er zuvor noch nie hergekommen war. »Warum bist du hier?«, hakte ich nach.

»Warum bist du weggefahren?«, entgegnete Cruz.

Ich war die neue Lila. Ich war nicht mehr dasselbe Mädchen, das ich in Rosemary Beach zurückgelassen hatte. »Weil ich nicht mehr dieses Mädchen sein möchte, das du mal beschrieben hast.«

»Und du meinst, daran würde sich was ändern, wenn du Rosemary Beach hinter dir lässt?« Er klang belustigt.

Grrr! Ich hasste sein selbstgefälliges Grinsen und sein Selbstvertrauen. »Ja. Das ist mein … Abenteuer, und jetzt mach dich gefälligst vom Acker.«

Cruz rührte sich nicht. Er studierte mich einen Augenblick. Ich ging an ihm vorbei zur Haustür.

»Steig auf, Lila«, sagte er, und ich sah zu ihm zurück. Er hielt mir einen Helm hin.

»Wie bitte?« Ich musste mich verhört haben.

»Setz dich hinten auf mein Bike!«

»Spinnst du?«

Er zog eine Augenbraue nach oben. Was bei ihm grundsätzlich sexy aussah. »Du hast gesagt, du willst Abenteuer. Was ist abenteuerlicher, als auf mein Motorrad zu steigen und einfach loszufahren?«

»Wohin ginge es denn?«, hörte ich mich fragen.

»Überallhin und nirgendwohin.«

Ich schüttelte den Kopf. »Meine Reisetasche ist oben. Da vorn steht mein Wagen.«

»Yeah, aber du willst Veränderung. Da spricht dein altes Ich. Steig auf, und wir finden die neue Lila Kate Carter.«

Hm. Mein Verstand sagte mir, wie lächerlich das war und dass ich ins Haus marschieren und ihm die Tür vor der Nase zuschlagen sollte. Doch meine Füße gingen automatisch auf ihn zu. Ich hatte nichts bei mir, außer den Kleidern an meinem Leib und meiner Handtasche. Neben seiner Maschine blieb ich stehen, und er setzte mir den Helm auf den Kopf. Dann schloss sich seine Hand um meine. »Steig auf.«

Und genau das tat ich.

14. KAPITEL

Cruz Kerrington

Manchmal entschließt man sich spontan zu irgendeinem Scheiß. Genau das hatte mich hergebracht. Eine spontane Reaktion. Nun saß Lila Kate hinter mir auf dem Motorrad, und wir fuhren in Richtung New Orleans. Sobald ihr Daddy das herausfand, müsste ich in Schutzgewahrsam genommen werden, unter Garantie. Grant Carter würde mich umbringen. Doch bis dahin würde ich Lila Kate bei ihrem Versuch, ihre verklemmte Art hinter sich zu lassen, zur Seite stehen, damit ihr der süße kleine Arsch dabei nicht auf Grundeis ging.

Na, zumindest sollte sie sich ein bisschen locker machen. Ich wollte ja nicht, dass sie topless auf Bartischen herumtanzte oder so was, doch ein Schritt in die richtige Richtung war ja schon mal, den ganzen Mist zu Hause hinter sich zu lassen und ohne Erklärung abzuhauen. Ich hätte nicht gedacht, dass sie so etwas tun würde.

Ich hatte nicht schlafen können. Um drei Uhr war ich aufgestanden, war mit einem Rucksack, in den ich rasch ein paar frische Klamotten und eine Zahnbürste gestopft hatte, nach draußen gegangen, hatte mich auf mein Bike geschwungen und war losgedüst.

Herrgott noch mal, die hatten Lila Kate doch glatt auf eigene Faust wegfahren lassen. Okay, sie war erwachsen, aber das war mir scheißegal. So behütet, wie ihr Leben bislang verlaufen war, spielte ihr Alter überhaupt keine Rolle. Dass sie flügge werden wollte, fand ich ja super. Aber doch nicht ohne ein bisschen Hilfestellung! Dafür war ich da. Grant sollte mir dankbar sein, doch ich wusste, darauf konnte ich lange warten. Eher würde er mir an die Gurgel gehen wollen.

Wenn die anderen aufwachten und begriffen, dass Lila Kate weg war, würden wir schon in New Orleans sein. Ich würde sie bitten, ihre Mom anzurufen, und würde Nate Bescheid geben. Keiner sollte sich Sorgen machen.

Ich bog auf den Parkplatz eines Wal-Marts ein und stellte den Motor erst direkt vor dem Eingang ab. »Was Besseres lässt sich in aller Herrgottsfrühe nicht finden. Besorg dir Jeans und ein paar feste Schuhe. Zieh dich gleich um und komm wieder raus.«

Sie rührte sich nicht. »Du möchtest, dass ich da reingehe und mir Jeans und Schuhe kaufe?«

Ich drehte mich um und zog ihr den Helm vom Kopf. »Möchtest du etwa die ganze Strecke bis New Orleans in diesen Shorts und einem Paar Sandalen zurücklegen?«

Sie blickte auf ihre bloßen Beine und sah dann wieder zu mir auf. »Keine gute Idee?« Es klang wie eine Frage.

Ich nickte.

Seufzend stieg sie vom Motorrad ab. »Ich hätte zumindest noch ein paar Sachen von mir holen sollen.«

»Hattest du Jeans und Schuhe etwa schon gepackt?«, erkundigte ich mich, und sie schüttelte den Kopf. »Na, siehst du.«

Sie ging hinein, und ich bemühte mich, meinen Blick nicht bewundernd auf ihre Kehrseite zu heften. Darum ging es hier nicht. Als ich sie geküsst hatte, war ich betrunken gewesen. Mit ihren Gefühlen würde ich nicht spielen. Mir lag zu sehr an ihr, als dass ich sie einfach zu einem Mädchen machen würde, mit dem ich gefickt hatte. Lila verdiente Romantik. Romantik lag mir aber nicht.

Ich fuhr auf Bondage-Seile, Handschellen und Stripperinnen ab. Auf Mädchen, die wussten, bei mir konnte es schon mal rauer zugehen, und die das auch wollten. Lila war zerbrechlich. Das war definitiv nichts für mich.

Ich spielte mit dem Gedanken, Nate anzurufen, entschied mich aber dagegen. Die schliefen ja noch. Nicht nötig also, sie jetzt schon wissen zu lassen, dass ich mich mit Lila Kate aus dem Staub gemacht hatte. Das würden sie noch früh genug merken. Lila Kate würde ihr verdammtes Abenteuer bekommen und dann wohlbehalten wieder heimkehren.

Ja, heilige Scheiße, kein Mensch hatte gesagt, dass sie sich die engsten Jeans, die es zu kaufen gab, aussuchen und anziehen sollte! Lila Kate kam zurück zum Motorrad gelaufen. Sie trug schwarze Kunstlederstiefel, was aber keine Rolle spielte, da diese hautengen Jeans sowieso alle Blicke auf sich zogen. Die und das ebenso enge Tanktop, das sie jetzt anhatte. Das Wort »Speed« prangte darauf, und es wirkte am Ausschnitt eingerissen, sodass ihr Dekolleté zur Geltung kam.

»Was zum Teufel?«, fragte ich.

Sie grinste. »Ich finde, jetzt sehe ich wie eine Bikerin aus.«

Sie sah aus, als würde ich mich ihretwegen prügeln müssen. »Herrgott!«, murmelte ich und reichte ihr den Helm. Sie setzte ihn auf und kletterte hinter mir aufs Bike. »Es ist das Beste, was sie hatten«, erklärte sie.

»Was, sie hatten nichts in deiner Kleidergröße?«, schoss ich zurück.

»Das ist meine Kleidergröße!«

»Sieht eher nach ein paar Größen zu klein aus!«

»Quatsch, das soll so eng sitzen.«

»Wo sind deine anderen Sachen?«

»Die hab ich in der Ankleide zurückgelassen. Sie haben der alten Lila Kate gehört.«

Ich sagte nichts mehr. Lila Kate war auf Abenteuer gepolt, und es stimmte, von ihrem alten Ich war nichts mehr zu sehen. Überhaupt nichts.

Ich bog wieder auf die Straße und nahm Kurs auf die I-10. Wir mussten Strecke machen. Lila Kate hatte die Arme um mich geschlungen. Sie presste sich zwar nicht direkt an mich, aber viel fehlte nicht. Ich spürte sie auch so schon ganz gut. Verdammt, bloß nicht auf falsche Gedanken kommen. Hier ging es darum, vom Country Club wegzukommen und von all den Aufgaben, die mir mein Dad aufbrummen wollte. Außerdem sorgte ich auf die Art dafür, dass Lila Kate wieder heil nach Hause kam.

Das Einzige, was ich abso-fucking-lut wusste, war, dass es nicht darum ging, Lila Kate an die Wäsche zu gehen. In meiner Tasche vibrierte mein Handy, und ich fluchte. Da war wohl jemand aufgewacht und hatte gecheckt, dass ich verschwunden war! Höchstwahrscheinlich mein Dad, der für mich vermutlich einen weiteren Tag Foltergolf eingeplant hatte.

Zunächst wäre er stinksauer, doch wenn ich ihm erklärte, dass ich weggefahren war, um auf Lila Kate aufzupassen, würde er entweder Verständnis haben oder noch wütender sein. Das konnte so oder so laufen, momentan war das völlig offen. Und es war mir auch scheißegal. Jetzt, wo ich wusste, dass mir heute wieder die Golfbälle um die Ohren geflogen wären, freute ich mich gleich noch mehr, mich auf und davon gemacht zu haben.

Wir erreichten Mississippi, und Lila Kate deutete auf das Schild, als wäre das unglaublich aufregend. Ich verstand das. Meistens reiste sie ja mit dem Flieger. An Orten wie Mississippi war sie noch nie gewesen. Als wir in Biloxi ankamen, fuhr ich Richtung Beauvoir – der Jefferson Davis Home and Presidential Library. Ich hatte sie mir noch nie angesehen, und sie interessierte mich auch nicht die Bohne. Aber ich wusste, Lila Kate mochte solchen historischen Klimbim. Museen und solchen Quatsch.

Wir hielten vor dem großen weißen Haus an, das man in den Zustand von 1889 zurückversetzt hatte, in die Zeit also, als Jefferson Davis darin gelebt hatte. Ich parkte neben dem einzigen anderen Fahrzeug auf dem Parkplatz. Es war kurz nach acht Uhr morgens, und der Informationstafel zufolge öffnete die Bibliothek um acht. Doch noch war weit und breit keine Menschenseele zu sehen.

Lila Kate nahm ihren Helm ab und sah zu dem Gebäude. »Was machen wir hier?«

»Warst du schon jemals in Biloxi?«, fragte ich.

Sie schüttelte den Kopf.

»Dann solltest du einen Blick reinwerfen. Hier hat der bekloppte letzte Präsident der Konföderierten gewohnt. Einen Konföderiertenfriedhof gibt es hier auch.«

Langsam bewegte sie den Blick von dem Haus zu mir. »Du hast mich hergebracht, damit ich mir das Haus von Jefferson Davis ansehen kann?«

Vielleicht war es ja eine Schnapsidee gewesen. Mist noch

mal, ich hatte gedacht, sie würde historisches Zeug mögen. »Magst du so was denn nicht?«

Sie studierte mich eine Minute und lachte dann los. »Komm, lass uns das Gebäude anschauen«, meinte sie und legte ihren Helm auf die Sitzbank.

»Was ist denn so lustig?« Ich stieg vom Motorrad ab. Ich würde keinen Blick auf ihren Knackpo in diesen Jeans werfen. Nein, nein, nein! Verflucht noch mal.

»Dass du mich zum Wohnhaus eines Präsidenten der Konföderierten gebracht hast!«

»So viele Optionen gab es ja nicht. Wir sind hier mitten im tiefsten Süden, Lila. Das ist die Geschichte, die du hier in der Gegend zu sehen bekommst. Außerdem ist das Gebäude höllisch beeindruckend. Sieh's dir doch an!« Ich deutete auf das große Bauwerk.

Sie drehte sich wieder dazu um und nickte. »Ja, das ist es. Kommen, wir gucken rein.«

15. KAPITEL

Lila Kate

Nachdem wir uns eine Stunde lang das Haus und den Friedhof angesehen hatten, fuhren wir zum Frühstück in ein Casino. Zu meiner Überraschung schmeckte es wirklich gut. Als wir wieder zu Cruz' Motorrad gingen, sah er zu mir herüber. »Jetzt hast du also etwas von Mississippi gesehen.«

Dieses Benehmen war so untypisch für Cruz, dass ich breit grinsen musste. Ausnahmsweise einmal zeigte er sich von seiner netten Seite. Als wir Kinder waren, hatte ich die öfter zu sehen bekommen, seitdem jedoch nicht mehr. Sie wiederzusehen war … Das war … gefährlich. Ich musste mir in Erinnerung rufen, wer er war, und einen kühlen Kopf behalten.

Der Rest der Fahrt ging schnell vorbei. Kurz nachdem wir Biloxi verlassen hatten, erreichten wir auch schon Louisiana. Bei einer roten Ampel sah Cruz zu mir nach hinten. »Was ist dir lieber: sicher und schick oder Atmosphäre?«

»Atmosphäre«, brüllte ich durch meinen Helm und über den Motorlärm hinweg.

»Gut«, erwiderte er und machte sich auf den Weg zu einem äußerst malerischen Viertel, in dem es zwar nicht so rosig roch, das jedoch genauso war, wie ich es mir vorgestellt hatte. Ehrlich gesagt hatte ich mir nämlich mal in einem Netflix-Serienmarathon *The Originals* reingezogen. Ich wollte auf etwas daraus hinweisen, bremste mich aber. Cruz hätte einen Mordsspaß daran gehabt, sich über mich lustig zu machen.

Er fuhr in ein Parkhaus und stellte die Maschine ab. Ich nahm den Helm herunter und sah mich um. »Wo sind wir?«

»Im Parkhaus eines Hotels.«

Ich sah kein Hotel. »Bist du dir sicher?«

»Yeah, das bin ich. Ich war hier schon mal. Mehrmals.«

»Weshalb warst du in New Orleans?«, fragte ich.

Er grinste mich an. »Mardi Gras.«

Ah ja, das hätte ich mir denken können. »Dann wird das ja nicht annähernd so aufregend sein, wie ich es mir vorgestellt habe.«

Er stieg vom Motorrad ab. »Es wird keine Frauen geben, die überall auf der Straße ihre Titten zeigen. Von daher, nein, es wird nicht so aufregend.«

Ich verdrehte die Augen und kletterte vom Bike. »Ich habe nichts dabei. Ich muss einen Laden finden, um ein paar Toilettenartikel zu kaufen. Ein paar Klamotten zum Wechseln wären auch nicht verkehrt.«

»Lass uns erst mal ein Zimmer organisieren, dann sehen wir weiter.«

»Zwei Zimmer«, korrigierte ich ihn.

Er zog eine Augenbraue nach oben. »Wollen wir ernsthaft Geld für zwei Zimmer verplempern?«

Ich nickte. »O ja, das wollen wir.«

»Meine Güte, Lila. Ich würde doch nicht versuchen, dich flachzulegen. Das habe ich nie versucht und fange jetzt auch nicht damit an!«

Autsch, das saß. Ich würde ihn allerdings nicht wissen

lassen, wie sehr mich das getroffen hatte, aber so war's. »Ich weiß schon, dass du mich nicht attraktiv findest. Damit hast du ja weiß Gott nicht hinterm Berg gehalten. Aber ich liebe meine Privatsphäre und möchte kein Zimmer mit dir teilen.«

Er zuckte die Achseln. »Was auch immer.«

Na bitte. So kannte ich ihn. Zumindest erinnerte er mich daran, dass der süße Typ, der gewollt hatte, dass ich etwas von Mississippi erlebe, nur ein kurzes Zwischenspiel gegeben hatte. Der Cruz, den ich kannte und nicht leiden konnte, war zurück.

Wir checkten ein, ohne viel zueinander zu sagen. Unsere Zimmer lagen nebeneinander. Als wir an unsere Zimmertüren gelangten, sah er zu mir herüber. »Ist dir das zu nahe? Hast du vor, irgendeinen Typen von der Straße raufzuschmuggeln, und möchtest nicht, dass ich es mitbekomme?«

Beißender Spott. Diesen Cruz kannte ich gut. Aber, hey, das würde ich nicht einfach auf mir sitzen lassen. Ich schloss meine Tür auf und begegnete seinem frechen Blick kurz vor dem Eintreten. »Nein. Alles gut. Meinen letzten One-Night-Stand hatte ich an einem öffentlichen Strand. Ich schätze, wenn ich Sex am Strand haben kann, dann klappt das auch in einem Zimmer neben deinem.« Die Chance, darauf zu reagieren, gab ich ihm nicht. Rasch betrat ich mein Zimmer und zog die Tür hinter mir zu.

Fast rechnete ich damit, er würde an meine Tür klopfen und fragen, wovon ich sprach. Tat er aber nicht. Na, immerhin hatte er jetzt was, worüber er nachdenken konnte. Tja, auspacken musste ich ja nichts. Ich benutzte ein Handtuch und eine Seife, um mir das Gesicht zu waschen. Dann stieg ich in die Duschkabine und wusch mir den Straßendreck ab. Meinen Slip wusch ich auch und hängte ihn zum Trocknen auf.

Ich würde auf einen verzichten müssen, bis wir in einen Laden kamen. Eingewickelt in ein Badehandtuch, ging ich zum Fenster, nahm mein Handy und machte ein Foto vom French Quarter. Dann schrieb ich Eli eine Nachricht.

Angekommen! Es ist genauso, wie ich es mir vorgestellt habe. Sorry, dass ich mich nicht von dir verabschiedet habe.

Ich musste Nate und Bliss anrufen und ihnen alles erklären. Und dann meine Eltern natürlich.

Gerade wollte ich Nates Nummer eingeben, als mir Eli zurücktextete.

Du bist schon weg?

Ich seufzte. Nachdem er aufgewacht war und gesehen hatte, dass ich verschwunden war, hatte er nicht mal nach mir gesucht. Keine Ahnung, warum ich das erwartet hatte. Er hatte andere Dinge im Kopf.

Anstatt ihm zu antworten, rief ich Nate an.

»Hab gerade mit Cruz telefoniert«, lautete dessen Begrüßung. »Dein Dad bringt ihn um. Hast du daran gedacht?«

Ich seufzte. Ja, hatte ich. Aber für den Moment dachte ich an nichts anderes als daran, etwas völlig Untypisches zu tun. Etwas Aufregendes, und genau das tat ich. Später würde mir die Hölle heiß gemacht, klar.

»Das mit meinem Dad krieg ich hin. Tut mir leid, dass ich keine Nachricht hinterlassen oder meine Sachen geholt habe.«

»Cruz will auf dich aufpassen. Mehr ist da nicht dran, Lila Kate.«

Nate wusste Bescheid. Ich hatte es ihm nie gesagt, aber er wusste es. Als Kind hatte er zu unserem Trio gehört. Er hatte meine Verknalltheit mitbekommen, obwohl Cruz selbst nie etwas davon bemerkt hatte. Nate war schon immer aufmerksamer gewesen. Nun sorgte er dafür, dass sich die erwachsene Lila Kate nicht einbildete, sie hätte Chancen bei Cruz.

»Ich weiß.« Mehr sagte ich nicht. Mir war das peinlich.

»Ich habe deinen Rover in meine Garage gestellt, und deine Sachen bleiben bis zu deiner Rückkehr im Gästezimmer.«

»Danke, Nate. Sag Bliss, es tut mir leid, dass ich verschwunden bin, ohne mich zu verabschieden.«

»Mach ich. Sie versteht das. Besser als ich, glaube ich.«

Wir verabschiedeten uns und beendeten das Gespräch. Noch hatte ich keine Lust, mit meinen Eltern zu sprechen. Ich war erwachsen. Es war mein eigenes Geld, das ich ausgab. Ich brauchte sie nicht anzurufen. Konnte tun und lassen, was ich wollte.

Ich hatte dennoch ein schlechtes Gewissen, warf mein Handy aber aufs Bett zurück und zog meine Sachen wieder an, ohne Höschen. In Jeans fühlte sich das nicht so prickelnd an. Ich musste dringend in einen Shop.

16. KAPITEL

Cruz Kerrington

Als Lila Kate in einem kurzen schwarzen Rock und einem über dem Bauchnabel zusammengebundenen ärmellosen Silbertop wieder aus dem Kaufhaus kam, begriff ich, dass die Jeans nicht das Schlechteste gewesen war. Und dazu diese High Heels! Hatte sie wirklich vor, damit in New Orleans herumzustaksen?

Ich grübelte noch immer, ob ihr Sex-am-Strand-Kommentar komplett erfunden war oder ob sie das ernst gemeint hatte. Was völlig unverantwortlich gewesen wäre. Wenn sie das wirklich getan hatte, war sie noch naiver als gedacht.

»Absolut funktional!« Ich bemühte mich, nicht verärgert darüber zu klingen, dass sie den Großteil ihres Körpers zur Schau stellte. Ich konnte sehen, wie Männer den Kopf verdrehten, um sie auszuchecken, ohne dass sie sie überhaupt ansah. Ich kannte die Männer. Schließlich war ich einer, und ich konnte den Blick auch nicht mehr von ihr lösen.

Sie zuckte mit einer bloßen Schulter, als hätte ich keine Ahnung. »Find ich auch.«

Sie hatte zwei weitere Einkaufstaschen dabei. Ich trug eine, die voll mit den Toilettenartikeln war, die sie zuvor in einem Drogeriemarkt gekauft hatte. »Kauf bitte keinen weiteren Kram mehr. Mehr als das hier passt nicht auf meine Maschine.«

»Ich hab alles, danke«, sagte sie. »Bringen wir's schnell ins Hotel, ja? Danach möchte ich mir die Bourbon Street angucken.«

Wir machten uns auf den Weg zurück zum Hotel, und sie schien überhaupt kein Problem damit zu haben, in diesen verdammten High Heels herumzulaufen. Taten die denn nicht weh? Ich verkniff mir die Frage und stellte lieber eine andere, die mir auf dem Herzen lag. »Sag mal, hast du schon mit deinen Eltern gesprochen?«

Bestimmt hatte Lila Kate das erledigt, sobald sie ihr Zimmer betreten hatte. Doch sie schüttelte den Kopf.

»Sie machen sich vermutlich Sorgen«, gab ich zu bedenken.

Sie zuckte die Achseln. »Ich bin erwachsen.«

Das war keine Lila-Kate-Antwort. Manchmal fragte ich mich, ob mir dieser Wandel gefiel oder nicht. Bislang hatte ich mich in meinem Leben auf zwei Dinge sicher verlassen können: dass mich mein Dad nie vergessen lassen würde, was für Erwartungen in mich gesetzt wurden, und dass Lila Kate Carter immer das Richtige tat.

Das konnte ich jetzt wohl knicken.

»Erwachsen bist du doch schon ein ganzes Weilchen. Was veranlasst dich, nun so darauf zu pochen?«

Sie sah mich nicht an, sondern hielt den Blick stur nach vorn gerichtet. »Das Leben.«

Das war ihr einziger Kommentar dazu – das Leben. Als würde das einen Sinn ergeben. Ich spielte hier in New Orleans den Babysitter für sie, und sie zog sich an wie …

wie … wie ein Mädchen, das ich in einem Club aufgegabelt hatte, gab mir knappe Antworten und rebellierte gegen alles, was sie je getan hatte.

Ich hakte nach. »Was hat diesen rebellischen Anfall ausgelöst?«

Der verkniffene Ausdruck, der auf ihrem Gesicht erschien, war interessant. Irgendeine Ursache gab es also, auch wenn ich bezweifelte, dass sie sie mir erzählen würde. Zumindest noch nicht gleich. Unsere Reise hatte gerade erst begonnen. Irgendwann würde sie damit herausrücken.

»Darüber möchte ich lieber nicht sprechen.«

Dabei beließ ich es erst mal. »Schön. Dann erzähl mir doch mal, was du dir in der Bourbon Street anschauen willst?«

Diese Frage zauberte ein Lächeln auf ihr Gesicht. »Keine Ahnung. Ich möchte sie einfach sehen. Und können wir uns Beignets kaufen? Ich wollte schon immer mal die ganz echten probieren!«

»Klar, können wir. Beignets schmecken besser, wenn man sie nüchtern isst. Machen wir das doch, bevor wir in der Bourbon Street aufschlagen.«

Ich erwartete, dass sie sagen würde, sie hätte nicht vor, Alkohol zu trinken. Stattdessen nickte sie zustimmend. Herrje, hoffentlich hatte sie nicht vor, sich zu betrinken. Nicht in diesem Outfit!

»Wie weit kannst du in diesen Schuhen laufen?«

»Meilenweit.«

Einen Einwand schluckte ich runter. Wenn sie damit herumlaufen wollte, dann war das ihr Bier. Auch wenn sie ihre Zehen dafür hassen würden.

Lila Kate brachte schnell ihre Sachen hoch, und als wir

uns aufmachten, Beignets zu kaufen, strahlte sie wie ein kleines Kind. Ich rechnete ja noch damit, dass sie mir erklärte, warum sie in diesen Schuhen herumlief, aber nichts dergleichen. Die Kulisse um sie herum schien sie total zu faszinieren. Sie saugte alles regelrecht auf. Es machte Spaß, sie dabei zu beobachten, und ich genoss diesen Trip nach New Orleans dadurch mehr als damals meinen eigenen. Als wir an ein paar Männern vorbeikamen, die eine akrobatische Streetshow hinlegten, mussten wir stehen bleiben und ihnen zuschauen. Danach bei Kids, die einen Tanz vorführten. Beide Male gab sie Trinkgeld und klatschte begeistert. Einfach süß! Das war die Seite von Lila Kate, die ich kannte, so unschuldig, so schön!

Als ihre Hände und ihr Shirt von den Beignets voller Puderzucker waren, lachte sie, als wäre ihr den ganzen Tag nichts Besseres zugestoßen. Sie wischte sich einfach ab und erkundigte sich dann, ob es irgendwo Lokale gebe, in denen man tanzen könne.

Schließlich brach der Abend an, und es wurde Zeit, mit Lila Kate ins Zentrum des Geschehens vorzudringen. Ihre Augen wurden tellergroß, als wir von der Canal Street aus die Bourbon Street erreichten. Zu gern hätte ich eine Kamera dabeigehabt, um diesen Moment festzuhalten. Oha, was für ein Scheiß ging mir denn da im Kopf herum? Ich brauchte dringend was zu trinken!

»Hier starten wir und arbeiten uns dann langsam voran«, erklärte ich ihr beim Betreten einer Bar mit Livemusik. Bei diesen Lokalen konnte man reinfallen oder auch nicht. Man musste einfach in jedes hineingehen, bis man die beste Musik gefunden hatte. Drinks wurden überall dieselben ausgeschenkt.

In dieser wurde Rockmusik der Achtziger gespielt, und es war schon einiges los. Lila Kate strahlte auf, und ich ging mit ihr geradewegs zur Bar. »Was möchtest du trinken?«

»Weiß nicht. Was schlägst du vor?«

»Du trinkst doch nicht zum ersten Mal Alkohol, Lila Kate?«

»Das nicht, aber ich bestelle immer dasselbe. Ich möchte mal was anderes. Jemand anderes sein.«

»Wir sind in New Orleans. Versuch's doch mit einem Hurricane.«

»Klingt gut!«

Ich stand zwar nicht auf dieses süße Zeug, aber die meisten Mädchen mochten diese Art von Getränk. Ich bestellte einen Jack Daniels und einen Hurricane. Eine Frau mit leicht gebräunter Haut und himmelblauen Augen stand hinter der Bar. Ihr Top überließ wenig der Fantasie, und ich genoss den Anblick ungeniert. Als sie sich umdrehte, um meine Bestellung zuzubereiten, zwinkerte sie mir zu, und auch wenn ich wusste, dass diese Wimpern Fake waren, fand ich sie heiß. Genauso wie die Pobacken, die aus ihren Shorts hervorlugten. Gott, ich liebte die Bourbon Street!

Ich warf einen Blick zu Lila Kate zurück, die das Lokal studierte, als müsste sie sich jedes Detail einprägen. Es ging ihr gut, weshalb ich meine Aufmerksamkeit wieder der Barkeeperin zuwandte. Die schwang ihre Hüften, als sie mit unseren Drinks zurückkam. »Um zwei habe ich Feierabend«, meinte sie, während sie sie zu mir schob.

»Ich denk dran«, erwiderte ich und gab ihr einen Fünfziger.

Sie sah über meine Schulter. »Und das Mädel, das du dabeihast?«

»Eine gute Freundin.«

»Nun, könnte sein, dass deine Freundin Hilfe braucht«, erklärte sie mir.

Ich riss den Blick von ihren Nippeln, die sich durch den dünnen Stoff ihres Shirts abzeichneten, und sah mich nach Lila Kate um.

Zwei Typen hatten sich zu ihr gehockt und machten ihr schöne Augen. Sie wirkte nervös, unterhielt sich aber lächelnd mit ihnen. Als sie in meine Richtung blickte, entdeckte ich die Unsicherheit darin und ging zu ihr.

Es würde eine lange Nacht werden. Vielleicht hätte ich ja gleich einen Doppelten bestellen sollen.

17. KAPITEL

Lila Kate

Es liegt an den verflixten Klamotten«, murmelte Cruz, nachdem er mir meinen Drink gereicht, den Arm um meine Taille geschlungen und mich von den beiden Typen weggelotst hatte, die mich dazu hatten überreden wollen, sie auf eine in der Nähe stattfindende Studentenparty zu begleiten.

»Was denn?«, fragte ich verwirrt.

»Die Kerle. In diesem Aufzug ziehst du sie in Schwärmen an.«

Er klang verärgert, und das, nachdem ich ihn gerade dabei erwischt hatte, wie er wegen der Barkeeperin, die genauso gut einen Bikini hätte tragen oder sich – verdammt – gleich topless hätte hinstellen können, zu sabbern angefangen hatte. Selbst von meinem Platz aus konnte ich durch den dünnen weißen T-Shirt-Stoff erkennen, dass sie keinen BH trug. Da sah ich vergleichsweise stilvoll aus.

»Mein Outfit ist völlig in Ordnung«, fuhr ich ihn an und trank dann einen weiteren Schluck von dem köstlichen Gebräu, das er mir gebracht hatte.

»Der Rock ist zu kurz, und jeder kann deinen Bauch sehen.«

Ich wirbelte herum und funkelte ihn an. »Diese Kellnerin, die du gerade angegafft hast, ist so gut wie nackt! Ihr

Hintern hängt aus den Shorts! Und du sagst, dass ich nicht anständig angezogen bin? Dabei hast du es doch genossen, dir ihre Möpse durch das eigentlich überflüssige Top anzuschauen!«

Er sah mich finster an. »Du kannst dich doch nicht mit ihr vergleichen!«

»Ernsthaft? Du bist so ein Arsch!«, brüllte ich und stürmte dann an ihm vorbei nach draußen. Ich brauchte Abstand, sonst hätte ich ihm möglicherweise diesen roten Drink ins Gesicht geschüttet.

»Lila Kate!«, rief er mir nach. Ich lief weiter. Keine Ahnung, wohin, aber das würde sich schon finden. »Lila, bleib doch stehen, Herrgott noch mal!«

Ich ignorierte ihn.

»Machst du nicht ein bisschen viel Wind?«, rief er, und ich dachte darüber nach. Vielleicht war ich einen Tick zu sensibel. Folglich ging ich langsamer. Auf dieser Straße wimmelte es von Menschen, und so aufregend und spannend ich das auch fand, verlaufen wollte ich mich hier besser nicht.

»Ich meinte damit doch nur, dass du …«, er hielt inne und rieb sich mit Daumen und Zeigefinger die Schläfen. »Ja verdammt, wie Schneewittchen aussiehst, das beschlossen hat, unartig zu sein. Okay? Es ist ausgesprochen erotisch, jemanden wie dich in solchen Klamotten zu sehen. Die Kellnerin da drin – da erwartet man, dass sie sich so anzieht. Sie sieht aus wie ein Pornostar, und du siehst aus wie eine Disney-Prinzessin, die sich als Pornostar verkleidet hat, und das erregt einen. Frag mich nicht, warum. Ich kann's dir nicht erklären. Wir sind allesamt Scheißkerle, okay?«

Ich musterte ihn und ließ seine Worte sacken. Dann prustete ich los. Ich konnte nicht anders. Es lag nicht an dem Drink, denn davon hatte ich ja noch kaum etwas getrunken. Ich fand es nur einfach so witzig, wie er mich gerade beschrieben hatte.

»Warum lachst du?« Er machte ein frustriertes und verwirrtes Gesicht.

Ich holte Luft und lachte wieder los. Er sah mich an, als hätte ich den Verstand verloren. Als ich mich wieder eingekriegt hatte, sagte ich: »Du hast mich gerade als prinzessinnenhaften Pornostar bezeichnet!«

Cruz machte zunächst weiter ein düsteres Gesicht, doch dann fing er zu grinsen an. »Ein besseres Beispiel ist mir nicht eingefallen.«

Ich nippte an meinem Drink. »Ich sehe aber nicht wie Schneewittchen aus.«

»O doch, Lila Kate, das tust du. Früher mal hab ich mich gefragt, ob dich jeden Morgen Vögel ankleiden würden. Damals war ich acht, insofern hat das Sinn gemacht.«

Wieder lachte ich. Ich musste einfach. Denn er hatte recht. Die alte Lila ähnelte Schneewittchen sehr. Sie war anständig, beherrscht, höflich. Und langweilig. Doch damit war nun Schluss. »Okay, ich geb dir recht. Ich hab ihr mal geähnelt, aber damit ist es jetzt aus und vorbei.«

Cruz' Lächeln erlosch. »Das ist mir allerdings auch aufgefallen!«

»Komm, starten wir einen weiteren Versuch«, schlug ich vor und deutete auf eine Bar auf der anderen Straßenseite. »Probieren wir's doch dort mal.«

»Nix da«, sagte er und nahm mich am Ellbogen. »Das Lokal suche ich aus!«

»Was stimmt daran denn nicht?«

»Ich bin nicht bereit, mit dir in eine Topless-Bar zu gehen.«

Oh. »Okay, ja. Dann suchst besser du das Lokal aus.«

»Wie schmeckt dein Drink?«

»Gut. Süß.«

»Ah ja. Einen Hurricane hab ich noch nie probiert. Ich hab's nicht so mit Süßem«, erklärte Cruz und bugsierte mich dann in eine andere Bar mit offenen Türen und Livemusik. Diesmal war es eher Cajun-Musik. »Ich brauch noch einen Drink, und du kommst mit mir.«

Ich folgte ihm hinein, und diesmal stand ein Mann hinter der Bar. Allerdings checkte er nicht etwa mich, sondern Cruz aus. Was ich ihm nicht verübeln konnte, Cruz sah ja auch verboten gut aus. Ich verkniff es mir jedoch, ihn anzusehen. Zumindest länger.

Ich ließ den Blick durch den Raum schweifen, beobachtete die Leute beim Tanzen und trank noch etwas von meinem Hurricane.

»Komm, Schneewittchen«, sagte Cruz, sobald er seinen Drink bekommen hatte.

Wir fanden einen hohen Tisch mit zwei leeren Hockern und setzten uns. Der Beat war anders als alles, wozu ich je getanzt hatte, also schaute ich den Tänzern genau zu. Sobald ich wusste, worauf es ankam, stellte ich meinen Drink ab.

»Ich tanz mal 'ne Runde«, erklärte ich Cruz und rutschte von meinem Hocker.

»Dazu? Das geht nicht einfach so«, entgegnete Cruz.

Ich war in vielerlei Hinsicht unsicher, doch dass ich tanzen konnte, wusste ich. Leicht beschwipst zwinkerte ich ihm zu und begab mich zu den anderen auf die Tanzfläche. Ein neuer Song erklang, und ich legte los. Den Tanzstil hatte ich schnell drauf, und nach kurzer Zeit hatte ich Cruz, Eli und alles andere vergessen. Hatte einfach nur Spaß. Ließ mich gehen. War jemand anderes. Jemand, der nicht immer im selben Alltagstrott gefangen war.

»Bist du aus der Gegend?«, fragte mich ein Typ nach dem Ende des Songs. Er war hochgewachsen, mit langen Dreadlocks und großen braunen Augen. Seinem Dialekt nach stammte er aus der Gegend.

»Nein.«

»Wer hat dir beigebracht, so zu tanzen?« Er wirkte beeindruckt.

»Ich bin Tänzerin. Ich habe es beim Zuschauen gelernt.«

»Du solltest nicht allein tanzen.«

Gerade wollte ich etwas erwidern, als die Musik wieder einsetzte. Er streckte seine Hand aus und hob eine Augenbraue, als würde er eine Einladung aussprechen. Ich hob auch eine Braue und legte meine Hand in seine. Ich fühlte mich wie ein völlig anderer Mensch. Cool!

Wir tanzten zusammen, und ehe ich mich's versah, wichen alle anderen zurück und überließen uns die Mitte der Tanzfläche. Ich wurde herumgewirbelt, ja, wir bewegten uns, als wären wir ein eingespieltes Paar. Ich hatte keine Ahnung, wie dieser Tanz eigentlich hieß, aber ich ließ mich von dem Dreadlocktypen führen und folgte ihm. Ich hörte Pfiffe und Klatschen. Was mich anspornte. Sobald der Song geendet hatte, neigte mich mein Tanzpartner zurück und küsste mich zu meinem Schrecken direkt auf die Lippen.

Ich richtete mich schnell wieder auf, lächelte gezwungen, wandte mich zum Gehen und lief dabei direkt in Cruz' Arme. Er blitzte meinen Tanzpartner über meine Schulter wütend an. »Entweder werde ich deinetwegen umgebracht, oder ich lande im Knast«, murmelte er leise, sodass nur ich es hören konnte. Dann legte er den Arm um meine Taille, und wir verließen die Bar.

18. KAPITEL

Cruz Kerrington

In der Bourbon Street hatte ich immer Spaß gehabt. Heute fand ich es dort allerdings eher stressig. Warum war ich nur so verdammt überfürsorglich, was Lila Kate anging? Ich hatte noch kaum etwas getrunken. Also machte ich in der nächsten Bar halt und bestellte gleich mal einen doppelten Whisky. Ich musste mich locker machen. Das Ganze genießen. Wenn Lila mit Fremden tanzen wollte, dann bitte, sollte sie doch! Ich war nicht hergekommen, um den verfickten Babysitter zu geben. Ich wollte auch meinen Spaß!

»Ich möchte auch noch was. Allerdings ohne Zucker. Vielleicht einen Goose mit Soda«, sagte Lila Kate über den Lärm hinweg.

Ich wollte sie fragen, ob es nicht langsam reiche, konnte mich aber gerade noch beherrschen. Ich benahm mich ja schon wieder wie ihr Anstandswauwau! Stattdessen bestellte ich ihr ihren Wunschdrink. Dann ging ich zu der Frau, die in ihrem Dekolleté Shots stecken hatte, und gab ihr einen Zwanzig-Dollar-Schein. Sie bedeutete mir, mich auf dem Tisch vor ihr in Position zu bringen, kletterte dann rittlings über mich und steckte den Whisky-Shot zwischen ihre Brüste, ehe sie sich vorbeugte und ihn mir in den Mund goss.

Die Leute um uns herum klatschten Beifall. Nachdem ich den Shot hinuntergestürzt hatte, gab ich ihr einen weiteren Zwanziger aus der Hosentasche, und wir machten es noch einmal. Der Anblick der großen, gebräunten Brüste direkt vor meinem Gesicht und der leichte Whiskyschwips ließen mich wieder wie mich selbst fühlen. Ich zwinkerte ihr zu, und sie strich verschmitzt lächelnd mit ihrem so gut wie bloßen Nippel über meinen Mund, bevor sie wieder von mir herunterstieg.

Als ich mich aufrichtete, brauchte ich einen Augenblick, um mich zu fangen. »Komm zurück, wenn du mehr brauchst«, meinte sie mit breitem, exotischem Akzent.

»Red nur weiter so, und ich geh gar nicht erst weg«, erwiderte ich.

Sie hob beide Brüste und schüttelte sie. Verdammt, ich liebte diese Kneipe! Ich nahm meinen Drink vom Tisch und leerte das Glas. Lila kam mir in den Sinn, doch meine Sorge um sie hatte etwas nachgelassen. Ich ließ den Blick umherwandern und erwartete, sie wieder mit irgendeinem fremden Kerl tanzen zu sehen, konnte sie jedoch nirgends entdecken. Ich fühlte mich entspannt und mehr als nur ein bisschen angetörnt. Doch als ich sie nirgends finden konnte, war das Gefühl im Nu wie weggeblasen.

Ich sah mich wieder um, doch von Lila Kate war nichts zu sehen.

»Dein Mädel ist gegangen. Ich glaub, sie fand's nicht so prickelnd, dir dabei zuzuschauen, wie du aus den Titten einer anderen trinkst.« Ich riss den Kopf nach links und entdeckte eine große Rothaarige mit einem angewiderten Gesichtsausdruck. »Das kann ich ihr auch nicht verdenken, muss ich sagen«, meinte die Frau und deutete auf den Ausgang zu ihrer Rechten. »Vor dem zweiten Shot ist sie da rausgestürmt.«

Ich hätte der Frau danken oder aber ihre Vermutung richtigstellen sollen, tat aber weder das eine noch das andere, stattdessen eilte ich in der Hoffnung, dass Lila Kate noch nicht weit gekommen war, zur Tür. Auf den Straßen wurde es immer voller, und es würde schwierig, wenn nicht gar unmöglich sein, sie unter all diesen Menschen und in all diesen Bars wiederzufinden.

Ich hatte nur etwas Spaß haben wollen, aber den musste sie mir ja verderben. Nicht einmal ein paar Minuten konnte sie einfach Ruhe geben. Herrgott, sie war schwieriger als gedacht. Lila Kates dunkles Haar war das Erste, was ich sah, als ich aus der Bar trat. Sie stand nur ein paar Schritte entfernt an einer Straßenlaterne.

Sie hatte die Arme vor der Brust verschränkt und die Schultern leicht nach vorn gebeugt, als sei ihr kalt. Was aber nicht sein konnte, denn hier draußen herrschte eine brütende Hitze.

»Lila Kate!«, rief ich sie. Langsam drehte sie sich um, sah mich an und nahm dann wieder die alte Haltung ein – als würde sie mich sehen, ich ihr aber gleichgültig sein. Oder als sei sie angepisst.

Ich ging zu ihr und wollte sie anmeckern, was zur Hölle sie sich dabei gedacht hatte, einfach zu verschwinden, doch als ich bei ihr war, senkte sie die Arme und richtete ihren Blick überall- und nirgendwohin, bloß nicht auf mich. »Bereit für die nächste Bar?«, fragte sie.

Sie war sauer, das war nicht zu überhören. »Warum bist du einfach weggelaufen?«, erkundigte ich mich frustriert. »Diese Bar hat mir nicht gefallen.«

Was? »Dir gefällt eine Kneipe nicht, also gehst du einfach? Hättest du dir nicht zumindest noch die Zeit nehmen können, mir das zu sagen?«

»Du warst ja beschäftigt.« Ihre Stimme triefte vor Sarkasmus.

»Gerade habe ich angefangen, mich zu amüsieren. Herrgott noch mal, Lila!«

Daraufhin machte sie Anstalten zu gehen. Als wolle sie bloß weg von mir. Dabei hatte ich ihr doch gar nichts getan. »Dann geh doch wieder rein und amüsier dich, wenn es das ist, worauf du aus bist, hab ich kein Problem damit.« Ihre Stimme klang allerdings nach dem Gegenteil.

Ich lief ihr hinterher und hielt sie am Arm fest. »Was hast du denn nur? Bist du sauer, weil ich Shots aus den Titten dieser Frau getrunken habe? Dafür ist sie da! Einige der Bars hier bieten noch ganz andere Sachen an. Das war noch harmlos, und es tut doch niemandem weh!«

Sie seufzte tief auf und drehte sich endlich zu mir. »So was gefällt dir?«

»Shots aus dem Dekolleté einer Frau zu trinken? Klar, verdammt, wie allen heterosexuellen Männern auf dieser Welt!«

»Du kennst sie doch gar nicht.«

»Nein, aber das spielt auch keine Rolle.«

Sie studierte mich einen Augenblick. »Warst du schon jemals verliebt, Cruz?«

Huch? Wie waren wir von der Vorliebe, Whisky aus einem Ausschnitt zu trinken, auf das Thema Liebe gekommen? »Nein. Aber was zur Hölle hat das mit dieser Unterhaltung zu tun?«

Die Art, wie sie mich musterte, bereitete mir Unbehagen. Als könnte sie mehr sehen, als ich wollte. »Weil das so oberflächlich wirkt.«

»Nein. Es ist sexy, witzig, und mehr soll es auch gar nicht sein.«

Lila schwieg. Ich ließ zu, dass sie sich aus meinem Griff wand. Schließlich nickte sie. »Okay.«

Ich war mir nicht sicher, was sie mit diesem »Okay« meinte, aber wenn das ihre Art war, dieses lächerliche Gespräch zu beenden, war mir das nur recht.

»Komm, schauen wir mal, ob wir nicht noch etwas finden, das sexy und spaßig ist«, meinte sie und setzte sich wieder in Bewegung.

Ich ging neben ihr her. Gleich in die nächste Bar rauschte sie auch schon wieder hinein und wartete nicht ab, dass ich die Getränke bestellte. Stattdessen steuerte sie direkt die Bar an und bestellte sich einen doppelten Whisky-Shot, stürzte ihn runter und bestellte einen weiteren.

»Wenn du nicht willst, dass du dich demnächst übergibst, solltest du einen Gang runterschalten«, warnte ich sie. Doch sie hörte nicht auf mich und trank den nächsten Shot exakt auf dieselbe Weise. Als ich danach auch für mich etwas bestellte, ließ sie mich stehen und marschierte auf die Tanzfläche. Während ich dem Barkeeper meinen Wunsch nannte, beobachtete ich entsetzt, wie sich Lila Kate von einem Mann an der Hand nehmen und auf einen Tisch stellen ließ. »Was willst du hören, Süße?«, rief ein Typ von der Bühne.

Sie schenkte ihm ein breites, anzügliches Lächeln, wie ich es bei Lila Kate noch nie gesehen hatte. »Poison!«, rief sie ihm verführerisch zu.

Poison? Fuck, was hatte sie vor?

»Ich glaube, ich bin verliebt!«, rief der Typ auf der Bühne. Dann legte die Band los und Lila ebenso. Ich wusste alles über ihre Tanzerei. Sie tat es schon ihr Leben lang. Mit ihrem Talent hatte sie sich ein Collegestipendium ergattert. Was ich allerdings nicht wusste, war, dass sie neben Ballett und anderem fancy Kram, den man ihr dort beigebracht hatte, irgendwann auch etwas gelernt hatte, das ihr Millionen einbringen würde, sobald sie sich entschied, sich zu entblättern und eine Karriere im Poledancing anzustreben. Motherfucker!

Nachdem ich meine Kinnlade wieder hochgeklappt hatte, musste ich gegen den Drang ankämpfen, sie von dem Tisch runterzuholen und sie von all dem Gepfeife und Gejohle wegzuschaffen. War das megasexy? Ja. Mehr als alles, was ich je gesehen hatte. Es schlug wieder genau in die Kerbe »Schneewittchen wird unartig«. Aber das war nicht Lila. Sie hatte Klasse, war nicht von der Sorte Mädchen, die so etwas tat.

Ich hielt mich zurück, bis irgendein besoffener Scheißkerl nach oben langte und mit der Hand an ihrem Unterschenkel hochfuhr. Da reichte es mir. Ihren Punkt hatte sie klargemacht, welcher auch immer das war, und mehr brauchte ich nicht zu sehen. Ich drängte mich durch die Menge, stieß zwei Typen zurück, packte sie an den Beinen und warf sie mir über die Schulter.

Sie kreischte.

»Hey! Lass die Frau runter!«, schnauzte ein Kerl, der ihren Anblick genossen hatte, und stellte sich mir in den Weg.

»Wir sind gemeinsam hier. Wir reisen zusammen. Sie gehört zu mir!« Ich blitzte ihn warnend an.

»Stimmt das?«, fragte der Typ auf der Bühne sie.

»Ja!« Sie klang verärgert.

»Lasst sie gehen, Jungs«, meinte der Leadsänger, und mir wurde der Weg frei gemacht. »Wenn sie zu mir gehört hätte, hätte ich sie da auch runtergeholt.«

19. KAPITEL

Lila Kate

Nur weil ich zuließ, dass er mich wie ein Höhlenmensch hinausschleppte, hieß das nicht, dass ich nicht sauer war. Ach was, stinksauer! Er durfte sich amüsieren, ich aber nicht. Irgendwie kapierte ich das Prinzip dahinter nicht. Er mochte es, wenn Frauen ihre Körper offen zur Schau stellten, mir jedoch war das nicht erlaubt.

Als wir weit genug von der Bar entfernt waren, dass er sich nicht mehr herumprügeln würde, trommelte ich auf seinen Rücken ein und versuchte, mich aus seinem Griff zu winden. »Lass mich sofort runter!«

Er blieb stehen und stellte mich auf den Boden. »Kann ich dir vertrauen, dass du nicht irgendwo an eine Stange springst und dich ausziehst?«, schnauzte er mich an.

Nee, oder? Ich hatte ihn nicht gebeten, nach Sea Breeze zu kommen. Schließlich hatte ich ja wegen einer seiner Bemerkungen das Weite gesucht. Sprich: Er war der Grund, warum ich überhaupt fortgewollt hatte. Er hatte mir vorgeworfen, kalt und eisig zu sein. Wenn ich mich aber so verhielt, wie er es bei Frauen offensichtlich mochte, wurde er wütend. Ich konnte nicht gewinnen. Nicht bei ihm.

»Was? War das zu sauber für dich? Hättest du es lieber, ich würde da reingehen, mein Top runterreißen und anfangen, anderen Shots aus meinem Dekolleté anzubieten?«

Er machte eine Miene, wie man sie gegenüber einer psychisch labilen Person machte. »Fuck, nein!«

»Was willst du denn dann, Cruz? Du nennst mich eisig und sagst, ich sei unberührbar. Zerbrechlich. Ich haue ab, um zu beweisen, dass nichts davon stimmt, und wenn ich mir dann einen Ruck gebe und da drinnen solche Sachen mache, hast du auch wieder was zu meckern? Ich kapier es nicht! Ich wünschte, mir wär's egal, was du denkst! Ich versuche schon so lang, dass es mir egal ist, dass ich mich nicht mal mehr erinnern kann, wann es nicht so war. Du! Es ging immer nur um dich! Ich hasse das! Ich hasse es, dass sich alles um dich drehte! Warum konnte es kein anderer sein? Jemand, der wie ... wie Eli ist! Jemand wie er. Wieso kann ich mich nicht nach jemandem wie Eli verzehren? Was stimmt in meinem Kopf nicht, dass ich immer dich wollte?« Die Worte strömten nur so aus mir heraus. Ich hörte mich, und ich wusste, ich sollte besser die Klappe halten. Was ich sagte, konnte nie mehr zurückgenommen werden. Doch es war, als hätte ich die Kontrolle über meinen Mund an jemand anderen übergeben. Selbst als ich versuchte, mich zu beherrschen, wurde es nur schlimmer.

»Liegt's an mir? Meiner Art? Meinem Aussehen? Sehe ich nicht gut genug aus? Ziehst du einen anderen Typ vor? Möglicherweise liegt es an meinen Brüsten – vielleicht, weil sie nicht so groß sind wie die von der Tussi in der Bar? Ist es das? Was an mir führt dazu, dass du mich immer nur wie eine Oberlehrerin siehst? Oder ... Oder bin ich zu billig? War ich damals zu leicht zu haben? Bitte sag's mir!«

Die Leute beachteten uns gar nicht. Sie gingen einfach an uns vorbei, und als ich mit meiner Tirade fertig war, ging mir auf, dass ich gerade so laut herumgebrüllt hatte, dass alle um uns herum mich hatten hören können. Jemand rief: »Also, ich finde dich verdammt sexy, Baby! Komm her.«

Das überhörte ich einfach. Diese Straße war voller Betrunkener. Offensichtlich gehörte ich dazu, denn ich hatte gerade Sachen von mir gegeben, die mir in nüchternem Zustand nie über die Lippen gekommen wären. Dafür hätte ich zu viel Stolz gehabt. Die betrunkene Lila Kate hatte keinen. Ich wünschte, das wäre mir früher aufgegangen.

»Du bist nicht billig. Bist nicht leicht zu haben. Verdammt, du bist wie ein seltener Diamant. Du willst mich? Warum? Ich bin schrecklich. Ich bin nicht, was du verdienst, und wenn ich mir noch einmal erlaube, dich zu berühren oder zu genießen, was du da drin gerade getan hast, dann bin ich erledigt. Du denkst, du willst mich, aber wenn du mich wirklich kennen würdest, dann würdest du es dir schnell anders überlegen. Dann hätte ich eine Kostprobe von dir bekommen, und nichts ließe sich je wieder damit vergleichen. Du machst mir Angst! Mehr als alles, was mir in meinem Leben je Angst gemacht hat.«

Als ich jetzt den Blick senkte, da ich nicht imstande war, seinem Blick länger standzuhalten, sah ich, dass seine Hand zitterte. Alles an ihm war angespannt.

»Ich kenne dich. Schließlich habe ich dich mein ganzes Leben lang beobachtet. Ich kenne dich in deinen schlechtesten und in deinen besten Momenten.« Diesmal brüllte ich nicht. Ich ließ meine Worte wirken und dachte über seine nach. Diese Antwort hatte ich von ihm nicht erwartet. Noch immer war ich mir nicht sicher, ob ich nicht vielleicht träumte. Konnte ich in meinem betrunkenen Zustand vielleicht weggetreten sein?

»Mit Beziehungen komme ich nicht klar, Lila.«

Darauf hob ich meinen Blick. »Darum hab ich ja auch nicht gebeten.«

Er wirkte hin- und hergerissen. Seine Augen verengten sich. »Was willst du dann von mir?«

Ich wollte viele Dinge, aber ich wusste, was ich wollte, würde ich von ihm nie bekommen. Wir würden nie ein glückliches Leben bis ans Ende unserer Tage haben. So tickte Cruz nicht. Hatte er nie. »Jetzt. Nur jetzt. Diesen Trip. Nichts weiter.«

Er antwortete nicht gleich. Stand nur da und starrte mich an, als würde er mir das nicht abnehmen. Gar nicht dumm von ihm, denn natürlich wollte ich mehr. Aber ich war nicht die Frau, die ihn dazu bringen konnte, mehr zu wollen. Eines Tages würde er ihr begegnen, und dann würde er es sich anders überlegen. Denn so ein Typ konnte er durchaus sein. Einer, der dann mit Beziehungen durchaus klarkommen würde.

Die Geschichte meiner Eltern hatte ich eine Million Male gehört. Mein Dad war auch nicht diese Sorte Mann gewesen, doch meine Mom hatte ihn zu einem Sinneswandel bewegt. Nach und nach lief das doch mit allen so. Ich wusste, für Cruz war ich nicht die Eine, und eigentlich hätte ich Ruhe geben und gehen sollen, aber das konnte ich nicht.

Nur für einen Moment wollte ich wissen, wie es war, mit ihm zusammen zu sein. Es bestand die Chance, dass ich ihn dann aus meinem Kopf und meinem Herzen kriegen würde. Ich würde nach vorn sehen und jemand anderen finden, und Cruz Kerrington würde nicht länger meine Gedanken beherrschen.

»Nichts außer diesem Trip?«, wiederholte er meine Worte wie eine Frage.

Ich nickte.

»Hast du den Teil gehört, in dem es heißt, das könnte mich zerstören?«

Ich zuckte kurz mit den Schultern. »Wir wissen doch beide, dass das nicht geschieht. Ich bin nicht die Eine für dich. Ihr bist du noch nicht begegnet, und das ist okay.«

Er runzelte die Stirn. »Die Eine?«

»Ja. Die Eine. Die Frau deines Lebens sozusagen.«

Er schüttelte den Kopf. »Du bringst mich komplett durcheinander. Ehrlich.«

»Findest du mich heiß?«, fragte ich ihn mutig. Dafür konnte ich diesem doppelten Whisky danken.

»Darum geht's hier nicht. Ich weiß nicht, ob ich mit dir … einfach nur eine kleine Affäre haben kann, Lila. Da sind Gefühle. Ich mag diese verdammten Gefühle nicht. Nicht, wenn's um Frauen geht. Ich darf dich nicht verletzen, und genau das würde ich tun.«

Ich machte einen Schritt auf ihn zu und legte eine Hand auf seine Brust. Das war riskant, aber gerade hatte ich den Mumm dazu. Am nächsten Morgen sähe das schon wieder ganz anders aus, doch jetzt war ich schon so weit gegangen, dass ich nicht aufgeben durfte. »Du kannst mir nicht wehtun, wenn ich die Regeln kenne. Wir genießen das hier. Haben eine kleine Affäre und sehen dann nach vorn, wie wir es immer getan haben.«

Er senkte den Blick und sah auf meine Hand. »Was, wenn du mich zerstörst?«

»Lass es darauf ankommen«, flüsterte ich.

»Fuck«, murmelte er. Dann griff er mit der Hand um

meine Taille und riss mich an sich. Ich hatte kaum Zeit, Luft zu holen, da traf sein Mund schon auf meinen. In mir explodierte ein nie da gewesenes Gefühl von Freiheit. Für kurze Zeit wurde das mit uns beiden Realität. Es war meine Entscheidung, und ich hoffte, dass ich ihn mir danach endlich aus dem Kopf schlagen und nach vorn blicken konnte.

»Keine Kneipen mehr«, murmelte er. »Ins Hotel, und, verdammt, wir werden nicht in getrennten Zimmern schlafen!«

Ich protestierte nicht, sondern nickte zustimmend. Hoffentlich träumte ich das alles nicht nur!

20. KAPITEL

Cruz Kerrington

Man konnte gute Entscheidungen treffen und schlechte. Auch Fehler waren möglich. Keine Ahnung, wohin das hier führen würde, doch mit der himmlisch duftenden Lila in meinen Armen und dem Bild von ihr vor Augen, wie sie auf diesem Tisch getanzt hatte, kümmerte mich erst mal gar nichts mehr.

Ich beendete den Kuss nur ungern, fasste sie dann aber am Ellbogen und nahm direkten Kurs aufs Hotel. Wir hatten uns in einem einquartiert, das nur ein paar Blocks entfernt an der Ecke der Canal und der Bourbon Street lag. Wortlos rannte ich mit ihr schon fast dorthin und begriff, dass ich insgeheim Angst hatte, sie könnte wieder nüchtern werden und es sich anders überlegen. Verdammt, wäre ich auch nur halb der Mann gewesen, der ich hätte sein sollen, dann hätte ich das an diesem Abend nicht getan, während sie betrunken war. Während ich betrunken war.

Aber ich hatte ihr ja zu erklären versucht, was für ein verkorkster Mensch ich war. Sie schien mehr in mir zu sehen, und ich wollte ja, dass es so war. Denn somit könnte ich ihren Erwartungen gerecht werden. Als Kind hatte ich an ihrem Blick erkannt, dass sie mich mit anderen Augen betrachtete als Nate. Ich war anders. Für sie. Ich hatte mich dadurch wichtig gefühlt. Dann hatte ich sie geküsst, und das hatte mir plötzlich Angst gemacht. Deshalb hatte ich immer gedacht, dass Lila Kate nichts für mich war. Schnell hätte sie genug von mir gehabt. Irgendwann hätte sie zu viel mitbekommen, sich besonnen und mich nie mehr mit diesem verträumten Blick angesehen. Der Gedanke, dass ich das verlieren könnte, hatte mich einen Schutzwall um mich errichten lassen. Ich konnte ihn bauen, indem ich sie verletzte. Es hatte funktioniert. Bis jetzt. Bis ich hörte, dass sie die Stadt verlassen hatte. Bis ich ihr hinterhergejagt war, weil ich den Gedanken nicht ertragen konnte, dass sie ein Leben ohne mich finden könnte.

Als wir das Hotel betraten, blieb ich stehen und sah das Mädchen aus meiner Kindheit an. Das Mädchen, das ich immer beobachtet hatte, dessen Nähe ich mir jedoch verboten hatte. Das, bei dem ich immer getan hatte, als wüsste ich nicht, warum es einen Bogen um mich machte.

»Bist du dir sicher?«, fragte ich sie.

»Ja.«

Ich wartete ab. Sie sollte lieber noch mal genau darüber nachdenken. In sich gehen. »Wir könnten noch mal darüber schlafen und bis morgen früh warten.«

Sie lächelte. Ein sanftes Lächeln, das ihre Augen zum Leuchten brachte und mich mehr denn je wie ein Mann fühlen ließ. »Heute Nacht«, sagte sie schließlich.

Fuck, wie sollte ich da noch Nein sagen? Diese Nacht gehörte uns. Nur uns. Falls sie es morgen bereuen würde, war ich mir allerdings nicht sicher, ob ich mich davon je wieder erholen würde. Aber darauf ließ ich es ankommen.

Bis zu ihrem Zimmer war es nur ein kurzer Weg, doch gingen mir so viele Gedanken durch den Kopf, dass er mir viel länger vorkam. Sie berührte das Schloss mit ihrem Kartenschlüssel, und es leuchtete grün auf. Es war so weit.

Die Tür öffnete sich. Wir gingen hinein. Ihr Zimmer sah haargenau aus wie meins. Beim Einchecken hatte ich darüber noch einen Witz gemacht. Jetzt nicht mehr. Eigentlich sollte ich in mein Zimmer gehen. Allein. Das wäre das einzig Richtige gewesen.

»Lila«, sagte ich zögerlich und überlegte, das Ganze doch noch zu stoppen.

Sie ließ ihre kleine Schultertasche auf den Boden gleiten, umfasste den Saum ihres Shirts und streifte es sich über den Kopf. Der weiße Spitzen-BH war knapp geschnitten, sodass ihre Brüste schon fast herausquollen und ihre Nippel enthüllten. Ihr Shirt fiel neben ihr auf den Boden, dann griff sie hinter sich und öffnete den Verschluss ihres BHs. Fasziniert schaute ich zu, wie seine Träger an ihren schlanken, gebräunten Armen herunterrutschten, bis er sich schließlich zu dem Shirt auf dem Boden gesellte. Ihre runden, dunklen Nippel versteiften sich, ob nun durch die Kühle im Zimmer oder das Wissen, dass ich sie genau beobachtete.

Ich trat zu ihr und berührte ihre Brüste, da ich meine Hände einfach nicht länger bei mir behalten konnte. Obwohl ich große Hände hatte, reichten sie nicht, jede Brust völlig zu umfassen. Die Fülle machte mich an, und ich massierte sie genussvoll.

»Fick mich«, sagte sie, und ihre Stimme zitterte dabei. Nie hätte ich gedacht, dass ihr solche Worte über die Lippen kommen könnten. Sie passten gar nicht zu Lila Kate. Aber, hach, wie ihre Stimme bebte, während sie sie sagte! Wie sie sich an mich schmiegte und ihr ein leises Stöhnen entfuhr, einfach nur durch meine Berührung – all das kam mir so richtig vor. Als sollte es so sein. Als sollte das mit uns so sein.

Nun gab es für mich kein Halten mehr. Wer konnte der unartigen Seite Lilas schon widerstehen? Ich packte ihren Rock und zog ihn herunter, sodass sie in nichts als einem schwarzen Spitzenhöschen dastand, das nur wenig von ihr verdeckte. Allenfalls diente es dem Zweck, einen Mann um den Verstand zu bringen. Was hervorragend klappte. Ich riss mir das Shirt vom Leib und schleuderte es weg.

Dann schlang ich die Hände um ihre Taille, hob sie hoch und trug sie zu dem Schreibtisch hinüber, da er näher war als das Bett. Ich setzte sie darauf, zog ihr den Slip aus und prägte mir ein, wie es ausgesehen hatte, als ich ihn ihr vom Körper zog.

Sie erschauerte, und mein Schwanz pochte. Das hier war nicht Lila Kate, die süße, unschuldige Lila Kate. Das hier war die unartige, wilde, hungrige Lila, die heute Abend ihren Platz eingenommen hatte, und ich zitterte vor erregter Vorfreude. »Was möchtest du?«, fragte ich sie, während ich meine Jeans aufknöpfte. »Sag mir genau, was ich tun soll.«

Ihre Augen wanderten von meinem nackten Brustkorb hinab zu meiner Hose, die ich sofort an meinen Hüften hinunterschob und aus der ich dann hinaustrat. »Sag's mir, Lila«, forderte ich. Keine Ahnung, warum ich das unbedingt hören musste, aber so war's. Ich wollte Dirty Talk von ihr hören. Hören, wie dieser hübsche Mund verdorbene Sachen von sich gab. Höchstwahrscheinlich würde ich schon allein dadurch explodieren, aber ich wollte es unbedingt.

»Ich will dich«, flüsterte sie.

»Na, da musst du dich schon mehr anstrengen. Komm, sag's mir.«

Sie schluckte schwer und hob den Blick von meiner Erektion, die sich deutlich unter meinen Boxershorts abzeichnete, zu meinen Augen. »Ich hab's dir schon gesagt, Cruz. Ich will, dass du mich fickst.«

Damit hätte ich mich eigentlich zufriedengeben sollen, aber sie hatte mich plötzlich in ein irres Sexmonster verwandelt. »Möchtest du es sanft?« Ich schob meine Boxershorts hinunter und ließ meinen Ständer frei.

Mit geweiteten Augen schüttelte sie langsam den Kopf. »Nein«, sagte sie mit fast unhörbarer Stimme.

»Sag's mir«, wiederholte ich, während ich ihre Schenkel auseinanderschob und dazwischentrat. »Wie genau soll ich dich ficken?« Bei den letzten Worten loderten ihre Augen mit derselben Begierde auf, die ich empfand.

»Hart. Fick mich hart!«

Ich schob die Hände unter sie, umfasste ihren Hintern und stieß mit nur einem Stoß kraftvoll in sie hinein. Es war, als würde ich in engem, warmem Satin versinken, der mich nun ganz fest umschloss. »Fuck!«, stöhnte ich. Es war besser, als ich es mir je hatte vorstellen können.

Mit ihren zarten Händen umklammerte sie meine Arme und grub die Fingernägel hinein. Köstlich, dieser brennende Schmerz. »Ah!«, stieß sie aus.

»Hart genug?« Ich wollte immer und immer wieder in sie hineinstoßen, beherrschte mich aber mit aller Macht.

»Nein, mehr!«, keuchte sie.

Ich krallte die Finger in ihren Po, zog mich ein Stück zurück und drang dann mit einem lauten Stöhnen noch tiefer in sie ein. Als ich ihr spielerisch in die Schulter biss, fing sie zu flehen an. »Härter, bitte! Ich will dich dort morgen noch spüren!«

Nun ging es endgültig mit mir durch. Ich hob sie hoch, presste sie auf meinen harten Schwanz und trug sie so zum Bett, wo ich mit ihr auf die weiche Matratze sank. Dort zog ich mich für einen Moment aus ihr zurück und warf sie kurzerhand auf den Bauch. »Hintern hoch!«, befahl ich.

Sie gehorchte bereitwillig. Auf allen vieren streckte sie ihn in die Luft, und ich stieß sofort wieder und wieder in sie hinein. Ihr Keuchen und Stöhnen wurde verzweifelter, meine Atemzüge ebenso. Ich schlug sie so fest auf den Hintern, wie ich konnte, ohne ihr wirklich wehzutun. Gerade so, dass es brannte.

»O Gott!«, keuchte sie. »Ich komme!« Sie fing an zu zucken, und ich spürte, wie der Orgasmus über sie hereinbrach, während ich noch immer in ihr war. Ich wurde von heißen Wellen der Lust geschüttelt und wusste, ich würde jeden Augenblick explodieren. Es war ein so überwältigendes Gefühl, dass ich an nichts anderes denken konnte. Kurz bevor ich das bisschen Beherrschung verlor, das ich noch hatte, zog ich mich aus ihr zurück, stöhnte ihren Namen und entlud mich über ihren hochgereckten Hintern.

Sie bebte noch immer, und ich konnte mich nur noch mit Mühe auf den Beinen halten. War zu schwach, mich zu bewegen. So verharrten wir. Ihr Kopf ruhte inzwischen auf dem Bett. Abgesehen davon, dass wir laut nach Atem rangen, herrschte Stille. Das war mehr gewesen. So viel mehr, als ich erwartet hatte. Es machte süchtig. Ich hätte mir sagen können, es sei zu gefährlich, das Ganze noch mal zu wiederholen, aber schön dumm wäre ich gewesen. Ich wollte mehr. Verdammt, ich wollte mehr, sobald ich wieder richtig Luft holen konnte.

Sie wollte sich ganz aufs Bett sinken lassen.

»Warte, ich muss dich sauber machen.« Ich genoss den Anblick meines Samens auf ihrer Haut.

»M'kay«, sagte sie leise. Inzwischen lag sie ganz auf der Matratze.

Ich lächelte über die Schönheit dieses schlichten Anblicks und fand die Kraft, mich zu erheben, ins Badezimmer zu gehen und einen feuchten Waschlappen zu holen. Ich wischte sie sanft sauber und deckte sie dann zu. Sie hob den Kopf und sah mich an. »Kommst du auch ins Bett?«

Lilas immer so perfektes Haar war zerzaust. Ihre Lider wurden schwer, sie konnte die Augen nur noch mit Mühe offen halten. Ihr Gesicht war noch immer leicht gerötet, und noch nie in meinem Leben hatte etwas so schön ausgesehen. »Na klar.«

Ich legte mich neben sie, zog die Decke über uns beide und drückte sie an meine Brust. In ein paar Minuten würde ich wieder hart sein, aber bis dahin war sie sicherlich schon eingeschlafen. Ich inhalierte den Duft ihres Haars, und ihre Hand lag auf meiner.

Es dauerte nicht mal zwei Minuten, da verlangsamten sich ihre Atemzüge auch schon. Dann lag sie schlafend in meinen Armen, und ich wusste, für mich würde nichts je wieder wie zuvor sein. Es stand noch viel schlimmer um mich, als ich es befürchtet hatte. Ich würde nie wieder von ihr lassen können.

21. KAPITEL

Lila Kate

Seinen Geruch nahm ich schon wahr, noch ehe ich die Augen aufschlug. Wohlig seufzte ich in seinen warmen Armen auf und schmiegte mich noch näher an ihn. Die Nacht mit ihm war besser als erträumt, und ich hatte mehr davon geträumt, als ich zugeben wollte. Als ich mir ins Gedächtnis rief, dass das Ganze nur von kurzer Dauer sein würde, verspürte ich einen scharfen Verlustschmerz und verdrängte den Gedanken schnell wieder. Erst mal würde ich die Zeit genießen, die ich hatte. Jeden gemeinsamen Augenblick in vollen Zügen auskosten.

»Wenn du dich noch enger an mich kuschelst, tun wir's schon, bevor wir überhaupt richtig wach sind«, erschreckte mich seine schläfrige Stimme, und ich musste kichern. Eigentlich kicherte ich nie, doch jetzt fühlte es sich süß an. Am vergangenen Abend hatte mir der Alkohol den nötigen Mut gegeben. Trotzdem bereute ich heute Morgen nichts davon. Hatte nicht den Wunsch, es wäre anders gelaufen. Denn nachdem ich ihm meine Gefühle offengelegt hatte und wir zurück zum Hotel gegangen waren, war ich wieder nüchtern genug gewesen. Ich erinnerte mich an jede Einzelheit. Ich würde nie auch nur einen Augenblick davon vergessen.

»Lila«, warnte er mich mit heiserer Stimme, als ich mich

noch näher an ihn drängte. »Du musst doch wund sein.« Er küsste mich auf die Schulter.

Das stimmte. »Schon, aber es fühlt sich gut an.«

Er atmete scharf ein und rollte sich auf mich. Sein nackter Körper ragte über mir auf. Das Haar zerzaust und die Augen noch halb geschlossen vom Schlaf. »Du hast dein freches Mundwerk entdeckt, und das gefällt dir, stimmt's?«, fragte er und schob mit dem Knie meine Oberschenkel auseinander.

Ich nickte.

Dann drang er auch schon in mich ein. So schnell. So hart.

Ich kniff die Augen zu und schnappte nach Luft, weil es so wehtat, mir aber zugleich solche Lust verschaffte.

»Tut es weh?«, fragte er und verharrte reglos.

»Ja, aber es ist ein guter Schmerz.« Ich schlug die Augen wieder auf und sah ihn an. »Mach, dass es noch mehr schmerzt.«

»Lila. Du bringst uns beide noch um!«, stöhnte er und fing an, sich zu bewegen. Stieß mit den Hüften immer wieder in mich hinein. Gleichzeitig küsste er sich über mein Schlüsselbein zu meinem Hals empor. Sein warmer Atem an meinem Ohr tat sein Übriges. »Lass mich aus diesem hübschen Mund noch mehr Schmutziges hören«, flüsterte er und saugte leicht an meinem Ohrläppchen.

Ich spreizte die Beine weiter und zog sie an. »Ich möchte spüren, wie du in mir kommst. Spüren, wie deine warme Ladung an meinen Schenkeln runterrinnt.«

Er erstarrte. »Fuck, Lila. Red nicht so daher, wenn du nicht möchtest, dass ich explodiere!«

»Ich möchte ja, dass du explodierst!«

Er hielt in seinen Bewegungen inne. »Verhütest du eigentlich?« Seine Arme zitterten.

Ich lächelte zu ihm auf. »Ja. Schließlich möchte ich noch nicht so bald Mama werden.«

Kaum hatte ich es gesagt, nahm er seine Bewegungen mit feurigem Eifer wieder auf. «Ich bin getestet. Ich hätte dich ohne Kondom nicht mal berührt, wenn ich nicht wüsste, dass da alles in bester Ordnung ist.«

Ich vertraute ihm. Man konnte ihm ja vieles nachsagen, aber er würde mich keiner Gefahr aussetzen. Das wusste ich. »Dann komm in mir.«

Er fing an, mit den Hüften gegen mich zu hämmern. Nichts mehr spielte eine Rolle, denn ich trieb unaufhaltsam dem eigenen Höhepunkt entgegen. Hörte Cruz immer heftiger keuchen und leise vor sich hin fluchen. Ich schlug die Augen auf und passte mich genau seinem Rhythmus an.

Schließlich bäumte ich mich auf, schlang die Beine um seine Taille, um ihn an Ort und Stelle zu halten, und keuchte laut seinen Namen.

»Fuck, Lila«, stöhnte er, und dann konnte ich spüren, wie er mir genau das gab, worum ich ihn gebeten hatte. Alles davon. Wäre dieser Augenblick doch nie vergangen! Doch ich würde einfach ignorieren, von welch kurzer Dauer alles war. Denn in diesem Moment hatte ich alles.

Er rollte sich zur Seite und nahm mich dabei mit. Unsere schweißnassen Körper klebten aneinander, und wir japsten nach Luft. Reden war unnötig und auch gar nicht möglich. Ich versuchte, wieder zu Atem zu kommen und langsam ins Hier und Jetzt zurückzukehren. Sex war noch nie so gut gewesen. Wobei, meine Erfahrungen waren ja auch begrenzt. Äußerst begrenzt. Ich konnte mir allerdings nicht vorstellen, dass es noch besser werden konnte.

Cruz fing an, beiläufig mit meinem Haar zu spielen. Ich sah zu ihm, er hatte die Augen geschlossen. Über sein atemberaubendes Aussehen hatte ich mich immer maßlos geärgert. Dadurch ließen sich meine Gefühle für ihn nur noch schwerer in Schach halten. Gegen meinen Willen musste ich ihn beobachten. Musste beobachten, wie er ging, wie er lächelte. Musste dem Klang seiner Stimme lauschen. Denn all das fiel einem unweigerlich auf. Allen Frauen fiel er auf.

»Lass uns Richtung Norden fahren. Wie wär's mit Memphis?«, fragte er mit geschlossenen Augen.

»Memphis? Was ist denn in Memphis?« Ich genoss es, ihn ungestört betrachten zu können.

»Na, verdammt, Graceland liegt in Memphis.« Er schmunzelte.

»Du meinst, du willst sehen, wo Elvis gelebt hat?«, lachte ich.

Er öffnete ein Auge und neigte den Kopf, um mich anzusehen. »Ja, zum Teufel, das will ich. Es soll dort ja alles megakitschig sein. Das muss man doch gesehen haben!?«

Mir war es völlig egal, wohin wir fuhren. »Okay. Dann also Memphis.«

»Hast du deine Eltern angerufen?« Seine Frage überraschte mich.

»Nein«, gestand ich.

»Dann mach das mal besser«, seufzte er. »Ich bin mir sicher, inzwischen wissen alle, dass wir zusammen sind. Nate hat es ihnen garantiert erzählt.«

»Wahrscheinlich.«

Er fuhr sich mit der Hand übers Gesicht und stöhnte auf. »Grant wird mich killen!«

Dazu sagte ich lieber nichts. Früher oder später konnte das tatsächlich ein Problem werden. Ich befand mich auf Abenteuerreise, um vor dem Typen wegzurennen, mit dem ich mich gerade im Bett vergnügte. Doch inzwischen lagen die Dinge anders. Ich brauchte mich nicht mehr zu verändern oder ein neues Ich zu finden. Das war schon geschehen. Die Frau, die ich in diesem Augenblick war, unterschied sich komplett von dem Mädchen, das Cruz unlängst noch als eisig bezeichnet hatte. Nun hieß es, die Zeit, die uns blieb, möglichst auszukosten. Sie wäre viel zu schnell vorbei.

»Vielleicht kommt mein Dad deinem ja zuvor. So oder so, lange werde ich nicht mehr leben.«

Ich musste grinsen. »Na, jetzt werden wir aber arg dramatisch, hm?«

Er zuckte die Achseln. »Das ist es mir wert, ehrlich.« Er fuhr mit der Hand an meiner Seite hinunter und kniff mich in meine Hüfte. »So was von wert!«

Okay, das war zwar keine Liebeserklärung. Aber süß. Ich drehte mich zu ihm und glitt mit einem Bein auf ihn, sodass ich halb auf ihm lag. Nun öffnete er auch sein anderes Auge. »Wir sind erwachsen«, rief ich ihm ins Gedächtnis. »Und du wirst es überleben, glaube ich.«

Er sah mich unter halb geschlossenen Lidern hervor an. »Oder du bringst mich um, bevor sie es tun. Aber Tod durch Sex, das ist doch nicht das Schlechteste!«

Ich lachte. »Ich will gerade aufstehen und keine Attacke gegen dich fahren.«

Er packte mich am Hintern und zog mich auf sich.

»Mag ja sein, aber der Gedanke, deinen heißen kleinen Körper auf einen Mann zu heben, der nackt ist, ist unwiderstehlich.«

Als er – diesmal langsam – in mich glitt, stöhnte ich laut auf und genoss es, vor dem Frühstück noch einmal ganz von ihm erfüllt zu werden.

22. KAPITEL

Cruz Kerrington

An diesem Tag fast sechs Stunden nach Memphis zu fahren war nicht das Schlaueste. Als sich Lila Kate aufs Motorrad setzte, bekam ich nämlich mit, wie sie leicht zusammenzuckte. Wir hatten einfach nicht genug voneinander bekommen, und nun war sie wund und schmerzempfindlich, auch wenn sie das abstreiten würde. Ich hätte heute Morgen nicht zu zwei Runden drängen sollen, aber sie hatte sich so verdammt gut angefühlt. Gegen das brennende Bedürfnis, wieder in sie einzudringen, kam ich einfach nicht an, und, fuck, es gefiel mir nicht, so von jemandem besessen zu sein. Meiner Erfahrung nach bekam ich ein Mädchen mit einem guten Fick schnell wieder aus dem Kopf. Doch so weit war ich mit Lila Kate noch nicht. So, wie sie die Beine hinter mir an meine drückte und sich an mich presste, war ich schon wieder angetörnt. Herrje, sie war wie Crack für einen Süchtigen.

Ich fuhr Richtung Birmingham. Auf halbem Weg konnten wir einen Stopp einlegen. Etwas finden, das wir uns ansehen oder das wir tun konnten, und dann den restlichen Weg zurücklegen. Es lag nur eine Fahrstunde von Memphis entfernt. Dort könnte sie ihre Freundin besuchen, und ich könnte mal wieder an etwas anderes denken als daran, wie ich es anstellte, sie baldmöglichst wieder ins Bett zu kriegen. Ich musste das dringend in den Griff bekommen!

Nach achtzig Minuten auf der Straße fing sie an herumzurutschen, und ich entdeckte einen Parkplatz mit mehreren Restaurants und ein paar Shoppingmöglichkeiten. Hier würden wir Rast machen und erst weiterfahren, wenn sie sich besser fühlte. Ich parkte vor einem Barbecue-Lokal, stieg ab und half ihr von der Maschine. Wieder zuckte sie leicht zusammen.

»Vielleicht sollten wir es für heute gut sein lassen, oder?« Ich hatte ein schlechtes Gewissen.

Sie krauste die Stirn. »Wieso?«

Ihre toughe Einstellung in allen Ehren, aber ich war für ihren wunden Zustand verantwortlich und wollte nicht, dass sie jetzt darunter litt. Zum ersten Mal wünschte ich, mit etwas anderem unterwegs zu sein als mit diesem verdammten Motorrad. »Du bist wund«, wies ich sie auf das Offensichtliche hin. »Lass uns einen Happen essen und ein bisschen herumbummeln. Shoppen. Mal sehen, wie du dich danach fühlst.«

»Bestimmt okay.«

Darauf ging ich nicht ein. »Hunger?«

»Ja, und aus diesem Lokal strömt so ein guter Duft heraus.«

Wir machten uns auf den Weg hinein, und ich zwang mich, die Finger von ihr zu lassen. Diese ständigen Berührungen waren gar nicht gut. Bald waren dieser Trip und damit auch unsere kleine Affäre wieder vorbei, und es war unnötig, so zu tun, als wäre mehr dran.

Als wir durch die Tür traten, klingelte ihr Handy, und Lila Kate blieb stehen und holte es aus ihrer Tasche. Sie warf einen Blick darauf, sah mich dann entschuldigend an und hielt es sich ans Ohr. »Hey, Mom!«

Mehr als einmal hatte ich ihr gesagt, sie solle ihre Eltern anrufen, aber sie hatte ja nicht auf mich hören wollen.

Sie lauschte ihrer Mutter und wurde kreideweiß. »O nein! Wann?«, flüsterte sie.

Nun war ich beunruhigt. Lila Kate fing an, auf ihrem Daumennagel herumzukauen. »Ja, das ist er.«

»Puh, ich bin mir nicht sicher.« Sie sah zu mir zurück. »Wo sind wir gerade?«

»Ungefähr eine Stunde südlich von Montgomery, Alabama«, erwiderte ich.

Sie wiederholte es für ihre Mutter. »Nein, auf seinem Motorrad.« Ich konnte sehen, wie sie bei ihren Worten zusammenzuckte.

»Ja, wir fahren jetzt hin. Bis später, und, Mom, es tut mir so leid. Ich liebe dich auch!«

Als sie das Gespräch beendet hatte, stiegen ihr Tränen in die Augen. »Meine Grandma ist heute Nacht gestorben. Mom lässt mich mit dem Jet meines Grandpas in Montgomery abholen. Sie sind schon in Kalifornien. Grandpa hat Mom heute Morgen angerufen und ihr Bescheid gegeben. Kurz danach sind sie und Dad hingeflogen.«

Mit allem hatte ich gerechnet, nur damit nicht. »Gott, Lila, das tut mir so leid!«

Sie nickte. »Mir auch. Vor allem auch für meinen Grandpa. Sie selbst war schon seit vielen Jahren geistig völlig umnachtet. Es ist ein Wunder, dass sie so lang gelebt hat. Aber zeit meines Lebens hat Kiro an ihrer Seite verbracht. Die Band hat zu touren aufgehört, weil er es nicht mehr ertrug, von ihr wegzumüssen. Die ganze Geschichte der beiden ist einfach herzzerreißend. Meine Mom hat ihre Mutter nie mehr wirklich kennengelernt. Ihr Hirn war geschädigt, seit Mom ein Baby war.«

Die Geschichte kannte ich. Sie hatte Schlagzeilen gemacht, als herauskam, dass Kiro Mannings Frau Emily noch lebte. Allgemein hatte man gedacht, sie wäre bei einem Unfall ums Leben gekommen, so erfolgreich hatte Kiro sie vor den Medien geschützt. Vor zehn Jahren hatte man dann sogar einen Kinofilm namens »Kiros Emily« gedreht, der sich zu einem Kassenmagnet entwickelt hatte. Zunächst hatte Kiro den Film abgelehnt, es sich der Zeitschrift *Rolling Stone* zufolge schließlich jedoch anders überlegt. Er wollte, dass die Welt seine Emily kannte und wusste, was für ein Mensch sie gewesen war. Wie großartig sie war. Sie verdiente das.

Ich brachte Lila zu meinem Motorrad zurück und half ihr hinauf. Setzte ihr den Helm auf und wünschte, ich könnte etwas für sie tun, das ihr half. Ich fürchtete mich davor, sie zu diesem Jet zu bringen und zuschauen zu müssen, wie sie davonflog. Unsere Zeit endete wesentlich früher als gedacht.

Sie umklammerte mich fester denn je, und in meinem Hals bildete sich ein Kloß. Da waren irgendwelche Gefühle mit im Spiel, die ich nicht verstand! Die unerwünscht waren. Eigentlich hatte ich doch nur ein Auge auf sie haben und sie mir dabei gleichzeitig aus dem Kopf schlagen wollen. Uns beiden zuliebe. Aber eine Nacht reichte nicht. Mann, war ich eigensüchtig. Immerhin war gerade ihre Großmutter gestorben. Aber verdammt, schade war es trotzdem.

Die Fahrt zum Flughafen von Montgomery verstrich zu

schnell. Unsere gemeinsame Zeit ging zu Ende. Die kleine Seifenblase, in der wir vorübergehend gelebt hatten, stand kurz vorm Platzen. Ich würde heimkehren, mich mit meinem wütenden Dad auseinandersetzen und mich seinen Wünschen fügen müssen, wie auch immer die aussahen. Über kurz oder lang würde auch Lila Kate zurückkehren, und alles wäre wie zuvor. Wir würden den Faden nicht wieder dort aufnehmen, wo wir ihn hatten fallen lassen. Denn dann würde ja mehr als eine kleine Liebelei daraus, und der verdammte Kloß in meinem Hals hätte mehr zu bedeuten.

Dass ich Lila Kate wehtun würde, hielt ich für unvermeidlich. Zögerte ich es hinaus, würde es umso mehr schmerzen. Je eher also, umso besser. Es würde uns beiden helfen, nach vorn zu sehen. Ich würde nie der Mann sein, den sie brauchte. Aber verflixt, wer hätte gedacht, dass es mir auch so nahegehen würde?

Schon vor der Landung des Jets trafen wir am Flughafen ein. Gern hätte ich etwas gesagt, das alles einfacher machte. Das den Schmerz in meinem Brustkorb zum Verschwinden brachte. Das diesen traurigen Ausdruck in ihren Augen vertrieb. Doch mir fiel nichts ein.

Sie kletterte vom Motorrad, und ich nahm ihre Sachen vom Gepäckträger herunter. »Ich hätte nicht gedacht, dass unsere Reise so bald endet«, sagte ich und versuchte zu lächeln.

»Ich auch nicht.«

Ich konnte die Frage spüren. Die Unsicherheit. Sie wollte wissen, ob es das jetzt war, ohne es direkt anzusprechen, und ich brachte die Worte nicht über die Lippen. So nötig es gewesen wäre, ich schaffte es nicht.

»Richte deinen Eltern und deinem Großvater mein Beileid aus.« Ihre Augen verloren ihr Licht. Sie hatte sich gewünscht, ich würde mehr sagen als eine schlichte Beileidsfloskel. Ich kam mir wie ein Riesenarschloch vor.

»Danke«, flüsterte sie. »Für alles.« Dann nahm sie ihre Tasche und ging davon. Ich blickte ihr nach. Am liebsten wäre ich ihr hinterhergerannt und hätte noch etwas gesagt. Hätte versucht, sie zum Lächeln zu bringen. Doch das hätte alles nur noch schlimmer gemacht, und so wartete ich stattdessen, bis sie in dem Gebäude verschwunden war. Dann stieg ich auf meine Maschine und fuhr Richtung Süden. Zurück nach Rosemary Beach.

23. KAPITEL

Lila Kate

Der Flug nach LA und die Fahrt zum Haus meines Großvaters in Beverly Hills vergingen wie in einem Nebel. Ich war wie betäubt. Als die Limousine, die mich vom Flughafen abgeholt hatte, vor seiner Villa hielt, fiel mir auf, dass ich mich nicht mal daran erinnerte, wie ich in den Wagen gestiegen war.

Der Fahrer öffnete meine Tür, und ich nahm meine Tasche und stieg aus. Zuletzt hatte ich Kiro vor sechs Monaten besucht. Dazwischen war er auch mal nach Rosemary Beach gekommen, doch zu dem Zeitpunkt war ich nicht da gewesen. Als Kind hatte ich ihn öfter besucht, war im Sommer immer eine ganze Woche geblieben. Ich hatte gute Erinnerungen an diesen Ort.

Meine Mutter erschien in der Haustür und kam mir dann entgegen. Ich stieg die Stufen zu ihr hoch und hoffte, sie hatte sich nicht zu sehr darüber aufgeregt, dass ich mit Cruz auf einem Motorrad unterwegs gewesen war. Sie musste sich jetzt um ihren Dad kümmern, hatte schon Stress genug, und ich wusste, auf Cruz' Motorrad würde ich nun nie wieder sitzen.

Er hatte mich einfach gehen lassen. Ohne irgendein Versprechen. Nichts. Aus, Ende. So schnell. Mein Herz zog sich zusammen, und ich bekam ein schlechtes Gewissen, weil Cruz der Auslöser dafür war und nicht die Tatsache, wie sehr mein Großvater gerade leiden musste.

»Wie geht es ihm?«, fragte ich Mom und umarmte sie.

Sie drückte mich an sich. »Er ist traurig. Eigentlich ist Mom ja schon so lange von uns gegangen. Die Frau, die er einst kannte. Doch nun hat er selbst das wenige verloren, das er noch von ihr hatte. Das trifft ihn schwer.«

»War sie krank?«

»Nein. Ihr Herz hat einfach aufgehört zu schlagen. Der Arzt sagt, angesichts ihres Hirnschadens ist es ohnehin ein Wunder, dass sie so lang gelebt hat. Aber Daddy hat dafür gesorgt, dass sie die allerbeste Pflege bekam, und er war immer hier. Sie hat für ihn weitergelebt, glaube ich.«

Die Geschichte der beiden war so tragisch. Ich löste mich von Mom und sah sie an. »Wie sauer ist Dad?«

»Wegen Cruz, meinst du?«

Ich nickte.

»Na ja, glücklich ist er nicht«, sagte sie achselzuckend. »Aber du bist erwachsen. Was kann er tun? Du hast es so entschieden.«

Das fand ich auch, doch ob Dad das wirklich auch so sah?

»Er wird jetzt nicht darauf zu sprechen kommen. Zunächst geht es um Kiro und Emily.«

»Wer ist denn schon alles da?«

»Momentan nur Dean und wir. Nan, Cope, Mase, Reese, Rush und Blaire, alle sind sie auf dem Weg hierher.«

Mom blickte auf meinen Rucksack. »Was ist mit deinem Gepäck passiert?«

»Ich hab's bei Nate gelassen.«

Sie seufzte. »Um dich auf Cruz' Motorrad davonzumachen.«

»Ja.«

Sie schwieg. Ich war nicht mal eine Woche weg gewesen, doch es war so viel geschehen, dass es mir um so vieles länger vorkam.

»Kann ich eines sagen?«, fragte Mom.

»Ja klar.«

Sie umfasste meine Wange. »Du bist liebevoll, großzügig, geduldig und schön. Du verdienst etwas Besonderes.«

»Mom, für dich ist ein Märchen wahr geworden. So ein Glück hat nicht jeder.«

Sie neigte den Kopf zur Seite und lächelte. »Eher ist es wohl so, dass nicht jeder die Geduld hat, darauf zu warten.«

Sie küsste mich auf die Wange, hakte sich bei mir unter, und wir gingen die Stufen zum Haus hinauf. Ihre Worte würde ich mir später durch den Kopf gehen lassen. Vielleicht hatte sie recht. Vielleicht wartete ja noch ein Märchen auf mich, und ich hatte es mir nur vom falschen Kandidaten gewünscht.

Im Haus roch es nach Zigarren wie schon mein Leben lang. Ich hatte Rush einmal sagen hören, das sei immerhin besser als der Marihuana-Duft aus seiner Jugend. Wir traten durch die große Eingangstür und durchquerten die Halle Richtung Game Room, wie Kiro es nannte. Große schwarze Ledersofas, riesige Flachbildschirme – drei Stück an der Zahl –, ein Pooltisch und eine große Bar bildeten das Inventar des Raums. In der Sofaecke saß mein Großvater, Kiro Manning. Trotz seines Alters war er immer noch eine Legende und weithin bekannt. Er hielt eine Zigarre in der einen und eine Whiskyflasche in der anderen Hand. Er war schlank, hochgewachsen und mit Tätowierungen bedeckt.

Selbst im Ruhestand und als Großvater ähnelte er noch einem Rocker.

Als wir eintraten, hob er die rot geränderten Augen und fing bei meinem Anblick zu lächeln an. Er musste geweint haben. »Meine Lila Kate!«, sagte er mit einer nach Jahren von Drogen, Zigaretten und Alkohol heiseren und rauen Stimme.

»Hey!«, sagte ich und ging zu ihm. Es war kein Geheimnis, dass er außer sich gewesen war, als mein Vater meine Mutter geschwängert hatte. Meine Mom war zwar nicht Kiros einziges Kind, aber sein liebstes. Denn sie war das Kind, das Emily ihm geschenkt hatte. Bei meiner Geburt hätte meine Mom sterben können. Das hatte ihn in große Panik versetzt. Doch sie sagte oft, er hätte mein Leben lang versucht, das bei mir wiedergutzumachen. Ich wusste, er liebte mich mehr als seine anderen Enkelkinder, schließlich hielt er damit nicht hinterm Berg. Doch ich wusste auch, dass das nur daran lag, dass ich ein Teil Emilys war.

Noch immer Flasche und Zigarre in den Händen, breitete er die Arme aus. Ich beugte mich zu ihm und umarmte ihn fest. »Ich liebe dich!«, flüsterte ich.

»Ich dich mehr, meine Hübsche.« So lautete seine Antwort darauf grundsätzlich. »Hab gehört, du bist mit einem Kerrington auf einem Motorrad auf und davon. Du hast wohl doch ein bisschen was von dem Feuer deines Opas unterm Hintern, schätze ich.«

Ich spannte mich an und hoffte, dass Dad ihn nicht gehört hatte. »Ähm, ja, sieht so aus«, sagte ich, so leise ich konnte.

Das brachte ihn zum Lachen. Ich freute mich ja, dass er lachen konnte, doch war das nichts, worüber man lachen sollte. »Daran wird dein Daddy ein bisschen zu knabbern haben. Tut ihm mal ganz gut. Das braucht der Bursche.«

Wieso musste er sich ausgerechnet darüber auslassen?

»Daddy«, mahnte meine Mom ein bisschen. »Der Gedanke, dass sich Lila Kate mit Grant darüber unterhalten muss, macht sie ohnehin schon nervös.«

Ich schloss die Augen und zuckte zusammen. Als ich mich wieder erhob, zwinkerte mir Kiro zu. »Du bist erwachsen. Das ist okay.«

Ich wandte langsam den Kopf um und entdeckte meinen Dad mit finsterer Miene an der Bar, die Arme vor der Brust verschränkt. »Sie ist zu gut für Cruz Kerrington«, versetzte er.

»Und meine Harlow war zu gut für Grant Carter! Meine süße Kleine wurde von jemandem kirre gemacht, der den Ruf eines Aufreißers weghatte, und doch scheint alles ins Lot gekommen zu sein.« Kiro zog an seiner Zigarre.

Dad brummte nur.

Verzweifelt zermarterte ich mir das Hirn nach einem neuen Gesprächsthema, als im Gang zunächst Schritte und dann auch Stimmen erklangen. Kiros andere Kinder waren mit ihren Ehepartnern eingetroffen. Die Stimme meines Onkels Mase hätte ich überall herausgehört. Wie üblich stritt er sich mit meiner Tante Nan.

»Mase, das blaue Zimmer nehme ich nicht. Das kannst du dir in den Arsch schieben. Ich möchte das goldene in der Nähe des hinteren Aufzugs. Basta!«, fauchte Tante Nan in schrillem, genervtem Ton.

»Verdammt, gebt mir noch eine Flasche Whisky. Die werde ich brauchen«, stöhnte Kiro. Er und meine Tante hatten nicht die beste aller Beziehungen, doch Mom meinte, im Vergleich zu früher sei sie gut.

Als die vier in den Raum kamen, hielt Kiro die Flasche hoch. »Verdammt, ich bin in Trauer. Also lasst so ’nen Scheiß hier bitte bleiben!«

Nan schaute beschämt, und Mase nickte. »Sorry. Ich hab sie aus purer Langeweile ein bisschen gepiesackt.«

Kiro zuckte eine Achsel. »Verstehe.«

»Kiro, es tut mir so leid!« Reese, die Frau meines Onkels Mase, kam auf Kiro zu. »Trauer du mal, und ich halte derweil die beiden hier in Schach.«

»Hab immer noch nicht ganz kapiert, wie du an die rangekommen bist, Mase!« Kiro sah zu seinem Sohn und deutete mit der Flasche auf Reese.

»Ich auch nicht.« Mase sank auf das Sofa gegenüber von Kiro. »Rück mal den Whisky raus.«

24. KAPITEL

Cruz Kerrington

Blumenduft. Ich hasste den penetranten Geruch so sehr, wie ich Beerdigungen hasste. Sie deprimierten mich. Eigentlich hatte ich hier nichts verloren. Ich kannte Emily Manning ja nicht mal. Klar, ich kannte Lila Kate, aber ich würde nicht erwarten, dass sie zur Beerdigung meiner Großmutter käme. Zur Hölle, ich würde ja selbst nicht hingehen, wenn es sich umgehen ließe. Wenn jemand erst mal tot war, war er weg. Wozu da noch eine Riesenbeerdigung veranstalten?

Ich wünschte mir, dass meine Asche einst ein paar Meilen aufs Meer hinausgefahren und dort verstreut würde. Keine Lieder, keine Blumen und bloß keine Tränen. Seufzend lockerte ich den Hemdkragen. Mein Dad hatte darauf bestanden, dass ich mitkam. Wie überhaupt alle. Die ganze verdammte Familie war da. Wie jede andere Familie aus Rosemary Beach, die uns nahestand.

»Wir gehen für Grant, Harlow und Lila Kate hin!«, hatte mein Dad gebrüllt, als ich herummotzte, ich sähe keinen Grund, warum ich diesem Begräbnis beiwohnen solle.

In Wahrheit hatte ich in den letzten drei Tagen versucht, Lila Kate aus dem Kopf zu kriegen, doch ohne Erfolg. Immer hatte ich nur sie vor Augen. Als ich gestern Abend ein anderes Mädchen an die Wand meiner Wohnung drückte, hatte ich dabei Lila Kate im Sinn. Daher wollte ich sie so bald auch nicht wiedersehen. Ich wies meinen Dad sogar darauf hin, dass sie vielleicht bald eine Beerdigung für mich planen müssten, wenn Grant Carter mich erst mal in die Finger kriegte. Worauf Dad meinte, das hätte ich mir dann selbst eingebrockt.

»Da ist Nate«, flüsterte mir meine Mutter zu. »Geh und entschuldige dich.«

»Wofür?«, fragte ich verwirrt. Ich hatte Nate doch gar nichts getan!

Als wäre ich immer noch ein kleiner Junge, packte sie mich am Arm. »Weil du mit Lila Kate weggefahren bist, ohne was zu sagen. Dafür!«

Ich dachte ja gar nicht daran, mich dafür bei ihm zu entschuldigen. »Seh ich nicht ein.«

Sie grub die Fingernägel in meine Haut. »Auf der Stelle!«

Das kam nicht infrage, doch ich würde zu ihm hinübergehen und ein paar Worte mit ihm wechseln, damit sie den Eindruck bekam, ich täte es, ehe sie mich noch gewaltsam zu ihm zerrte.

»Na schön«, murmelte ich, und sie ließ mich los, sobald ich mich in Nates Richtung aufmachte.

Bei Nate entschuldigen. Ging's noch? Kannten sie Nate Finlay überhaupt? Als hätte der so was nicht auch gemacht. Verdammt noch mal. Was machten sie deswegen nur alle für ein Trara. Ich hatte Lila Kate doch nicht gekidnappt! Sie war aus freien Stücken mitgekommen.

Nate trug ebenfalls einen Anzug, und Bliss stand neben ihm und sah in einem schwarzen Kleid und den hochgesteckten Haaren einfach umwerfend aus.

»Hey«, sagte ich, als sie sich zu mir umdrehten.

Nate reckte sein Kinn.

»Hast du Lila Kate gesehen?«, fragte ich.

»Ja. Warum? Bist du wieder mit deinem Feuerstuhl da?« Nate grinste dreckig.

»Nein, Klugscheißer. Ich sehe sie bloß nicht.«

»Sie holt sich was zu trinken. Hat sich gerade mit allen unterhalten und deswegen jetzt einen trockenen Mund.«

Ich nickte. Gut. Dann hatte ich vor ihrer Rückkehr Zeit, mich wieder zu verkrümeln. »Seid ihr länger hier?«

»Wir sind gestern Abend angekommen. Wohnen bei Dean. Morgen früh geht's dann wieder nach Hause«, erwiderte Nate. Dean war sein Großvater und Kiro Mannings bester Freund.

»Ich bin weg, sobald das hier vorbei ist«, sagte ich. »Gut, dich wiederzusehen, Bliss. Ich glaube, jetzt war ich lang genug bei euch, dass meine Mutter meint, ich hätte mich ausreichend entschuldigt. Das erspar ich euch.«

Nate grinste. »Entschuldigt, hm? Diese Entschuldigung würde ich mir echt gern anhören!«

Bliss kicherte. »Nate, komm, lass ihn. Schön, dich wiederzusehen, Cruz.« Sie wollte fortfahren, stutzte jedoch und lächelte dann etwas hinter mir an. »Da sind sie!«

Ich sah gedankenlos zurück, und mein Blick fiel auf Lila Kate. Sie sah zum Niederknien aus. Sie trug ihr dunkles, schulterlanges Haar in leichten Wellen, und ihr mitternachtsblaues Kleid schmiegte sich so dermaßen perfekt um ihre Kurven, dass es mir schwerfiel, den Blick wieder von ihr abzuwenden.

»Sollte ich ihn zu uns holen? Oder meinst du, sie möchte ihn an ihrer Seite?«, fragte Bliss.

Holen? Wen denn?

»Lass gut sein. Sie scheint ihn bei sich haben zu wollen«, erwiderte Nate.

Ich riss meinen Blick von Lila Kate los und entdeckte einen großen, blonden Kerl, der seine Hand besitzergreifend auf ihren Rücken gelegt hatte. Er lauschte ihr mit ernster Miene. Wer zur Hölle war das?

»Wer ist dieser Kerl da bei ihr?«, fragte ich, da Nate und Bliss ihn offensichtlich kannten.

»Das ist Eli, mein bester Freund.« Bliss lächelte freudig.

»Woher kennt sie ihn?« Schließlich war Lila Kate keine, die so schnell Freundschaften schloss.

»Die beiden hatten schon einige Zeit miteinander verbracht, bevor du auf deinem Motorrad angerattert gekommen bist und sie entführt hast«, erwiderte Nate amüsiert. Er wusste, warum ich fragte, und fand es lustig. Trottel.

»Sie wollte mitfahren!« Ich wandte mich zu ihm um und funkelte ihn an.

Er nickte. »Ja, das mag sein. Aber jetzt …«, er deutete mit dem Kinn in Lila Kates Richtung, »… will sie Eli. Ihre Lektion hat sie schnell gelernt, würde ich sagen.«

»Was zum Teufel soll das heißen?« Ich machte einen Schritt auf ihn zu.

Nate wich nicht zurück. Doch damit hatte ich auch nicht gerechnet. Stattdessen machte er einen Schritt auf mich zu. Seine Miene wurde kalt. Hart. »Das heißt, dass Eli ein netter Kerl ist. Von der Art, die bleibt. Das soll das heißen, verdammt!«, zischte er mit gesenkter Stimme.

»Sie kennt ihn doch kaum!«

»Dich kennt sie jetzt aber gut genug, oder nicht?«, schoss er zurück.

Wir befanden uns auf einer Beerdigung. Aus diesem

Grund hätte ich mich bremsen und gehen sollen. Tat ich aber nicht. Nate hatte nämlich recht. Lila Kate kannte mich. Ich hätte mein Motorrad irgendwo abstellen und sie im Jet begleiten können. Ein guter Kerl hätte das getan. Ich aber hatte sie gepoppt, zum Flughafen gebracht und war weggefahren. Als ich so darüber nachdachte, musste ich zugeben, dass ich bislang kaum je etwas Kaltherzigeres getan hatte, und das sollte schon etwas heißen. Ich richtete meinen Blick wieder auf Lila Kate und Eli. Er flüsterte ihr etwas zu, und sie lächelte. Das Lächeln war allerdings nicht so strahlend, wie ich es kannte.

Es war traurig. Ihre Augen leuchteten nicht und hätten keinen Raum erhellt, wie sie es meines Wissens konnten. Sie hatte jemanden verloren, und Eli stand ihr bei. So einen Mann brauchte sie an ihrer Seite. Ich hatte sie verlassen, weil sie nach mir ein neues Kapitel aufschlagen musste. Aber verdammt, wer hätte gedacht, dass es so schnell gehen würde?

»Sie verdient mehr. Das weißt du. Gesteh ihr das zu.« Nates Worte nervten mich aus dem einfachen Grund, weil sie stimmten. Schweigend marschierte ich davon. Zurück zu meiner Familie. Ich würde diese Beerdigung hinter mich bringen und dann heimlich, still und leise verschwinden. Würde vergessen, was zwischen mir und Lila vorgefallen war. Irgendwann.

Beim Weggehen spürte ich, dass sie mir nachsah. Ich hätte sie ignorieren müssen, doch ich erwiderte ihren Blick. Ich konnte nicht anders. Sie sah mich einfach nur an, und in ihren Augen lag derart viel Enttäuschung, dass mir ganz schlecht wurde. Sie hatte mich zerstört. Genau wie ich befürchtet hatte.

25. KAPITEL

Lila Kate

Während ich mir das private Mausoleum ansah, das für alle Slacker-Demon-Bandmitglieder und ihre Familien gedacht war, hielt mir Eli die Hand. Emily war die Erste, die darin ihre letzte Ruhe finden würde. Kiro hatte es gekauft, weil er Erdbestattungen nicht mochte. In einem Mausoleum sah er die beste Möglichkeit, gemeinsam mit den am meisten geliebten Menschen zur letzten Ruhe gebettet zu werden.

»Ich habe noch nie erlebt, wie jemand in so etwas beigesetzt wird. War bislang nur bei Beerdigungen«, flüsterte mir Eli leise zu.

»Ich auch nicht. Ich find's weniger schlimm, als wenn jemand in die Erde gesenkt wird, du nicht auch?«

Er nickte. »Schon, ja.«

Ich konzentrierte mich auf meinen Großvater, der mit seinen blutunterlaufenen Augen geradeaus auf den Bereich starrte, auf den man Emilys Sarg geschoben hatte. Er trank aus einer weiteren Whiskyflasche. Ich hatte Angst, er könnte eine Alkoholvergiftung bekommen, doch meine Mom meinte, nach Jahren des Konsums sei er immun gegen das Zeug. Alles gut also. Auch wenn seine Tattoos vom Anzug bedeckt waren, war er ganz Rocker. Man merkte es an seiner Haltung, seinem Gesicht, an seinem für einen alten Mann zu langen Haar. Er würde immer Kiro Manning sein. Selbst noch mit siebzig.

»Danke, dass du mir heute zur Seite stehst«, sagte ich zu Eli. Ich hatte jemanden gebraucht. Unterstützung. Alle waren da gewesen, und alle wussten sie, dass ich mit Cruz Kerrington eine Motorradtour gemacht hatte, entsprechend kriegten auch alle mit, dass er mich jetzt wie Luft behandelte. Doch was war das schon im Vergleich zu dem Kummer meines Großvaters? Ich hatte mit dem Feuer gespielt und mein Fett wegbekommen.

»Ich bin froh, dass ich gekommen bin. Beinahe hätte ich es nicht getan. Doch Nate hat mir zugeredet. Dafür muss ich ihm dankbar sein.«

Nate hatte so etwas wohl schon erwartet. Nachdem wir früher ständig zusammengesteckt hatten, kannte er Cruz so gut wie ich. Nett von ihm, dass er Eli mitgenommen hatte. Nicht, dass ich Eli als Lückenbüßer benutzen würde. Doch er war mir zu einem guten Freund geworden, und ich hoffte, wir würden in Kontakt bleiben. Ich war gern mit ihm zusammen. Auf ihn konnte man zählen. Er war zuverlässig. Ein Mann, wie ihn sich meine Eltern als zukünftigen Schwiegersohn wünschten.

Wenn mein Liebeskummer schließlich vorbei wäre und ich mich wieder auf andere Männer einlassen könnte, hoffte ich, in einem Mann wie Eli meinen Märchenprinzen zu finden. Eli selbst kam dafür nicht infrage, das wusste ich, denn sein Herz war schon vergeben. Seinen Kummer konnte ich gut nachempfinden. Es tut weh, jemanden zu lieben, der unerreichbar ist.

Doch zumindest hatte er deswegen keine Demütigung hinnehmen müssen, denn er hatte sich seine Gefühle nicht anmerken lassen. Hatte nie den Fehler begangen, alle Bedenken in den Wind zu schlagen und zu hoffen, es würde funktionieren.

»Lass uns gehen«, sagte ich nach der Trauerzeremonie, als die anderen nach und nach aufbrachen. Ich wusste, mein Großvater würde noch ein Weilchen bleiben, und ich wollte, dass er mit Emily allein sein konnte.

Als wir weggingen, hielt Eli weiter meine Hand. Ich wusste, die Kerringtons befanden sich links von uns. Aus dem Augenwinkel konnte ich Woods und Della sehen, doch ich brachte es einfach nicht fertig, mich zu ihnen umzudrehen. Mit gesenktem Kopf ging ich mit Eli weiter zu der Limousine, die schon auf die Familie wartete.

»Was hast du jetzt vor?«, fragte ich ihn.

Er nickte zu der Limousine hinter unserer. »Ich fahre mit Nate und Bliss zu Dean.«

Das Zusammensein mit Nate und Bliss musste ihm schwerfallen. Das wusste ich, ohne nachzufragen. »Fahr doch bei uns mit!«

Er lächelte, als würde er verstehen, warum ich das vorschlug und könnte meine Gedanken lesen. »Danke.«

Ich rutschte bis zum letzten Platz. »Du hast mich heute gerettet. Insofern sollte ich dir danken!«

Er setzte sich neben mich, und unsere Oberschenkel berührten sich. Die Wärme seines Körpers und den Duft seines Rasierwassers empfand ich als wohltuend. Als sei ich nicht allein. Daran erinnerte ich mich noch von unserer gemeinsamen Nacht. Inzwischen kannte ich den Unterschied zwischen gutem Sex ohne weitere Bedingungen und Sex mit einem Mann, nach dem sich das Herz sehnte. Es ließ sich überhaupt nicht vergleichen.

»Du siehst mal wieder toll aus. Er ist ein Idiot, und danach zu urteilen, wie er dich beobachtet hat, weiß er das auch.«

Ich riss den Kopf herum und sah Eli an. »Was?«

Eli lächelte gequält. »Cruz Kerrington. Er konnte seinen Blick ja gar nicht von dir losreißen. Ich bin ihm noch nie begegnet oder ihm vorgestellt worden, aber Typen wie ihn kenne ich. Kann sie ausmachen. Allerdings war das auch nicht weiter schwer. Niemand sonst dort hat mich angefunkelt, als würde er am liebsten Hackfleisch aus mir machen.«

Das ergab doch keinen Sinn! Ich schüttelte den Kopf. »Das hast du in den falschen Hals bekommen. Er wurde gezwungen herzukommen. Ich kenne seine Eltern. Er hat so böse geguckt, weil er die Beerdigung als Zeitverschwendung betrachtete.«

»Ich mag kein blöder Arsch sein. Aber ich bin ein Mann und weiß daher, wie Männer ticken. Kann sie durchschauen, und dieser Typ war nicht glücklich darüber, uns zusammen zu sehen. Lieber wäre es ihm gewesen, er hätte mit dir allein sein und dir an die Wäsche gehen können. Ehrlich, Lila, du bist so schön. Heute siehst du umwerfend aus. Mir fiel es auch schwer, die Augen von dir zu lassen.«

Nett, einen attraktiven Mann so etwas über sich sagen zu hören. Mehr als nett! Ich fand mich nämlich weder schön noch umwerfend. »Danke«, erwiderte ich, unsicher, wie ich sonst darauf reagieren sollte. Dann sagte ich, was ich dachte. »Ich wünschte … Ich wünschte, ich hätte dich zu einem anderen Zeitpunkt kennengelernt. Zu einem Zeitpunkt, wo unsere Herzen nicht so verwirrt waren. Vielleicht hätten wir eine Chance gehabt.«

Er schob seine Hand auf meine und ließ sie dort liegen. »Als du verschwunden bist, habe ich etwas begriffen. Mein Herz ist nicht mehr dort, wo ich meinte, dass es sei. Bliss war zu einer Gewohnheit geworden. War alles, was ich kannte. Keine andere beeindruckte mich so, dass sie sie aus meinem Herz hätte verdrängen können. Aber du … Du hast sie mich vergessen lassen. Hast mir gezeigt, dass es mehr gibt. Dass ich auch für eine andere Gefühle entwickeln kann.« Er hielt inne und schlang die Finger um meine. »Mein Herz ist bereit, Lila. Ich werde einfach geduldig sein, bis deines es auch ist.«

Wow. Damit hatte ich nicht gerechnet. »An unserem letzten gemeinsamen Abend warst du total durch den Wind, weil du Trauzeuge werden solltest«, erinnerte ich ihn.

Er zuckte die Achseln. »Eine Gewohnheit. Eine Gewohnheit, die mich aufgerüttelt und mir gezeigt hat, wie viel sich in meinem Herzen getan hat. Als du weg warst, habe ich erkannt, dass ich darüber hinweg bin. Das … Das hat mich mehr aufgerüttelt als dieser ganze Hochzeitskram. Ich war darüber hinweg und total auf dich fixiert. Ich verspüre ja nicht mal mehr einen Stich, wenn sich Bliss und Nate küssen. Du hast mich darüber hinweggebracht. Ich wünschte, ich könnte dasselbe für dich tun.«

Hier war dieser wunderbare Mann und erzählte mir, dass er mehr wollte. Er war bereit, gemeinsam mit mir ein neues Kapitel aufzuschlagen. Wollte mit mir zusammen sein. Bot sich an. Doch so schön das alles klang, hatte ich doch noch immer Liebeskummer wegen Cruz. Entweder war ich die dümmste Frau auf diesem Erdball oder die glückloseste. Möglicherweise beides.

»Ich brauche Zeit«, sagte ich ihm, denn ich wünschte

mir ein Märchen. Eli war der passende Mann dafür. Er vermittelte Geborgenheit, war attraktiv, stand mit beiden Beinen fest auf dem Boden. Alles Eigenschaften, die mein Vater, Rush Finlay, mein Onkel Mase und mein Onkel Cope auch besaßen. So einen Mann wollte ich auch.

»Ich habe wirklich Geduld«, erwiderte er.

Selbst der Klang seiner Stimme war beruhigend. Sie brachte mein Herz nicht zum Rasen, und ich verspürte dabei auch keine Schmetterlinge im Bauch, doch gab sie mir ein Gefühl der Sicherheit. Ich legte den Kopf auf seine Schulter, und er schlang den Arm um mich. So warteten wir schweigend auf den Rest der Familie.

26. KAPITEL

Cruz Kerrington

»Habt ihr gefickt?«, fragte mein neunzehnjähriger Bruder Blaze und ließ sich auf das andere Ende der Couch in unserem Hobbyraum plumpsen. Dieser befand sich im Parterre unseres Hauses und enthielt alles, was Jungs im Teenageralter möglicherweise brauchen konnten. Selbst einen Mini-Fitnessbereich mit Gewichten. Gleich nach unserer Ankunft hatte ich mich hierher verzogen, um dem Rest der Familie aus dem Weg zu gehen.

»Die Frage überhöre ich einfach mal.« Ich richtete meine Aufmerksamkeit weiter auf das Baseballspiel, das ich im Fernsehen verfolgte.

Blaze gluckste. »Also ja. Meine Fresse! Sie ist so verdammt heiß!«

Mich packte der Zorn. »Wenn du weiterleben willst, hältst du ab jetzt dein Maul!«, warnte ich ihn. Ich wollte nicht, dass irgendwer erfuhr, was Lila Kate und ich getan hatten, gleichzeitig wollte ich aber auch nicht, dass mein Bruder sie und Sex in denselben verdammten Gedanken packte.

»Was hast du denn, Alter? Entspann dich! Lila Kate ist hammergeil. Ich würde mein linkes Ei dafür hergeben, wenn ich sie ficken dürfte.«

Ich trat in Aktion. Schnell. Spontan. Mit einer Hand an

seiner Kehle drückte ich Blaze aufs Sofa. Er war etwas größer als ich, dafür aber schlaksiger, weniger muskulös. Ich wog mehr als er und war zwei Jahre älter. »Halt dein verdammtes Maul. Hast du verstanden, du Idiot?«

Nicht imstande zu atmen, nickte er, und ich lockerte meinen Griff um seinen Hals. Nach einem letzten warnenden Blick ließ ich von ihm ab und warf mich wieder auf meinen Platz. »Und jetzt zieh Leine!«

Ich konnte sehen, wie er sich den Hals rieb. Wie dramatisch! Schließlich stand er auf, und ich hätte vor Erleichterung beinahe laut aufgeseufzt. Ich wollte einfach nur allein sein.

»Wenn du sie liebst und ihr das zeigen willst, dann verkackst du das aber ziemlich. Mehr sag ich dazu nicht.« Nach diesen Worten stürmte er nach oben.

»Ich liebe sie nicht«, sagte ich laut vor mich hin. Ich musste es einfach rauslassen. »Ich liebe niemanden. Liebe ist nichts für mich.«

Das Bild von Lila bei der Beisetzung. Ihr gebräunter Rücken so perfekt in dem am Rücken tief ausgeschnittenen Kleid, dass es mich in den Fingern gejuckt hatte, sie dort zu berühren. Die seidige Haut zu spüren. Hätte Eli Fucking Hardy auch nur eine Hand auf diesen Rücken gelegt, hätte ich für nichts mehr garantieren können. Aber nein, er war ein braver Junge und hatte sich im Griff. Hielt nur ihre Hand.

Seine Unterstützung schien sie zu brauchen. Ich kämpfte gegen die Eifersucht an, die mich auffraß, weil nicht ich es war, der neben ihr stand. Doch so hatte ich es entschieden. Ihr zuliebe litt ich.

Schritte auf der Treppe warnten mich, dass mich gleich

das nächste Familienmitglied belästigen würde. Ich lehnte den Kopf zurück und seufzte gereizt auf. »Könnt ihr mich nicht in Ruhe lassen?«, ätzte ich frustriert, als ich hörte, wie die nächste Nervensäge den Raum betrat.

»Ich brauch bloß eine Minute. Dann lass ich dich in Ruhe.« Ich riss den Kopf hoch. Lila Kate! Was zum Teufel tat sie hier?

Sie trug ein weißes Sommerkleid, das zu viel von ihrer seidigen Haut zeigte. Ich sog ihren Anblick förmlich auf. Dieses vollkommene Geschöpf! Hier bei mir zu Hause. Warum? Ich stand auf.

»Blaze hat gesagt, du seist hier unten und ich könnte einen Augenblick zu dir. Er wollte sich gerade zum Clublunch mit deinen Eltern aufmachen. Ich will auf keinen Fall stören.« Sie hielt inne und sah zum Fernseher. »Ich mach ganz schnell, dann kannst du weiterschauen.«

Sie kam zu mir und blieb ganz nah vor mir stehen. »Ich hab keinen Fehler gemacht. Ich wusste, was ich tat. Habe nichts anderes von dir erwartet. Ich hab mich aus freien Stücken entschieden, mit dir zu fahren, mit dir Sex zu haben und das auch zu genießen. Das geht alles klar. Mit den Erinnerungen werde ich umgehen können. Mit dem Liebeskummer auch. Mit allem davon, schließlich wollte ich es ja so. Zunächst hab ich noch gedacht, es wäre bescheuert von mir gewesen. Hab meine schlechten Entscheidungen verflucht. Aber jetzt bin ich dankbar, dass ich es getan habe. Dass ich zugelassen habe, dass du mir wehtust. Denn immerhin waren wir auf die Art eine kurze Zeit zusammen. Nun weiß ich, wie sich das anfühlt. Wie du … dich anfühlst. Ich bereue es nicht. Bereue dich nicht, und nun schließe ich dieses Kapitel ab und gehe neue Wege. Ich werde dich nie wieder behelligen. Keine Bange also, bald ist alles wieder beim Alten.« Sie verstummte und lächelte. Es war ein süßes, trauriges Lächeln. Ich bekam weiche Knie bei ihrem Anblick und musste mich setzen.

»Es waren nicht mal achtundvierzig Stunden, aber ich fand sie so toll. Aufregend. Und ich werde immer froh sein, mich darauf eingelassen zu haben. Danke, Cruz Kerrington!« Sie beugte sich zu mir herunter und gab mir einen Kuss. »Goodbye«, flüsterte sie an meine Lippen. Dann richtete sie sich wieder auf und ging zur Treppe.

Meine Lippen kribbelten noch immer von ihrem Kuss. Mein Körper summte von ihrem Duft. Es schien unmöglich, sie gehen zu lassen. Ich sprang so schnell vom Sofa auf und lief ihr hinterher, dass mir keine Zeit zum Nachdenken blieb. Ich packte sie an der Taille, drehte sie zu mir und drückte sie an die Wand. Es gab eine Million Dinge, die ich ihr sagen wollte, doch ich sagte nichts davon.

Diesmal küsste ich sie, und zwar so richtig. Nicht nur so einen Schmatzer auf die Lippen. Ich forderte ihren Mund ein, kostete ihre Süße, berauschte mich an der Droge namens Lila Kate. Danach hatte ich mich schon gesehnt, seit ich sie verlassen hatte. Hatte davon geträumt. Hatte versucht, sie mir mit einer anderen Frau aus dem Kopf zu schlagen. Nichts davon hatte funktioniert. Nur so konnte ich mein Verlangen stillen.

Sie fuhr mit den Fingern in mein Haar, und ich ließ meine Hände nach oben gleiten, um ihre Brüste zu spüren. Legte eine Hand auf ihr Herz, und angesichts seines Hämmerns ging mir meines über. Diese Wirkung hatte ich auf sie. Sie wollte es genauso wie ich. Zusammen waren wir wie Sprengstoff. Es hatte nie eine andere Frau gegeben, die so eine Reaktion in mir hervorrief. Warum konnten wir das Ganze nicht länger laufen lassen? Es genießen, bis die Luft raus war?

Als sie die Hände auf meine Brust legte und mich sanft wegschob, war ich benommen.

»Das reicht«, keuchte sie, glitt unter meinen Armen hindurch und nahm Abstand.

»Wir haben doch gerade erst angefangen!«, erwiderte ich mit heiserer Stimme.

Sie schüttelte den Kopf. »Nein, Cruz. Das war ein Abschiedskuss. Ein Abschluss.« Während ich noch versuchte, aus ihren Worten schlau zu werden, ging sie. Ließ mich einfach stehen. Ohne Tränen. Nichts.

Hätte ich mich besser gefühlt, wenn sie geweint hätte? Ich wollte ihr nicht wehtun. Ich wollte mich mit ihr in ein Zimmer einsperren und es nie wieder verlassen. Aber wehtun wollte ich ihr nicht.

Schon zuvor hatte sie mir ihre Gefühle gezeigt. In der Bourbon Street hatte ich sie zu sehen bekommen. Allesamt. Ich wusste, sie hatte ein weiches Herz und war nah am Wasser gebaut, was bedeutete, dass die Frau, die mich gerade verlassen hatte, eines war: Nämlich das, was ich aus ihr gemacht hatte. Sie war nicht kalt. Nein, sie war fertig mit mir. Was ich ihr angetan hatte, musste ihr gezeigt haben, dass ich nichts taugte. Sie wusste, sie verdiente mehr.

Ihr Duft haftete an meiner Haut. Mein Körper litt darunter, sie nicht mehr in den Armen zu halten. Doch mehr als alles andere wusste meine Seele, dass ich gerade das von mir gestoßen hatte, was sie geweckt, wachgerüttelt hatte. Ich hatte die Frau verloren, die mir gezeigt hatte, wie sich Feuer anfühlte.

Ich sank auf den Sessel hinter mir. Vergrub den Kopf in den Händen. Es war vorbei. Wir hatten unseren kurzen Augenblick gehabt. Ich hatte ihr zeigen wollen, wie schlecht ich für sie war. Dass ich sie zerstören würde. Doch am Ende war ich derjenige, der am Boden zerstört sein würde.

27. KAPITEL

Lila Kate

Das Gebäude war wie für mich gemacht. Es würde mit mir wachsen. Mit meinem Tanzunterricht. Hier sah ich eine Zukunft vor mir. Das Startgeld hatte ich. Ich würde dieses Haus kaufen, dazu die entsprechende Ausstattung, und dann würde ich kräftig die Werbetrommel für mich rühren. Klar, vor zwei Wochen war ich noch abenteuerlustig gewesen, doch nun würde mich ein Abenteuer immer an Cruz erinnern – mein ultimatives Abenteuer.

Beinahe hätte ich mir durch seine Anwesenheit in dieser Stadt den Wind aus den Segeln nehmen lassen. Als ich mir jedoch eingestand, dass ich mich nur deshalb außerhalb von Rosemary Beach nach Tanzstudios umsah, weil ich Cruz aus dem Weg gehen wollte, gab ich mir einen Ruck. Es machte doch nur Sinn, mein erstes Studio an einem Ort zu eröffnen, wo ich alle kannte. Wenn ich dann expandieren wollte, konnte ich meine Fühler anderswo ausstrecken. Ich hatte nicht vor, für immer hierzubleiben. Zurzeit aber war es das Vernünftigste. Mein Bedürfnis nach Abenteuer war mehr als gedeckt. Lang hatte es nicht angehalten. In nur einer Woche hatte ich ein bisschen zu viel davon erlebt. Das reichte auf Jahre hinaus.

Hinter mir ging die Tür auf, und Ophelia Finlay, die so glamourös aussah wie immer, kam herein. »Ich hab dich dreimal angerufen«, erklärte sie, als hätte ich die verpassten Anrufe auf meinem Handy nicht gesehen.

»Ich hatte zu tun.«

Sie seufzte laut. »Du ziehst es nicht mal in Betracht? Ich wäre eine super Mitbewohnerin!«

Ophelia hatte von ihrer Mutter gehört, dass ich mir ein Haus gekauft hatte und mein eigenes Tanzstudio eröffnen würde. So etwas macht schnell die Runde, wenn die Mütter beste Freundinnen sind. Dieses Jahr legte Ophelia eine »Pause« vom College ein, da sie sich neu orientieren wollte. Oder so was in der Art. Typisch Ophelia.

»So weit, so etwas in Betracht zu ziehen, bin ich noch gar nicht. Klar wärst du eine super Mitbewohnerin. Aber erst mal musste ich doch schauen, ob das Haus hier überhaupt das Passende ist.« Ich drehte mich im Kreis und sah mich um. »Doch jetzt weiß ich es: Besser geht's nicht.«

Ophelia nickte. »Das lässt sich prima als Studio nutzen. Tolle Location.«

Ich deutete an die Decke. »Meine Wohnung wird dort oben liegen. Ich kaufe die Bude. Ich muss Geld sparen, da ist es nur sinnvoll, dort zu wohnen, wo man arbeitet.«

Sie runzelte die Stirn. »Du willst hier wohnen?«

Ich nickte. »Jepp.«

»Wie sieht's da oben denn aus?«

Ich zuckte die Achseln. »Es handelt sich um ein sehr großes Loft. Sichtbare Balken, alles sehr offen. Eigentlich nicht so dein Ding.« Weshalb ich ihre Anrufe auch nicht angenommen hatte.

»Bietest du auch frühe Tanzstunden an?«, fragte sie und sah noch immer nicht zufrieden aus.

»Ja, ab acht Uhr morgens.«

Ihr Wunsch, mit mir eine Wohnung zu teilen, schien zügig nachzulassen. »Oh.«

So viel dazu. Nein, das hier würde meine Welt sein. Meine Arbeitsstätte und mein Loft. Kaum vorstellbar, dass es andere sonderlich reizte.

»Kann ich's mir anschauen?«, fragte sie hoffnungsvoll.

»Klar. Komm. Hier entlang.« Ich führte sie zur Hintertür, die blau gestrichen war. Das würde ich ändern. Sie öffnete sich zur Treppe nach oben zum Loft und hatte genau fünfundzwanzig Stufen. Oben angekommen, gab es keine Tür. Auch daran würde ich arbeiten.

Der dreihundertsiebzig Quadratmeter große Bereich war fast vollständig offen. So etwas wie Privatsphäre hatte man nur im Badezimmer ganz links und in einem weiteren Bereich des Lofts, zu dem eine Wendeltreppe führte. Dort würde ich schlafen. Die offene Küche war komplett in Edelstahl gehalten, selbst die Arbeitsflächen. Alles sah sehr industriemäßig aus.

»Gibt es ein zweites Schlafzimmer?«, fragte sie und sah sich um.

»Nein. Der ursprüngliche Besitzer war Single. Aber falls du wirklich interessiert bist, wäre genug Platz da. Wir könnten neben dem Badezimmer Wände für ein ausreichend großes Schlafzimmer für dich hochziehen lassen. Das Bad müssten wir uns allerdings teilen.«

Ophelia ging herum, sah sich alles an und studierte den Ausblick auf die Innenstadt. Das Haus befand sich in einer malerischen Straße mit Läden, deren Außenfassaden alle den typischen Südküstencharakter aufwiesen. Ich fühlte mich wohl hier, auch wenn sich die Gegend sehr von der unterschied, in der wir aufgewachsen waren. Schließlich drehte sich Ophelia zu mir um und lächelte. »Lass es uns tun!«

Hätte es sich um Phoenix Finlay gehandelt, hätte ich mit absoluter Sicherheit Nein gesagt. Doch mit Ophelia konnte ich leben. Außerdem ließen sich durch die Mieteinnahmen die Nebenkosten des Hauses decken. Vom finanziellen Aspekt her machte es einfach Sinn.

»Sobald ich den ganzen Papierkram für das Haus erledigt habe, bitte ich Dad, ein paar Handwerker wegen deines Zimmers herzuschicken.«

Sie strahlte übers ganze Gesicht. »Was meinst du, wann es so weit ist?«

»Na ja, so gegen Ende der Woche?«

Sie klatschte aufgeregt in die Hände. »Das wird ein Riesenspaß!«

Das hoffte ich doch schwer. »Brauchst du einen Job? Sobald das Studio eröffnet ist, bräuchte ich nämlich Hilfe im Büro.«

»Klar doch! Ja Mensch, warum denn nicht? Könnten wir die Miete dann einfach von meinem Gehaltsscheck abziehen?«

»Kein Problem.«

Wir unterhielten uns noch ein wenig, dann zog Ophelia ab, um ihrer Mutter von ihren Plänen zu erzählen. Ich setzte mich an die Küchentheke. Hier konnte ich mir ein Leben aufbauen. Mein Studio lag nicht im Villenviertel von Rosemary Beach, in dem auch der Club lag. Mein Viertel lag direkt daneben, grenzte sich jedoch eindeutig davon ab. Ich verließ zwar nicht die Stadt, begann jedoch trotzdem ein neues Leben.

Mein Handy klingelte und hallte in dem großen, leeren

Raum wider. Ich warf einen Blick aufs Display. Es war Eli.

»Hallo?«

»Na, wie sieht der Schuppen aus?«, fragte er. Ich hatte ihm gestern Abend getextet, dass ich es mir heute anschauen würde.

»Perfekt. Ich glaube, es wird perfekt!«

»Verdammt. Ich hatte gehofft, der Laden würde dir nicht gefallen und du würdest dich lieber in Sea Breeze umsehen.« Er meinte das natürlich nicht so, doch ich wusste, dass darin ein Körnchen Wahrheit lag.

»Du könntest ja nach Rosemary Beach ziehen«, erwiderte ich.

Einen Augenblick schwieg er. »Führe mich nicht in Versuchung.«

Ob er das wohl wirklich tun würde? Vielleicht war ein Neustart ja genau das, was er brauchte. »Ich hätte jedenfalls nichts dagegen!«

Er lachte. »Man kann dir nur schwer etwas abschlagen. Aber ich habe einen Job. Da kann ich nicht einfach alles stehen und liegen lassen.«

Verständlich. »Ich weiß. Ich wollte nur klarstellen, dass ich, wenn du ein Abenteuer brauchst, gern der Anfang davon sein würde.« Ich scherzte, doch er wurde ganz still.

Nervös kaute ich auf meiner Unterlippe. Vielleicht hätte ich das ja nicht sagen sollen. Wir redeten nicht viel über diese eine Nacht. Ich war mir nicht sicher, ob er sich noch daran erinnerte, mich gefragt zu haben, ob er der Anfang meines Abenteuers sei. Ich wartete darauf, dass er etwas sagte, und machte mir einen Kopf darüber, dass er schwieg.

»Ich könnte es in Erwägung ziehen, wenn ich einen weiteren Anlauf machen dürfte, was unser kleines Sexabenteuer am Strand angeht. Ich denke oft daran. Ich wünschte wahrlich, ich wäre nicht so betrunken gewesen.«

Nach Cruz war ich nicht bereit für Sex mit einem anderen, auch wenn ich hoffte, es würde eines Tages wieder so weit sein. Aber für den Moment – chancenlos! In einer Woche hatte ich Sex mit zwei verschiedenen Typen gehabt. Wenn das nicht ein höllisches Abenteuer gewesen war!

»Eines Tages. Wenn die Zeit stimmt«, sagte ich leise, während vor meinem inneren Auge Bilder von Cruz und den Dingen, die wir getan hatten, hochstiegen. Sofort zog sich mein Herz schmerzlich zusammen.

»Ich möchte nicht nur der Anfang deines Abenteuers sein, Lila. Sondern das Ende.«

28. KAPITEL

Cruz Kerrington

Ich stand total neben mir. Ich war im Club und tat, was mein Vater mir aufgetragen hatte. Nicht, weil er es mir aufgetragen hatte, sondern weil ich so verdammt neben der Spur war, dass ich Ablenkung brauchte, und mit den Muschis anderer Frauen funktionierte es nicht.

»Cruz, du siehst deinem Vater im selben Alter so ähnlich, dass ich gerade einen echten Flashback hatte. Ich war wieder Kellnerin und hatte den Boss vor mir. Ihr tragt ja beide das Kerrington-Club-Polohemd. Ich weiß, Woods ist stolz darauf, dich hier zu haben«, sagte Blaire Finlay, die zusammen mit meiner Mom und Harlow Carter, Lilas Mutter, ins Clubrestaurant gekommen war.

»Er ist der Zwilling seines Vaters. In jeder Beziehung, Einstellung inklusive.« Meine Mutter lächelte.

»Das erzählst du ihm besser nicht«, meinte ich gedehnt, denn ich wusste, Dad hörte das nicht gern.

Blaire lachte, und die drei gingen an mir vorbei. Mom blieb kurz stehen und drückte mir sanft den Arm. Harlow schwieg. Sie sprach nie so laut wie die anderen oder zog Aufmerksamkeit auf sich. Sie war schön auf eine alterslose Art und hielt sich grundsätzlich lieber im Hintergrund. Ich sah in ihr nichts anderes als Lila Kate in zwanzig Jahren. Der Mann, der sie mal abbekam, hatte einen Mordsdusel.

Genervt über die Richtung, die meine Gedanken einschlugen, ging ich den Gang entlang zum Büro meines Vaters, das er bei der Ankunft der drei Frauen gerade angesteuert hatte. Früher hatte ich nichts lieber getan, als in sein Büro zu gehen. Denn das hieß, dass ich meinen Dad zu sehen bekam. Er setzte mich dann immer auf seinen Schreibtisch und ließ mich mit dem kleinen Golfspielzeug spielen, das darauf stand. Ich sah auf den Flatscreen an seiner Wand und schaute ihm bei der Arbeit zu. Ich hatte genauso werden wollen wie er.

Herrje, wie hatten sich die Zeiten doch geändert.

Dads Bürotür ging auf, und er trat heraus, ehe ich sie erreicht hatte. Sein Blick fiel sofort auf mich. »Gut. Du bist pünktlich. Ich habe ein Lunch-Meeting mit Captain – du erinnerst dich an Blaire Finlays Bruder? –, und seine Tochter Emmeline ist auch dabei. Sie wird gerade angelernt, das Restaurant seiner Kette hier in Rosemary Beach zu übernehmen. Bestimmt fühlt sie sich wohler, wenn auch jemand in ihrem Alter dabei ist.«

Ein Lunch-Meeting. Fan-fucking-tastisch! »Ich kenne Emmeline, allerdings unter dem Namen Emmy. Zumindest wurde sie vor zwei Jahren noch so genannt, als ich mich bei irgendeinem Event mit ihr unterhalten habe.«

Dad nickte. »Gut. Franny, Captains älteste Tochter, kümmert sich um die Tochterunternehmen in Alabama und Tennessee. Emmeline wird dazu ausgebildet, die in Florida und Georgia zu leiten. Richtig ernst wird es natürlich erst nach ihrem Collegeabschluss, aber Captain will sie möglichst früh darauf vorbereiten. Wie ich es mit dir auch hätte tun sollen. Ein smarter Geschäftsmann!« Dad marschierte weiter und ging stillschweigend davon aus, dass ich ihm folgte.

»Essen wir hier?«, erkundigte ich mich, hoffte es aber nicht. Ich war nicht in der Stimmung, mich mit all den Leuten aus dem Club auseinanderzusetzen.

»Nein. In Captains Restaurant.«

»Und was ist der genaue Grund dieses Treffens?«

»Wir brauchen im Club ein weiteres Restaurant. Das Grilllokal und das Hauptrestaurant reichen nicht mehr. Wir müssen uns dringend vergrößern.«

»Du willst im Club also eins von Captains Restaurants eröffnen?«

»Möglicherweise. Keine schlechte Idee, oder? Mal sehen, was daraus wird.«

Dads neuste Karre, ein Dodge Ram, stand vor der Tür. Ein Angestellter des Parkdienstes hatte ihn bereits gestartet. Wir stiegen ein und machten uns vom Clubgelände aus auf den Weg in die Innenstadt von Rosemary Beach, wo die Läden und der ganze Restaurant-, Shopping- und Touristenkram zu finden waren.

Ich redete nicht viel, schaute nur, wie die Stadt an mir vorbeizog, und dachte dabei an Lila Kate, eine neue Angewohnheit von mir, die ich einfach nicht abschütteln konnte.

»Hast du dich letztens mal mit Lila Kate unterhalten?«, fragte Dad, als könnte er meine Gedanken lesen.

Ich schüttelte den Kopf.

»Dann weißt du ja noch gar nicht, dass sie dieses Studio gekauft hat«, meinte er, und ich horchte auf.

»Bitte?«

Dad hielt bei einer der drei Ampeln des Ortes an und deutete auf ein zweigeschossiges Gebäude an der Ecke der Mainstreet. »Schau mal, das Haus da, gleich am Ende. Grant hat gesagt, sie hat es gekauft und möchte dort ein Tanzstudio eröffnen.«

Ich musterte das lichtblaue Gebäude im für diesen Küstenstrich typischen Stil. Große Fensterfronten im Erdgeschoss und im ersten Stock die hier allseits so beliebten Hurrikan-Fensterläden. »Da muss sie einiges hingeblättert haben.« Ich fragte mich, was sie sich dabei gedacht hatte.

»Allerdings. Aber sie besitzt von Kiro einen Treuhandfonds, und sie ist geschäftstüchtig. Anstatt von dem Geld zu leben, schaut sie, wie es sich vermehren lässt, und baut sich damit etwas auf.«

Ich hörte die Bewunderung aus seiner Stimme heraus. Verflixt, ich wusste selbst, dass Lila Kate etwas Besonderes war. Das brauchte er mir nicht noch aufs Brot zu schmieren. Schon kapiert. Genau deshalb hatte ich sie letztendlich ja abgewiesen. Was nur zu gut geklappt hatte.

Dad parkte vor Captains Restaurant, und ich stieg aus und sah zu dem Haus zurück, das nun Lila gehörte. Sie würde die Stadt also nicht verlassen. Das fühlte sich gut an. Als könnte ich wieder tief durchatmen. Nicht, dass es eine Rolle spielte, wo sie wohnte, aber ich fand es schön, sie in der Nähe zu wissen. So abgefuckt das auch war.

»Hör mal, sei aufmerksam und höflich. Unterhalte dich mit Emmeline. Führ dich nicht wie der letzte Arsch auf.«

Ich grinste. »Wann habe ich mich gegenüber einer Frau je wie der letzte Arsch benommen?«

»Schon oft, Cruz. Schon oft.«

Mit düsterer Miene folgte ich ihm ins Restaurant, wo mir der Geruch von Meeresfrüchten entgegenwehte. Ich war hier schon lange nicht mehr gewesen, doch das Essen war super. Man sollte öfter herkommen. Es wäre gar nicht so verkehrt, diesem Ortsteil häufiger mal einen Besuch abzustatten.

»Woods, Cruz, schön, euch beide zu sehen!« Captain Kipling kam uns entgegen und schüttelte erst Dad und dann mir die Hand. »Wann hast du dich in einen Mann verwandelt?«, scherzte er und schlug mir auf den Rücken.

Emmy trat neben ihn und lächelte mich an. Ich hatte mit einem höflichen Geschäftslächeln gerechnet, doch das war es ganz und gar nicht. Sie war älter geworden und in den letzten beiden Jahren eindeutig herangereift, und das wusste sie nur zu gut. Ihr langes blondes Haar und die strahlend grünen Augen in Kombination mit der sonnengebräunten Haut sahen hammermäßig aus.

»Hallo, Cruz!« Ihre Augen funkelten vor Schalk.

»Emmy!«, erwiderte ich und nickte. »Schön, dich zu sehen.«

»Setzt euch schon mal. Ich nehme Cruz mit, um den Laptop für dich zu holen, Dad. Ich kann ihm dann gleich den rückwärtigen Bereich zeigen.«

Captain und mein Dad steckten schon mitten in einem Gespräch und nickten einfach nur. Dad schickte mir allerdings noch einen warnenden Blick hinterher. Ich fand die Idee ja gar nicht gut. Sahen die beiden denn nicht, wie Emmy mich anschaute? Waren sie so blind? Geschäftliches hatte sie garantiert nicht im Sinn.

»Du wirst darauf vorbereitet, den Club zu übernehmen, hat mir Dad erzählt.« Sie ging so nah neben mir, dass sich unsere Arme streiften.

»Yeah.«

»Ich bin künftig häufiger hier, um die Stadt kennenzulernen, und den Sommer über arbeite ich hier, bis ich im

Herbst wieder auf die Uni gehe. Wir sollten uns zusammentun.« Sie senkte die Stimme verführerisch. Shit!

»Keine Ahnung, worauf du hinauswillst, aber eventuell arbeiten wir später mal zusammen. Da überschreiten wir bestimmte Grenzen besser nicht, finde ich.«

Sie öffnete eine Tür und führte mich in ein Büro hinein. »Was ist verkehrt daran, ein bisschen Spaß zu haben? Das macht die Zusammenarbeit doch viel angenehmer.«

Sie trat dicht an mich heran und fuhr mit einer Hand an meinem Arm hoch. »Ich war schon immer in dich verknallt, Cruz. Aber das sind alle Mädchen, glaube ich.«

Fuck me! Wie reagierte ich darauf am besten? Normalerweise hätte ich nicht lange gefackelt und wäre auf ihr Angebot eingegangen, doch das Timing war denkbar ungünstig. Ich war neben der Spur, und meinem Dad zuliebe durfte ich Emmy auf keinen Fall vor den Kopf stoßen.

»Hör mal, so verlockend das klingt, sollte man Berufliches und Privates doch besser trennen, und du kennst doch meinen Ruf? Ich möchte kein böses Blut zwischen uns.«

Kichernd rückte sie mir noch näher auf die Pelle, sodass sie mich mit ihrer Brust fast berührte. »Ich bin auf keine Beziehung aus, Cruz. Ich möchte bloß etwas Spaß haben.«

Hätte ich nicht ständig Lila Kates Gesicht vor mir gehabt, wäre ich fast versucht gewesen, darauf einzugehen. Aber verdammt, so konnte ich Emmy doch nicht ausnutzen! Ich würde die Augen schließen und mir was vormachen müssen. Die Frau, mit der ich vor zwei Abenden zusammen war, hatte ich doch glatt Lila genannt. Das war gar nicht gut angekommen.

Wenn mir allerdings jemand über meine Besessenheit für Lila hinweghelfen könnte, wäre das meine Rettung.

»Ich bin ehrlich mit dir. Ich bin gerade ziemlich auf eine andere Frau fixiert. Arbeite aber dran, das hinter mir zu lassen. Doch noch ist es einfach nicht so weit.«

Emmy biss sich verführerisch auf die Unterlippe und drückte ihre Titten an meinen Brustkorb. »Ich kann dir dabei helfen.«

Wieso geschah so ein Mist ausgerechnet immer mir? »Ich bin mir nicht sicher, ob das eine gute Idee ist«, entgegnete ich, klang jedoch nicht sehr überzeugend. Emmy fühlte sich gut an. Ich war ein Kerl, und ich hätte gelogen, wenn ich gesagt hätte, ich würde es nicht genießen.

»Gib mir eine Chance. Nur eine Kostprobe, dann siehst du's schon«, flüsterte sie, ließ die Hand an meinem Schenkel hochwandern und legte die Hand in meinen Schritt. Heilige Scheiße!

»Pass auf, was du tust. Schließlich kann ich schlecht mit einem Ständer wieder bei unseren Vätern auftauchen.«

»Wenn ich dir einen Ständer verpasse, kann ich das auch wieder in Ordnung bringen.«

Diesmal lachte ich. »Vertrau mir, Babe. Dafür haben wir keine Zeit.«

Sie nahm ihre Hand weg, während ich schon halb hart war. »Wenn du mal mehr Zeit hast … Ich bin super im Blasen.«

Ich war noch immer baff über ihre Worte, als sie von mir wich und einen Laptop nahm. »Lass uns zu dem Meeting gehen. Ich sterbe vor Hunger«, sagte sie mit einem spitzbübischen Grinsen, wandte sich um und verließ den Raum.

Vielleicht schaffte ich es, dieses Spielchen mit ihr zu genießen. Ein bisschen Spaß zu haben. Das brave Mädchen, für das ich Emmy Kipling gehalten hatte, war sie gar nicht.

Nein, sie hatte es faustdick hinter den Ohren. Hatte es im College wohl schon ganz schön krachen lassen. Vielleicht sollte ich die Chance ja nutzen. Bis wir wieder bei unseren Vätern waren, sah ich das Ganze schon ein bisschen lockerer.

Dort verwandelte sich Emmy plötzlich wieder ganz in eine Geschäftsfrau, war charmant und intelligent. Kannte sich gut mit dem Lokal aus und brachte beide Männer durch ihre witzigen Beschreibungen zum Lachen. Ich selbst redete weit weniger, trug jedoch meinen Teil dazu bei, um Dad bei Laune zu halten.

Gerade als ich mich in meiner Haut wohlzufühlen begann und meinte, alles werde gut oder zumindest nicht annähernd so schlecht, wie ich angenommen hatte, als Dad mir dieses Meeting angekündigt hatte … Als ich zu lächeln anfing und meinerseits auch ein bisschen flirtete … Als ich Emmy zuzwinkerte, während unsere Väter abgelenkt waren, und sie mich mit einem verheißungsvollen Lächeln bedachte und ich allmählich empfänglich dafür wurde … Da spürte ich es. Ein warmes Gefühl. Kribbeln. Ich hob den Blick, und meine Augen begegneten denen, die ich nicht aus dem Kopf bekam.

Dort stand Lila Kate, die sich in dem Restaurant wohl etwas zum Mitnehmen gekauft hatte. Ihr Blick war auf mich gerichtet. Sie wirkte so betroffen, dass es mir einen Stich ins Herz gab. Was war ich für ein Dreckskerl!

29. KAPITEL

Lila Kate

Ich ließ die Tasche mit dem Essen auf meine Küchentheke fallen und stieß einen frustrierten Schrei aus. Ich hasste ihn. Ich hasste Cruz Kerrington. O ja, und wie! Ich riss einen Oberschrank auf, holte mir ein Glas heraus und füllte es mit Eiswasser. Ich dachte dabei an sein dämliches Grinsen, während er Emmeline Kipling zuzwinkerte. Wie alt war sie? Neunzehn? Gott, er war ein Schwein!

Wenn sie ihn an sich ranließ, war sie bescheuert. So bescheuert wie ich. Bei dem Gedanken stöhnte ich auf und öffnete meine Tasche, um das Essen herauszuholen, das mich nicht länger anlachte. Es hätte andere Lokale gegeben, wo ich mir heute etwas to go hätte holen können. Warum musste ich ausgerechnet in dieses Lokal gehen? Warum musste ich das mitbekommen?

Ich ließ mich auf einem der farbenfrohen Barhocker nieder, die gerade erst gestern eingetroffen waren. Dieses Loft war derart cool, dass ich alles an Farbe und Kunst hinzugefügt hatte, was nur ging. Es machte sich gut! Die Hocker waren von einem hiesigen Künstler bemalt worden, der jeder Rücklehne ein anderes verrücktes, kunstvolles Gesicht verpasst hatte.

Ich starrte auf die Krabben vor mir und zwang mich, mir eine in den Mund zu schieben. Ich musste etwas essen. Ich hatte den ganzen Tag unten gearbeitet, und dabei fand die Eröffnung des Studios erst in einem Monat statt. Ich trank einen Schluck Wasser und warf einen Blick zu meinem Handy hinüber. Bei Eli hatte ich mich schon zwei Wochen nicht mehr gemeldet. Er wusste, dass ich dieses Haus hier gekauft hatte, aber ich hatte so viel mit dem Umzug zu tun gehabt, dass ich ihm nicht mal eine Nachricht geschrieben hatte.

Ich griff nach dem Handy und beschloss, das zu ändern. Mehr als gute Freunde würden wir zwar nie, doch seine Freundschaft genoss ich inzwischen. Wir beide liebten jemanden, der uns nicht liebte. Wir verstanden einander.

Bin eingezogen. Wann kommst du zu Besuch? Ich drückte auf den Sende-Button.

Ophelias Zimmer war fast fertig, doch einquartiert hatte sie sich noch nicht, da sie mit Phoenix für eine Woche nach LA zu ihrem Opa geflogen war. Bis auf die Tatsache, dass ich und mein Dad mit ein paar seiner Leute in den letzten Tagen an dem Zimmer gearbeitet hatten, hatte hier wirklich Ruhe geherrscht.

Wenn ich eingeladen werde, lautete Elis Antwort.

Ich vermisste ihn. Ich vermisste den zuverlässigen Typen, der auch wirklich tat, was er versprochen hatte. Der ehrlich war und keinem anderen wehtat. Ich wünschte, Eli könnte mein Herz erobern. Dann würde es mir leichter fallen, Cruz mit einer anderen flirten zu sehen.

Bist du! Betrachte das hier als offizielle Einladung!

Durch das Simsen mit Eli ließ der Schmerz in meinem Herzen etwas nach, und ich aß nun etwas und genoss es auch. Hätte ich die Zeit zurückdrehen und Cruz an jenem Abend in der Bourbon Street nicht um das Unmögliche bitten können, dann hätte ich es getan. Ich hätte alles zurückgenommen. Die Erinnerungen aufgegeben. Leute, die sagten, sie würden das nicht tun, obwohl es einen fertigmachte, waren verrückt. Ich hätte das sofort gemacht. Ich wollte nicht an ihn denken.

Wollte das Ganze vergessen.

Ist Freitagabend zu früh?, textete Eli zurück.

Es ist perfekt!, erwiderte ich.

Damit hatte ich noch zwei Tage Zeit, das Haus hier herzurichten. Ich würde Pläne für uns beide schmieden und meinen Spaß haben. An Cruz würde ich überhaupt nicht mehr denken. Es würde mich nicht jucken, was er tat oder mit wem. Ich würde mein Leben leben.

Ich fang schon mal zu packen an.

Ich lachte und aß mein Essen auf.

Die Dinge entwickelten sich anders, als ich es mir vorgestellt hatte, aber deshalb waren sie nicht schlecht. Überhaupt nicht. Ich war aufgeregt. Schon bald würde ich mein eigenes Tanzstudio besitzen. Würde Kinder unterrichten und sie ermutigen, ihre Liebe für den Tanz zu entdecken, wie ich es getan hatte.

Ich räumte mein Geschirr weg und ging nach unten, um weiter die Wände zu streichen. Dad hatte sich dafür angeboten, doch das hier war mein Haus, und mir gefiel der Gedanke, mein handwerkliches Geschick auszuprobieren.

Als ich das künftige Studio betrat, stand dort überraschend Cruz und sah sich um. Die Hände in die Hosentaschen geschoben und mit einem Gesichtsausdruck, den ich nicht ganz deuten konnte. Am liebsten hätte ich kehrtgemacht und wäre die Treppe wieder hochgerannt, aber ich war keine zwölf mehr. Ich war erwachsen, und dieses Studio gehörte mir.

»Kann ich dir helfen?«, fragte ich.

Sein Blick schwang zu mir. Er hatte mich nicht hereinkommen hören. »Hey!«

Ich schaute ihn einfach nur weiter stumm an.

»Was du da gesehen hast«, fing er an, doch ich bremste ihn mit einer Handbewegung.

»Lass stecken. Du musst nicht herkommen und meinen, du wärst mir eine Erklärung schuldig. Ich denke, ich habe mich klar ausgedrückt. Wir hatten einen Abschluss. Es ist vorbei, und ich muss jetzt Wände streichen. Wenn du mich also entschuldigst?« Ich ging zu dem Farbeimer und dem Farbroller, die schon bereitstanden, und hoffte, er würde einfach verschwinden.

»Wenn du deinen verfickten Abschluss hattest, wieso hattest du dann einen megaverletzten Ausdruck in den Augen? Sag mir das, Lila. Erzähl mir, warum es mir beim Anblick deiner Augen den Atem verschlagen hat. Denn es war todsicher kein Abschluss, den ich darin entdeckt habe!«

Ich hielt inne und holte tief Luft. Er hatte recht. Doch zugeben würde ich das nicht. »Es ist eben immer noch alles frisch. Bald bin ich darüber hinweg.«

»Wenn du herausgefunden hast, wie man das schafft, sagst du's mir dann? Ich bräuchte da weiß Gott auch einen Rat.«

Oh, oh, ich durfte mich von ihm nicht einlullen lassen. Durfte bei seinen Worten nicht schwach werden.

»Na, du warst jedenfalls ganz in deinem Element!«, schoss ich zurück, nahm den Deckel vom Farbeimer und ergriff den Farbroller.

»Lila, sieh mich an. Verdammt noch mal, sieh mich einfach nur an, und sag mir, ob so ein Typ aussieht, der darüber hinweg ist? Du hast mich flirten sehen. Ich flirte, seit ich meine ersten Schritte gemacht habe. Das hat doch nichts zu bedeuten! Es ist einfach nur die Reaktion auf Frauen, die mit mir flirten.«

Ich lachte und schüttelte den Kopf. »Was auch immer. Ist mir doch egal! Verdufte einfach.«

Er blieb stehen. Sagte nichts und rührte sich nicht. Ich versuchte, mich auf das Streichen der Wand zu konzentrieren, aber es fiel schwer, wenn er mir dabei zuschaute. Ob er wohl noch etwas sagte? Es wäre schön, wenn er einfach ginge, dann könnte ich endlich über die Sache hinwegkommen. Ich hatte eine Kostprobe erhalten. Wusste, wie es sich anfühlte, mit ihm zusammen zu sein, und wollte das Ganze nun hinter mir lassen.

»Wenn es dir egal wäre, dann könnten wir uns jetzt hinsetzen, ein Bierchen trinken und entspannt miteinander plaudern. Das können wir aber nicht, Lila. Insofern, nein, es ist dir nicht egal.«

Er hatte recht. Mist! Wäre es mir egal gewesen, wären keine Gefühle im Spiel. Ich käme mit seinem Besuch klar. Würde ihn nicht auffordern zu verschwinden. Ich ließ die Hände sinken und drehte mich zu ihm um.

»Du hast recht. Das ist es mir nicht. Aber ich würde es mir so wünschen. Ich möchte das Ganze aus meinem Gedächtnis löschen. Möchte dich vergessen!« Auch wenn sie stimmten, klangen die Worte laut ausgesprochen viel kälter und schroffer. Beinahe hätte ich sie zurückgenommen, ließ es aber bleiben. Er hatte mir wehgetan. Wenn ihm das wehtat, prima.

»Ich möchte nichts vergessen« erwiderte er mit tiefer, fast schon schmerzvoller Stimme. Ich wollte etwas darauf erwidern, aber er tat, worum ich ihn gebeten hatte. Er wandte sich um und ging. Nachdem die Tür hinter ihm ins Schloss gefallen war, herrschte einmal mehr Stille im Haus. Und ich war einmal mehr allein.

30. KAPITEL

Eli Hardy

Der Geruch frischer Farbe schlug mir entgegen, als ich in Lilas zukünftiges Tanzstudio trat. Es war in einem zarten Blauton gehalten, und die noch ungestrichene Decke würde bald wie der Morgenhimmel aussehen. Lila hatte mir von einem Künstler erzählt, der kommen und die Decke bemalen würde. Noch immer war eine Menge zu tun, aber ich freute mich für sie. Von ihren Plänen erzählte sie immer so überschwänglich. Gestern Abend hatte ich ihr am Telefon über eine Stunde lang gelauscht. Als ihr aufgefallen war, wie lange sie schon davon erzählte, hatte sie sich entschuldigt. Süß!

Kein einziges Mal in meinem Leben hatte es jemand geschafft, Bliss aus meinem Kopf zu verdrängen. Immer hatte ich bei dem Gedanken an sie einen Stich verspürt. Doch jetzt – keine Spur mehr davon! Und ich wusste, warum. Lila war mir wichtig geworden. Sie war so verdammt hinreißend, dass ich an keine andere denken konnte. Bliss war das, was sie immer für mich hätte sein sollen – eine gute Freundin. Eine sehr gute Freundin, die mir am Herzen lag, aber ich konnte zu Recht behaupten, dass ich in meine beste Freundin nicht länger verliebt war. Ich freute mich, dass Bliss Nate gefunden hatte und mit ihm ein glückliches Leben führte.

Ich schulterte meine Reisetasche und durchquerte den großen Raum zu der Tür am hinteren Ende. Sie hatte gesagt, durch diese Tür solle ich gehen und dann die Treppe hochsteigen. Heute Abend kochte sie zum ersten Mal in ihrer Küche, und da sie in der Küche nichts unbeaufsichtigt lassen wollte, hatte sie die Türen nicht abgesperrt.

Der Farbgeruch verschwand, als die schwere Tür hinter mir zufiel. Ich stieg die Treppe hoch und konnte auf halber Höhe bereits kurz angebratenen Knoblauch riechen.

»Eli?«, rief Lila.

»Jepp!«

Ich hörte ihre Schritte, und als ich oben ankam, stand sie schon da, so atemberaubend wie immer. Mensch, war es gut, hier zu sein.

»Du bist da!« Sie grinste mich an, als hätte sie mit meinem Kommen gar nicht gerechnet. Dann streckte sie die Hand aus und wirbelte herum. »Mein neues Heim! Was hältst du davon?«

Die Wohnung war die ultimative Junggesellenbude. Um den maskulinen Touch abzumildern, hatte Lila ihr viele sanfte, jedoch farbenfrohe weibliche Glanzlichter aufgesetzt. Dennoch musste der Industrielook mit den frei liegenden Stützbalken ursprünglich für einen Mann entworfen worden sein. Nichts Schickes. Nur riesengroß und strapazierbar.

»Ich würde gern das zusätzliche Zimmer mieten, falls Ophelia einen Rückzieher macht«, scherzte ich.

»Die Wohnung ist toll, oder? Ich liebe meinen Ausblick und die Atmosphäre hier.«

Ich nickte. »Ja, allerdings.« Was ich sah, war auch toll. Lila trug einen kurzen weißen Rock mit einem ärmellosen blauen Top, das ihre gebräunte Haut unterstrich. Das Haar hatte sie nachlässig zu einem hohen Dutt frisiert. Make-up trug sie keines, aber das hatte sie auch nicht nötig.

»In Ophelias Zimmer steht noch kein Bett, doch die Couch kann man ausziehen, und sie ist bequem. Das habe ich vor dem Kauf ausprobiert.« Ich sah zum Wohnbereich hinüber, in dem eine großzügige hellbraune Ledercouch stand. Zwei rot-braun gestreifte Sessel und ein großer, rechteckiger Polsterhocker standen in der Mitte. Der Flachbildschirm war riesig, dafür konnte man ihn auch von überall in der großen Wohnung sehen.

»Auf der müsste man eigentlich schon bequem schlafen können.«

»Möglich, ja. Aber du bist groß«, bemerkte sie.

Ich würde es später ausprobieren. »Was immer du da kochst, es riecht herrlich. Kann ich dir irgendwie helfen?«

»Ja, du kannst die Zucchini in Scheiben schneiden. Ich hasse es, Gemüse zu schnippeln«, gestand sie. »Stell deine Reisetasche bei der Couch ab und erzähl mir den neusten Klatsch und Tratsch aus Sea Breeze. Gestern Abend habe ich unsere Unterhaltung ja völlig an mich gerissen, und ich weiß immer noch nicht, wieso Jude und Micah nun eigentlich verhaftet wurden.«

Ich ging zur Couch, um meine Tasche abzustellen, und sie ging in den Küchenbereich zurück.

»Damon, Micahs bester Freund, ist aufs Polizeirevier und hat sie rausgeboxt, bevor die dort den Dad der beiden angerufen haben. Micah mag ja fünfundzwanzig sein, aber Jude ist gerade mal zwanzig. Sein Dad wäre durchgedreht. Das sind doch einfach Volltrottel! Lassen sich immer wieder auf Saffron ein. Die sucht doch immer Ärger.«

»Saffron hat sie eingeladen, mit ihnen in einem Haus, auf das sie angeblich aufpasste, zu feiern. Da waren auch ein paar von Saffrons Stripper-Freundinnen, auch wenn sie selbst keine ist. Micah und Jude tauchten natürlich auf, und auf der Party wurde auch Alkohol an Minderjährige ausgeschenkt. Es wurde laut. Die Cops kamen. Micah konnte Saffron gerade noch klarmachen, dass sie sich verstecken solle, weil ihr Vater sonst komplett austicken würde.«

Eli schüttelte nur den Kopf und fuhr fort: »Dumm nur, dass es gar nicht stimmte, dass Saffron auf das Haus aufgepasst hat. Die haben sich dort alle ohne Wissen des Besitzers aufgehalten. Das Haus gehört dem Ex-Freund einer der Stripperinnen, und er und seine Frau befanden sich gerade im Urlaub.«

»Wird der Hausbesitzer Anzeige erstatten?«, fragte Lila und reichte mir die Zucchini.

»Nein. Die Stripperin, mit der er eine Affäre hatte, hat ihm angedroht, seiner Frau reinen Wein einzuschenken.«

Lila lachte. »Wow! Okay, das klingt ja wie im Film. In Sea Breeze ist eindeutig mehr los als in Rosemary Beach. Dramen gibt es bei uns kaum. Nichts wirklich Interessantes.«

»Das kommt daher, dass bei euch eben keine Saffron Corbin wohnt.«

Lila streifte mich zweimal, um etwas von ihrem Gewürzregal zu holen. Ich bemühte mich, keine Absicht dahinter zu vermuten, doch als sie sich mir das dritte Mal näherte, entschied ich, es als Einladung zu betrachten. Ich legte das Messer beiseite, fasste sie an der Taille und zog sie an mich.

»Ich hoffe, das ist okay«, flüsterte ich, bevor ich ihre Lippen suchte. Zunächst erstarrte sie, doch nach kurzem Zögern schmiegte sie sich an mich und schlang mir die Arme um den Hals. Das war noch besser, als ich es in Erinnerung hatte.

Ich hörte, wie das Olivenöl in der Pfanne hinter uns zischte, und wusste, ich musste sie loslassen, doch es fühlte sich so verdammt richtig an, sie in meinen Armen zu halten, dass es mir schwerfiel. Mit einem schüchternen Lächeln löste sie sich von mir. »Die Zwiebeln brennen an.«

Widerstrebend ließ ich sie los. Noch immer etwas high von diesem Kuss beobachtete ich, wie sie sie wendete. »Bist du bereit für die Zucchini?«

Sie sah über die Schulter zu mir und nickte.

Ich nahm das Gemüse, stellte mich dicht hinter sie und raunte ihr ins Ohr: »Ich gebe sie rein. Du rührst um.«

Lila erschauerte und nickte. Erfreut darüber, welche Wirkung ich auf sie hatte, ließ ich die Zucchinistückchen nach und nach in die Pfanne gleiten. Lila atmete schnell, und ich sah, dass die Ader in ihrer Halsbeuge pulsierte. Ich konnte nicht anders, ich musste einfach einen Kuss draufdrücken.

Sie sog scharf die Luft ein und erschauerte wieder.

Ich stellte den Herd ab, hob sie hoch und setzte sie auf die Küchentheke. Dann schob ich ihre Knie auseinander, trat dazwischen, zog sie an mich und küsste sie langsam und tief. So hätte ich ewig verweilen können!

Sie schlang die Beine um mich, umfasste mein Gesicht und erwiderte meinen Kuss mit derselben Leidenschaft. Jede Berührung, jeder Duft, jeder Laut von ihr trieb mich in den Wahnsinn. Wieso nur hatte ich im Suff mit ihr geschlafen, als wäre sie ein One-Night-Stand? Sie war doch so etwas Besonderes! Ich wollte mich daran erinnern, wie es sich anfühlte, in ihr zu sein. Wollte ihr Gesicht sehen, wenn sie beim Orgasmus aufstöhnte.

Sie schob die Hände an meiner Brust hinab, fuhr über meine Bauchmuskeln, fühlte jeden davon, während wir den Kuss weiter vertieften. Ich glitt mit den Händen an den Innenseiten ihrer Schenkel hoch, wollte sie berühren und sehen, wie sie sich wand und nach mehr verlangte. Wollte ihren Duft auf meinen Fingern.

Sie spreizte die Beine noch weiter, und ihr Minirock rutschte hoch, bis ich den weißen Satin und die Spitze ihres Höschens sehen konnte. Der feuchte Stoff klebte an ihr, und ich hätte mir am liebsten wie ein Höhlenmensch auf die Brust getrommelt, dass ich dafür verantwortlich war. Ein Kuss von mir, und sie war feucht.

Ich strich mit einem Finger über den dünnen, zarten Stoff, woraufhin ihre Augen aufloderten und sich ihre Wangen röteten. Ich ließ den Finger daruntergleiten und stöhnte angesichts der Hitze auf, die mich dort empfing. Ihre Erregung konnte ich riechen. Sie wollte, dass ich sie dort berührte. Sie wollte das hier.

»Ich habe dich dort geküsst!« Auf einmal entsann ich mich wieder. Mit ihrem Geruch kam die Erinnerung daran, dass ich mir ihre Beine über die Schultern gelegt und mich dann über sie hergemacht hatte wie über ein Büfett, von dem ich nicht genug bekommen konnte.

Sie nickte.

»Du bist … auf meiner Zunge … gekommen.« Vor Begehren war meine Stimme ganz rau.

»Ja«, hauchte sie.

Ich ging in die Knie, doch sie hielt mich an den Armen fest. »Nein. Nicht!«

Ich stutzte und sah sie an. Wollte wissen, warum nicht. Bislang hatte noch keine Frau etwas dagegen gehabt, dass ich sie dort verwöhnte.

Lila holte tief Luft. »Ich bin noch nicht so weit. Ich … brauche noch Zeit.«

Sie war weder betrunken, noch befanden wir uns in einer Bar, und ich benahm mich wie ein durchgeknalltes Sexmonster!

»Es tut mir leid! Es ist mit mir durchgegangen. Die Erinnerung …« Meine Stimme verlor sich.

»Es war sensationell. Aber … seitdem habe ich andere Dinge erlebt. Ich brauche Zeit. Ich mag dich sehr, Eli. Du bringst mich zum Lächeln. Das möchte ich nicht kaputt machen. Aber mein Kopf und mein Herz müssen zusammenpassen.«

Mist, hier ging es also nicht nur darum, dass wir uns Zeit lassen sollten. Es ging um Cruz Kerrington. Ich musste mit der Erinnerung an ihn konkurrieren. Doch davor fürchtete ich mich nicht. Er hatte sie verletzt. Das würde ich nie tun. Ich konnte ihr helfen, darüber hinwegzukommen, und ich war geduldig. Gott, ich war so verdammt geduldig! Lila passte zu mir. Wir ergänzten einander. Wir hatten dieselben Ideen, Vorlieben, Anschauungen, und wir würden ein tolles Paar abgeben. Ich würde sie nie im Stich lassen.

Doch zuerst musste sie über Cruz hinwegkommen. Wenn ich einer Frau mein Herz schenkte, dann musste ich wissen, dass sie es wollte. Ich würde mich in Geduld üben und warten.

Ich ließ meine Hände auf ihren Schenkeln ruhen. »Okay. Ich kann warten.«

Sie seufzte erleichtert auf und umarmte mich. »Danke. Ich bin so froh, dass ich dich habe. Sonst wäre ich gerade verloren und allein. Aber du bist hier, und ich … bin wirklich glücklich, dass es so ist.«

31. KAPITEL

Lila Kate

Nach dem Dinner gab ich Eli eine Führung durch die Stadt. Durch Bliss hatte er schon viel von Rosemary Beach gehört und wollte es nun besser kennenlernen. Die Abende hier waren sehr familienfreundlich. Kinder radelten auf den Bürgersteigen, Paare spazierten mit einem Eis vorbei, das sie nach einem heißen Tag genossen, man hörte das Gelächter von Teenies, die, größtenteils noch in Badeklamotten, grüppchenweise vorbeizogen. Allesamt Touristen, die dafür sorgten, dass die Gegend hier florierte.

»Es ist ein Urlaubsort für die Reichen«, meinte Eli belustigt. »Und völlig anders als Sea Breeze. Hier gibt es keine kleinen Wohnungen zu mieten, nur vornehme Strandhäuser. Es zieht ein ganz anderes Publikum an. Nirgends sind betrunkene Jugendliche, die vorbeifahren und einander durch ihre Schiebedächer oder offenen Fenster etwas zubrüllen. Mir gefällt das.«

»Doch, doch, es gibt Wohnungen, nur nicht solche wie bei euch. Bei uns sind sie in zweistöckigen Gebäuden untergebracht. Schau, so wie dort.« Ich deutete auf eins.

Eli lachte. »Solche Luxusapartments meine ich ja auch nicht. In Sea Breeze habe ich dir die zwanzigstöckigen Gebäude mit Ferienwohnungen gezeigt. So was meine ich.«

Ich stimmte zu, dass sich die beiden Orte in der Hinsicht

sehr unterschieden, und dabei befanden wir uns jetzt noch nicht mal im Villenviertel von Rosemary Beach, das vom touristischen Bereich abgesondert lag. Der Kerrington-Golf-Club markierte den Beginn davon. Dorthin wollte ich ihn nicht mitnehmen. Noch nicht.

»Lila Kate!«, rief jemand, und ich blieb stehen und sah mich um. Ich entdeckte den roten Mustang, den Jace Montgomery dieses Jahr zum Highschool-Abschluss geschenkt bekommen hatte, und winkte ihm zu.

»Du befindest dich auf der falschen Seite der Stadt, Babe. Hast du dich verirrt?« Ich ging mal darüber hinweg, dass Jace als Achtzehnjähriger mich »Babe« nannte, denn das war einfach typisch für ihn. Seine Art zu scherzen. Er war immer gut drauf, und ich kannte ihn schon seit seiner Geburt. Damals war ich mit meinen Eltern ins Krankenhaus gefahren.

»Ich wohne jetzt hier«, erklärte ich ihm, als er mit seinem Wagen neben uns anhielt.

»Du bist ins Zentrum gezogen?«, fragte er ungläubig.

Ich nickte. »So ist es. Jace, das ist Eli, ein Freund von mir. Eli, das ist Jace Montgomery.«

Jace schenkte Eli ein strahlendes Lächeln. »Nett, dich kennenzulernen, Eli.«

»Ebenso«, erwiderte Eli.

Dann sah Jace wieder zu mir. »Du wohnst jetzt ernsthaft hier?«

»Ja, Jace. Über dem Bereich, in dem ich mein Tanzstudio eröffnen werde.«

Jace' Augen weiteten sich. »Verdammt, wie abgefahren! Das Letzte, was ich hörte, war, dass du aus der Stadt verduftet bist und Cruz sich an deine Fersen geheftet hat. Zumindest hat mir das Blaze so erzählt.«

»Ich bin zurück. Hab beschlossen, mein Leben hier zu starten.«

Er nickte. »Das mit deiner Großmutter tut mir leid. Ich war zu dem Zeitpunkt nicht in der Stadt. Sonst wäre ich auch zur Beisetzung gekommen.«

»Danke. Schon okay.«

Er lächelte wieder zu Eli hinüber. »Schau, dass dieses wilde Mädel hier nicht zu sehr über die Stränge schlägt. Eine gute Nacht wünsch ich euch. Macht das Beste draus!«

»Bye, Jace«, sagte ich. Als Antwort ließ er den Motor aufheulen und nahm wieder Kurs auf die andere Seite der Stadt.

»Er ist achtzehn. Das ist die einzige Entschuldigung, die ich für ihn habe«, erklärte ich Eli, als er weg war.

Der lachte nur. »Kein Ding. Ich war ja auch mal achtzehn.«

Die Abendluft war noch immer warm, trotzdem schauderte es mich unvermittelt. Kurz setzte mein Herz aus, dann flatterte es ein wenig, und ich wusste Bescheid. So reagierte es schon den Großteil meines Lebens, wenn Cruz in der Nähe war. Andererseits konnte es doch einfach nicht sein, dass er noch immer diese Wirkung auf mich hatte, es musste einen anderen Grund geben! Trotzdem warf ich zur Sicherheit einen Blick über meine Schulter.

Und natürlich, da stand Cruz. Sein Motorrad hatte er vor meinem Studio geparkt. Die Arme hatte er vor der Brust verschränkt und den Blick auf unsere Rücken gerichtet, während wir uns entfernten. Er hatte zu mir kommen wollen. Es ärgerte mich, dass sich mein Herz bei dem Gedanken zusammenzog. Ich wollte nicht, dass es mir etwas ausmachte. Wollte eine starke, unabhängige Frau sein, die ihn abgehakt hatte! Die war ich aber leider nicht.

Ich wollte mit ihm reden und herausbekommen, warum er hergekommen war. Ihn ansehen und mir wünschen, es bestünde mehr zwischen uns. Mir wünschen, er wäre mein Märchenprinz. Mir alle möglichen sinnlosen Dinge erhoffen, die ich nie haben würde. Die nie sein würden.

Tat ich jedoch nicht. Ich wandte meine Aufmerksamkeit wieder Eli zu, unserem eingeschlagenen Weg, dem Abendhimmel, allem, bloß nicht Cruz. Es wäre unfair, Eli stehen zu lassen, um mit Cruz zu reden, und mit ihm zusammen würde ich auch nicht zu Cruz gehen. Cruz sah uns. Er wusste jetzt, dass Eli hier war. Somit wusste er auch, dass ich mich für Eli entschieden hatte.

Mit jedem Schritt, den wir uns weiter von Cruz entfernten, schmerzte mein Herz mehr. Ich musste mich schwer zusammenreißen, um mich nicht umzudrehen und zu ihm zu rennen. Ihn anzuflehen, anders zu sein.

Als mich Eli fragte, ob ich ein Eis wolle, lächelte ich zu ihm auf und bejahte. Dann warf ich einen verstohlenen Blick zurück. Cruz stand noch immer da.

Er musste verschwinden. Dringend!

An der Tür des *Sugar Shak* hatte sich eine Schlange gebildet. Es war die einzige Eisdiele des Ortes, sie bot zudem auch Süßigkeiten an, daher strömten die Leute nur so hierher. Wir stellten uns an und schauten zu, wie die Kinder um Bonbons und anderen Naschkram bettelten. Die Eltern machten Urlaub und waren bester Laune. Der Stress des Tages war vorbei. Viele hielten einen eisgekühlten Drink in der Hand. Ich versuchte, mich auf mein direktes Umfeld zu konzentrieren und nicht zurückzusehen.

»Dieses *Sugar Shak* scheint ja sehr beliebt zu sein«, meinte Eli leicht irritiert.

»Es ist die einzige Eisdiele des Ortes.«

Er machte ein überraschtes Gesicht. »Na, dann bräuchten sie aber dringend mal Konkurrenz!«

Darüber lachte ich und warf bei der Gelegenheit wieder einen Blick zu Cruz zurück.

Diesmal war er weg.

Mir wurde schwer ums Herz, und die Lust auf Eis war mir vergangen. Trotzdem lächelte ich. Gestattete mir, Teil des Glücks um mich herum zu sein. Betrachtete die sonnengeküsste Haut der Kids, die keine Sorgen hatten, keinen Liebeskummer. Wäre das Leben doch immer noch so einfach.

»Eli«, sagte ich und sah zu ihm auf.

»Ja?«

»Ich glaube, du verschwendest deine Zeit mit mir.«

Einen Augenblick schaute er traurig, legte dann einen Daumen unter mein Kinn und umfasste mein Gesicht. »Wie kann die Zeit mit dir verschwendet sein?«

»Was, wenn du dich irrst?«

Er grinste leicht. »Dann werde ich eine großartige Erinnerung an ein Mädchen haben, das ich glücklicherweise kennenlernen durfte.«

Hätte ich mich nach seinen Worten doch nur besser gefühlt!

Als ich noch einmal einen Blick zurückwarf, dachte ich insgeheim, Cruz könne auf wundersame Weise zurückgekehrt sein.

Ich hörte Eli leise seufzen. »Er ist weg, Lila.«

32. KAPITEL

Eli Hardy

Die Welt sah um vieles besser aus, wenn man zu Baconduft aufwachte. Die in den gestrigen Abend gesetzten Erwartungen hatten sich leider nicht erfüllt. Lila war besessen von Cruz Kerrington, und ich hatte es ignoriert, so gut es ging, dass sie mit den Gedanken oft ganz woanders war.

Aber ich mochte Bacon. Gähnend streckte ich mich, setzte mich auf und entdeckte Lila, das Haar zu einem Pferdeschwanz frisiert, in einem pinken Pyjama im Küchenbereich herumhantieren. Ein Anblick, den ich gern mein restliches Leben genossen hätte. Doch je mehr Zeit ich mit ihr verbrachte, umso klarer wurde mir, dass daraus wohl nichts würde.

»Riecht gut«, sagte ich mit verschlafener Stimme.

Sie hob den Kopf, von was auch immer sie da zubereitete, und grinste. »Ist aber nichts Besonderes. Pancakes und Bacon. Allerdings habe ich als Topping frische Blaubeeren und Blaubeersirup da. Sogar Schlagsahne, wenn du abenteuerlich drauf bist.«

Schmunzelnd stand ich auf. »Ich bin immer abenteuerlich drauf. Vor allem, wenn Pancakes im Spiel sind.«

Lilas Blick wanderte an meiner nackten Brust hinab, weshalb ich mir damit Zeit ließ, nach meinem Shirt zu greifen. Sollte sie sich ruhig sattsehen. Mein Brustkorb war beeindruckend, das wusste ich. Schließlich arbeitete ich schwer daran, mich fit zu halten. Ich beobachtete Lila, und als sie sich dabei ertappt fühlte, wie sie mich abcheckte, wandte sie den Blick ab und errötete anbetungswürdig. Ich erwog, das Shirt nicht anzuziehen, aber das wäre dann wohl doch zu verzweifelt rübergekommen.

Ich schlüpfte also hinein, ging zur Küchentheke und zog mir einen Hocker heraus. »Ich würde dir ja meine Hilfe anbieten, aber du scheinst alles im Griff zu haben, außerdem sieht es so aus, als seist du fast fertig.«

»Bin ich auch. Magst du einen Kaffee?«

Eigentlich trank ich ja lieber Tee, doch ich nickte. »Ja, aber den organisiere ich mir schon selbst.«

Sie wandte sich um und griff nach einer Tasse. »Ach was. Ich mach das schon. Bleib sitzen.«

Ich schaute ihr bei der Zubereitung des Kaffees zu. »Milch oder Zucker?«

»Nein danke.«

Sie reichte mir die Tasse. »Bitte schön.«

Ich wollte gerade etwas erwidern, als uns lautes Pochen unten an der Tür aufhorchen ließ. Lila runzelte die Stirn und wartete. Kurz darauf war es wieder zu hören. Sie schob die Pfanne an die Seite des Herdes. »Da ist jemand an der Tür.«

Ich stand auf. »Ich schau mal nach. Bereite du mal weiter das Frühstück zu.«

»Okay, danke.« Sie wandte sich wieder dem Bacon zu.

Ich war schon fast unten, da meldete mir mein Bauchgefühl, wen ich gleich an der Tür zu sehen bekäme. Nach gestern Abend hätte ich damit rechnen müssen, dass er wieder antanzte. Lila war so damit beschäftigt gewesen, zu ihm zurückzuschauen, dass sie gar nicht merkte, dass ich alles mitbekam. Cruz hatte dort eine Weile herumgelungert. Dass sie nicht zu ihm ging, war ja schon mal was. Nicht gut, dass er hier heute Morgen aufkreuzte.

Doch das ging mich eigentlich nichts an.

Ich durchquerte das Studio, öffnete die zweiflügelige Tür, und … Na bitte, da stand er. Wie erwartet. Und er sah aus, als hätte er Massen von Whisky intus und die ganze Nacht kein Auge zugetan.

Meinetwegen hätte dieser Arsch gern da draußen bleiben können. Schön weit weg von Lila. Damit er sie nicht noch mehr verletzen konnte. Andererseits hätte sie dann einen Grund gehabt, sauer auf mich zu sein. Ich war nicht hier, um sie zu beschützen. Zumindest nicht vor so etwas.

»Cruz«, sagte ich, nachdem ich die Tür geöffnet hatte.

Er schob sich an mir vorbei und steuerte die Tür nach oben an. Mit dem Whisky hatte ich recht gehabt – er stank danach. So was brauchte sie gar nicht. Doch das schien ihn nicht zu kratzen.

»Willst du ihr noch mehr wehtun?« Ich stand noch immer an der Tür und wünschte, er würde durch sie gleich wieder verschwinden. Er stutzte kurz, dann drehte er sich um und funkelte mich an.

»Du hast doch keinen Dunst. Verdammt, sie liebt dich nicht. Du bist nichts weiter als ein Lückenbüßer!« Oha, was für ein Hass in seiner Stimme!

Ich zuckte die Achseln. Sein Hass ließ mich kalt, und ich hatte auch keine Angst vor ihm. Durchtrainiert war er ja. Aber er hatte noch Restalkohol, und ich war im Vorteil. »Ich weiß, sie hat Kummer, und sie versucht, darüber hinwegzukommen, aber du lässt das nicht zu. Immer wieder reißt du alte Wunden auf!«

Er starrte mich an, als würde er mich gern mit bloßen Händen umbringen. Ich rührte mich nicht, denn ich hatte keinen Bock auf Handgreiflichkeiten. Lila würde das nicht gefallen.

»Ich bin nicht gut genug für sie. Warum sieht sie das nicht ein?« Er klang gequält und nicht so sehr wütend als vielmehr bedauernd.

»Ich denke, das tut sie. Aber tust du es?«

Sein Hass erwachte wieder zum Leben. »Ich liebe sie. Würde für sie sterben. Mich für sie einer Kugel in den Weg stellen. Kannst du das von dir behaupten? Du kennst sie doch kaum. Ich dagegen kenne sie schon mein ganzes Leben, und ich liebe sie den Großteil davon. Ich wollte es nur nicht.« Kaum hatte er es gesagt, riss er schockiert die Augen auf. Mit dieser Erkenntnis überraschte er sich anscheinend selbst. Das hatte er sich garantiert noch niemals laut eingestanden.

»Dann zeigst du deine Liebe aber auf eine merkwürdige Art!«

Mit wildem Blick fuhr er sich mit den Händen durchs Haar. »Fuck, sie hat mich zerstört. Ich bin völlig am Ende! Ich brauche sie. Ich bin ihr so verdammt verfallen, dass ich zu nichts mehr zu gebrauchen bin. Ich ertrage es nicht, sie mit dir zu sehen. Ertrage den Gedanken nicht, dass du oder jemand anderes der Richtige für sie sein wird. Gut genug für sie. Dass sie einem anderen Mann gehören wird. Verdammt, das halte ich nicht aus!«, brüllte er und raufte sich wie ein Besessener die Haare.

»Du hast zu viel getrunken. Geh nach Hause und schlaf

deinen Rausch aus. Lass dir das alles mal durch den Kopf gehen und überleg, ob du dann immer noch herkommen willst.«

Er schüttelte den Kopf. »Ich kann nicht gehen. Nicht, wenn du mit ihr da oben bist.«

Holla, das war ja schlimmer als gedacht. Lila war in einen Psycho verliebt! War ihr Umfeld denn gar nicht alarmiert? Der Kerl brauchte psychischen Beistand.

»Wenn du sie liebst, dann sei der Mann, den sie verdient. Den da«, ich machte eine Geste in seine Richtung, »verdient sie jedenfalls nicht. Du bist ja kurz vorm Durchdrehen!«

Mit finsterem Blick kam er auf mich zu, ballte die Hände an seinen Seiten zu Fäusten, und ich ging in Verteidigungsstellung. Ich schlug zwar nicht gern auf Betrunkene ein, wollte mir von ihm aber auch nichts gefallen lassen.

»Cruz!« Lilas Stimme bremste ihn. Ich blickte über seine Schulter und sah sie dort stehen. So unschuldig und süß. Dieser durchgeknallte Typ, in den sie verliebt war, passte überhaupt nicht zu ihr.

Nach kurzem Stutzen wandte er sich zu ihr um. »Lila!«

Ihre Augen glänzten von unvergossenen Tränen.

»Was machst du da?« Sie klang wie eine Lehrerin, die sich über einen ungezogenen Schüler ärgert.

»Ich liebe dich!«

Ihre Tränen begannen zu strömen. »Das habe ich gehört.«

Sie standen nur da und starrten einander an. Ich ging an ihnen vorbei nach oben, um meine Sachen zu holen. Ich gehörte nicht hierher. Nicht jetzt.

33. KAPITEL

Cruz Kerrington

Es war unmöglich, dagegen anzukämpfen. Versucht hatte ich es ja. Mit allen Mitteln. Doch es ging einfach nicht. War ich gut genug für Lila Kate? Nein. Kannte sie alle meine dunklen Geheimnisse? Nein. Würde sie mich lieben, wenn sie davon wüsste? Vermutlich nicht. Sie würde mich hassen. Ich wollte aber nicht, dass sie das tat.

Als Eli mit seiner Reisetasche wieder runterkam, drehte sie sich um und hielt ihn am Arm fest. Dass er hier übernachtet hatte, war der Tropfen gewesen, der das Fass zum Überlaufen gebracht hatte. Wäre meine Brust explodiert, hätte das nicht mehr schmerzen können als der Anblick gestern Abend, wie sie, als seien sie ein Pärchen, mit ihm durch den Ort gebummelt war und ein Eis gegessen hatte. Das hatte mir den Rest gegeben. Danach wusste ich, ich musste etwas unternehmen.

»Lass mich nur mit ihm reden. Du musst nicht gehen«, beschwor sie Eli.

»O doch, das muss er«, warf ich ein.

Sie sah mich finster an. »Nein, muss er nicht!«

»Doch, das muss ich«, rettete Eli mich vor einem Streit mit ihr. Der Kerl musste seinen Arsch nach Alabama zurückbewegen und ihn gefälligst dortlassen. »Das hier«, sagte er und deutete auf Lila und mich, »das hier muss geklärt werden. Ich bin im Weg, und, ganz ehrlich, ich habe keine Lust, euer Beziehungsgedöns noch weiter mitzukriegen.«

Mit geballten Fäusten machte ich einen Schritt auf ihn zu. Doch Lila Kate stand schon vor mir, ehe ich noch zwei weitere Schritte machen konnte, und legte beide Hände auf meine Brust. »Cruz. Lass das. Geh einfach hoch. Bitte!«

Ihre großen, schönen Augen baten mich, jetzt ohne großes Aufheben hochzugehen. In ihre Wohnung. Was hieß, dass nicht ich es war, der abschwirren musste. Folglich wich ich zurück und nickte.

»Danke«, flüsterte sie, als könnte Eli sie so nicht hören.

»Fass sie nicht an!«, warnte ich ihn, damit er sich über die Konsequenzen klar wurde. Ich würde ihn aufspüren und dafür sorgen, dass keine seiner beiden Hände je wieder funktionierte.

»Cruz, bitte!«, flehte Lila.

Ich wandte mich um und stapfte zur Tür nach oben, warf aber noch mal einen Blick zurück.

»Das Ganze tut mir leid«, erklärte sie ihm. »Ich hätte nie erwartet, dass er hier auftaucht.«

»Aber du freust dich darüber.«

»Ja«, sagte sie, ohne zu zögern.

Ich ging hoch. Sie wollte mich und flehte ihn nicht an zu bleiben. Behauptete nicht, ihn zu lieben. Weinte seinetwegen nicht. Noch hatte ich sie nicht verloren. Noch war es nicht zu spät für uns. Über meine Geheimnisse würde ich mir später Gedanken machen. Den Scheiß, den ich noch immer nicht beendet hatte. Mit dem ich mich befassen musste. Das würde ich schon hinkriegen. Für den Moment brauchte ich einfach nur Lila Kate.

Als ich oben ankam, erfüllte Baconduft den Wohnbereich. Wow, hier ließ es sich leben! Offen, geräumig, und Lila Kate hatte dem Ganzen ihren Stempel aufgedrückt. Ich lächelte über all die roten und gelben Farbtupfer. Sie liebte fröhliche Farben. Irgendwie schaffte sie es, mir Farben schmackhaft zu machen, mit denen ich sonst eigentlich nichts anfangen konnte.

Auf der Frühstückstheke entdeckte ich Pancakes mit Blaubeeren und Bacon. Sie hatte diesem Eli ein Frühstück zubereitet. Ich wäre vor Eifersucht ausgetickt, hätte ich nicht entdeckt, dass das Couchbett ausgezogen und benutzt worden war. Sie hatten nicht zusammen geschlafen. Gestern Abend hatte mich die Vorstellung, die beiden könnten genau das tun, zur Flasche greifen lassen. Irgendwann hatte ich so viel intus, dass ich weggetreten war. Nach drei Stunden Schlaf wachte ich wieder auf, und erneut quälten mich Gedanken über die beiden als Paar.

Ich nahm ein Stück Bacon und aß es, dann schaute ich, ob Milch im Kühlschrank war. Ich hatte ewig nichts gegessen und entsprechend Hunger, und je mehr ich darüber nachdachte, dass Lila Kate das alles hier für Eli zubereitet hatte, umso gieriger wurde ich darauf. Wollte mir nehmen, was er für seins gehalten hatte. Mir hatte es zuerst gehört!

»So geht das nicht weiter, Cruz«, legte Lila Kate los, sobald sie hereinkam. Sie war jetzt grimmiger, ernst. »Das macht mich völlig fertig. Ich bin ein Wrack. Der Typ, den du gerade verscheucht hast, ist ein lieber Kerl. Nett und freundlich. Er mag mich. Er braucht es nicht, dass überall Frauen um ihn herumschwirren, um sich wie ein Mann zu fühlen. Er ist perfekt. Total perfekt. Wie kommt es also, dass ich all das vergesse, sobald du auftauchst? Warum siehst du nicht ein, dass mich das zerstört? Dieses Hin und Her?« Die Hände hatte sie in die Hüften gestemmt und blieb auf Distanz. Dabei wollte ich sie hier bei mir, sie sollte mit mir essen. Mich anlächeln. Und dann sollte sie mit gespreizten Beinen auf dieser Theke sitzen, damit ich sie nehmen konnte. Es gab eine Menge Dinge, die ich von ihr wollte. Doch nur eines war wichtig.

»Liebst du mich?« Eine schlichte Frage, und ich brauchte eine Antwort.

Seufzend schloss sie die Augen. »Ja, und das weißt du auch.«

Das war's, was ich hören musste. Ich ging um die Theke herum direkt auf sie zu. Als sie meine Schritte vernahm, schlug sie die Augen auf, in denen sich Schmerz und Kummer spiegelten. Schmerz, den sie nicht verdiente. Ich würde das wiedergutmachen. Mein ganzes Leben lang.

»Dann verzeih mir. Bitte. Gib mir noch eine Chance. Denn, Lila Kate Carter, ich bin bis über beide Ohren in dich verliebt. Ein Leben ohne dich ist für mich unmöglich. Ich möchte nichts anderes, als jeden Morgen aufwachen und dich neben mir liegen haben und nachts mit dir in meinen Armen schlafen. Lass mich dir zeigen, dass ich dieser Mann sein kann. Der, von dem du dachtest, du hättest ihn in Eli gefunden. Ich kann sein wie er. Nur ein bisschen aufregender, denn er ist viel zu spießig und würde dich bald höllisch langweilen.«

»Warum jetzt? Was hat sich geändert?«, fragte sie, noch immer vorsichtig und unsicher.

»Weil ich nicht mehr dagegen ankämpfen kann. Ich dachte, ich müsste dich vor mir beschützen, dabei kann ich derjenige sein, den du verdienst. Ich liebe dich so verdammt sehr, dass es nie einen Mann geben wird, der dich mehr liebt. So viel kann ich dir garantieren.«

Sie lächelte. Ein klein wenig. Dann schüttelte sie ungläubig den Kopf. »Ich bin bescheuert.«

Das hatte ich eigentlich nicht hören wollen.

»Unsinn.«

Sie legte den Kopf zurück. Reckte das Kinn. »Doch, bin ich. Denn während ich hier stehe und mit dir diskutiere, weiß ich, dass ich dir verzeihen werde. Ich tu's auch noch mal, wenn es sein muss. Warum kann ich mich von dir nicht losmachen, Cruz? Warum? Wie kommt's, dass du diese wahnsinnige Wirkung auf mich hast?«

Mein Herz ging mir über, und ich hätte am liebsten eine Faust gereckt und einen Siegesschrei ausgestoßen. »Ich bin einfach verdammt lieb«, neckte ich sie.

Sie grinste. »Von wegen!«

»Okay, schön. Lieb vielleicht nicht. Aber ich kann es sein. Ich werde es sein. Ich werde alles sein, was ich für dich sein muss. Das schwöre ich.«

»Was passiert, wenn du anfängst, dich mit mir zu langweilen?«

Ich griff nach ihr. »Ich kenne dich mein ganzes Leben. Nicht ein einziges Mal hast du mich gelangweilt. Nicht mal, als du so verklemmt warst, dass du kaum laufen konntest.« Ich grinste.

Sie lachte. »Klingt ja nicht sehr schmeichelhaft.«

Ich hielt sie zurück und drückte sie dann an mich. »Nein? Dann arbeite ich daran.«

Ich küsste sie sanft auf die Lippen, und sie schmiegte sich an mich und erwiderte den Kuss. Ein leises, zufriedenes Seufzen entfuhr ihr, und ich vertiefte den Kuss. Zog sie noch fester an mich. Mehr würde ich nicht brauchen. Im Vergleich dazu verblassten alle anderen Male, alle anderen Frauen. Man konnte sie allesamt vergessen. Lila Kate hatte meine Seele eingefordert.

34. KAPITEL

Lila Kate

Soeben hatte Cruz, der neben mir an der Theke saß, den letzten der für Eli gebackenen Blaubeer-Pancakes verdrückt. Seine linke Hand ruhte auf meinem Oberschenkel, die rechte benutzte er zum Essen. Er wollte mich nicht von sich weglassen. Selbst nach unserem Kuss musste er mich ständig anfassen. Als könnte ich mich sonst in Luft auflösen.

So unwirklich das auch alles war, plagten mich Gewissensbisse über Elis Aufbruch. Ich hatte ihn zum Bleiben überreden wollen, doch er hatte recht gehabt. Das mit uns beiden hatte keine Chance, solange Cruz einen so großen Raum in meinem Herzen einnahm.

»Die haben großartig geschmeckt. Nach einer Nacht voller Reuegefühle und jeder Menge Jack war ich am Verhungern.«

Ich lächelte und wollte aufstehen, doch sofort umklammerte er mein Bein. »Geh nicht!«

»Ich wollte doch nur abräumen!«

Er drehte sich zu mir und hielt meine Beine zwischen seinen Schenkeln gefangen. »Das läuft nicht davon.«

So, wie er mich ansah, befürchtete ich, ich würde träumen und jeden Moment aufwachen. Bitte nicht! »Du willst also, dass wir einfach hier sitzen und einander anschauen?«

Ich genoss das Ganze lieber. Für den Fall, dass ich bald aufwachte und er mir das Herz brach.

»Das könnten wir«, sagte er, dann umfasste er den Saum meines Pyjama-Oberteils und zog es mir über den Kopf. Da mein Pyjama weit geschnitten war, hatte ich mir nach dem Aufstehen keinen BH angezogen, sodass meine Brüste nun unverhüllt zum Vorschein kamen. Sofort hatte er für nichts sonst mehr Augen. »Oder ich könnte dich weiter ausziehen, dich zum Sofa rübertragen und mich in deine seidige, heiße Pussy versenken«, setzte er mit sinnlich gesenkter Stimme hinzu.

»Oh.«

»Allerdings. Oh!«, lachte er, und dann befand ich mich auch schon in seinen Armen, und er war mit mir unterwegs zum Sofa.

Er küsste meinen Hals, bis ich mich lustvoll in seinen Armen wand, und flüsterte mir ins Ohr, was er alles mit mir vorhabe. Genau wie in New Orleans ging es ihm dabei ganz um mich und darum, was für Lust er mir bereiten könnte. Doch als er mich absetzte, legte ich mich nicht einfach zurück. Ich war auch nicht nervös. Diesmal nicht.

Stattdessen machte ich mich am Bund seiner Jeans zu schaffen, und er beobachtete mich wortlos. Sobald ich sie geöffnet hatte, zog ich sie von seinen Hüften runter, bis sie zu Boden fielen und er hinaustreten konnte. Dann zog ich seine Boxershorts nach unten, und sein Penis, den ich gar nicht so groß in Erinnerung hatte, sprang hervor.

»Schau weiter so auf meinen Schwanz, und es wird kein Vorspiel geben!«, warnte er mich.

Ich ging auf die Knie und ließ meine Hände an seinen Oberschenkeln hochgleiten. Spürte, wie sich die Muskeln unter meinen Händen anspannten. Ansonsten verharrte er völlig reglos. Als ich mit der rechten Hand seinen harten Schaft umschloss, stöhnte er auf. Ich ließ ihm keine Zeit zu reagieren, sondern schloss die Lippen um seine Spitze und sog ihn so tief wie möglich in den Mund.

»Fuuuuuck!«, keuchte er, und seine Knie gaben kurz nach. Er legte eine Hand auf meinen Kopf, und seine Schenkel zitterten. »Lila, Jesus!«

Nach jedem Lecken und Saugen ließ ich meine Hand locker daran auf- und abgleiten. Cruz fing zu keuchen an, und seine Atemzüge wurden unregelmäßig. Ich genoss es, ihn so völlig unter Kontrolle zu haben.

Mit der Zunge umkreiste ich die Eichel, und er ballte die Hand in meinen Haaren mit einem heiseren Laut zur Faust. Schlang sich dann meinen Pferdeschwanz um die Hand und schob meinen Kopf vor und zurück, während ich ihn mit dem Mund verwöhnte.

»Ich möchte lieber nicht wissen, warum du das so gut kannst. Herr im Himmel, Lila, wie oft hab ich's mir beim Duschen vorgestellt, aber das übertrifft alles!«

Ich lächelte zu ihm auf, und er grinste schief, während sich sein Brustkorb hob und senkte. Ich beobachtete ihn. Hielt den Blickkontakt, während ich ihn mit der Zunge liebkoste. Ihn neckte. Sie um seine Spitze flattern ließ und ihn dann tief in mir aufnahm.

»Gott, Baby, genau so. Fuck, ist das gut!«

Zuvor hatte ich nie einem Mann einen Blowjob geben wollen. Niemandem außer Cruz. Ich hatte es mir ausgemalt, es mir gewünscht – und das nicht nur einmal in den vergangenen Jahren.

»Ich kann nicht«, stöhnte er, schob mich weg und warf

mich aufs Bett. Seine Augen waren verdunkelt, die Pupillen geweitet. Mit einem Ruck zog er mir gleichzeitig die Pyjamahose und meinen Slip vom Leib. Legte sich mit seinem festen, muskulösen Körper, der mich so faszinierte, auf mich. »Öffne dich mir, Lila«, flüsterte er.

Ich spreizte die Beine, und er griff nach meinen beiden Handgelenken, hielt sie mir über den Kopf und drückte mich auf die Matratze. »Verdammt, eigentlich wollte ich es sanft angehen, aber jetzt brauche ich dich sofort. Du treibst mich in den Wahnsinn, und mit *sanft* wird das jetzt nicht mal mehr ansatzweise etwas zu tun haben, Baby.«

Der erste Stoß war hart, und ich schrie vor Schmerzen kurz auf, doch mein ganzer Körper kribbelte zugleich vor Lust.

»Du«, keuchte er und stieß erneut in mich hinein, »darfst meinen Schwanz nicht wie eine Nutte lutschen, dabei aussehen wie ein Engel und dann erwarten, dass ich bei klarem Verstand bleibe.«

Ich lachte auf, als er mich immer und immer wieder erfüllte und mir den Atem raubte, sodass ich an nichts anderes mehr denken konnte als daran, dass ich dem Höhepunkt entgegenstrebte und es jeden Moment so weit sein musste. Es zu der galaktischen Gefühlsexplosion kommen würde, die nur in seinen Armen möglich war.

»Ich bin süchtig danach. Nach dir. Nach deiner gottverdammten Pussy.« Er sagte es, als sei er wütend darüber. Doch dann fing er an, meinen Hals zu küssen und zart hineinzubeißen. Es war erotisch und süß, selbst wenn er es nicht so empfand. Aus Cruz würde nie ein Eli werden. Er war nicht strukturiert, höflich oder vorhersehbar. So war ich, und ich sehnte mich entsprechend nach etwas anderem.

Sehnte mich nach Cruz' aufregender Wildheit, seinem Dirty Talk, dem Brechen der Regeln. Alles Eigenschaften, die ich nicht besaß. Er war mein Gegenstück.

»Lila.« Er hob den Kopf und versank völlig in mir.

»Ja?«, keuchte ich atemlos.

»Ich liebe dich, aber gleich drehe ich dich herum und nehme dich, als hätte ich dafür bezahlt.«

Ich hatte nicht die Zeit zu antworten, da befand ich mich auch schon auf allen vieren. Er umfasste meine Hüften und drang von hinten mit heftigen Stößen immer wieder in mich ein. Mir blieb die Luft weg. Der Winkel, in dem er mich nun nahm, brachte mich sofort noch näher zu dem ersehnten Höhepunkt.

»So verfickt sittsam und perfekt, mit dem Arsch nach oben, damit ich dich ficken kann«, keuchte er zwischen zwei Stößen. »Komm für mich, Baby!« Es klang wie ein Befehl, und mein Körper reagierte darauf, als wäre es einer.

Ich stöhnte laut seinen Namen und ging in Flammen auf. Er zog sich aus mir zurück und entlud sich heiß über meine Kehrseite. Mein Körper summte davon, so hart genommen worden zu sein.

»Ich hab ein Faible dafür, über deinen ganzen Körper zu kommen.«

»Mir gefällt das«, gestand ich und lächelte in das Kissen, auf das ich gesunken war.

»Bleib so«, sagte er, als hätte ich jetzt noch die Kraft gehabt, irgendetwas zu tun. Aus dem besten aller Gründe war ich erschöpft.

Ich erschrak, als ein warmer Waschlappen über meinen Rücken, Po und zwischen meine Beine fuhr. Mit einem letzten Wischer glitt er über den empfindlichen Bereich zwischen meinen Schenkeln, und ich keuchte auf.

»Tut das weh?«, fragte Cruz.

Ich nickte.

Er legte sich neben mich und zog mich an sich. »Tut mir leid, dass ich so grob war. Aber nach deinem Weltklasse-Blowjob ist es mit mir durchgegangen.«

Kichernd vergrub ich den Kopf an seiner Brust.

»Lach nur! Aber du machst das profimäßig, und nun, da sich dein Mund nicht mehr mit meinem Schwanz beschäftigt, mach ich mir ein wenig Sorgen, wie es kommt, dass du das so verdammt gut draufhast.«

Ich drehte mich so, dass ich ihn ansehen konnte. »Du hast mit Hunderten von Frauen geschlafen und machst dir Gedanken über meine Blowjob-Qualitäten?«

Er machte ein finsteres Gesicht. »Allerdings!«

Ich musste lachen, denn ich hatte so was zuvor erst einmal gemacht und es nicht sonderlich prickelnd gefunden.

»Freut mich, dass du mich lustig findest.« Eigentlich klang er nicht erfreut.

»Genauso gut könnte ich mir doch Sorgen machen, dass du in weniger als dreißig Sekunden eine Frau ausziehen und in ihr stecken kannst, oder nicht?«

Noch immer machte er ein finsteres Gesicht. »Na ja, aber du weißt doch, dass ich ständig Frauen an die Wäsche gehe. Ich hingegen weiß, dass du ein braves Mädchen bist. Das ist doch wohl ein Unterschied.«

Ich schmiegte mein Gesicht in seine Halsbeuge und malte ihm mit der Fingerspitze ein Herz auf die Brust. »Es hat daran gelegen, dass es du warst«, gestand ich schließlich.

»Wie meinst du …?«, fragte er.

»Na, mit dir, da habe ich das gewollt. Habe schon davon geträumt. Mich Fantasien hingegeben.«

Er löste sich von mir, legte den Finger unter mein Kinn und drückte es nach oben, sodass ich ihn ansehen musste. »Willst du mir etwa erzählen, du hättest darüber fantasiert, meinen Schwanz zu lutschen?«

Ich nickte.

»Verdammt, Süße. Du hättest doch nur ›Cruz, darf ich dir einen blasen?‹ sagen müssen, und ich hätte dir diesen Traum viel eher erfüllen können!«

35. KAPITEL

Cruz Kerrington

Ich musste dringend noch etwas in Ordnung bringen. Es war megawichtig, dass ich mich damit befasste, ehe es zu spät war. Manche Geheimnisse blieben am besten eins. So auch meins. Nun, da ich den Mumm gehabt hatte zuzugeben, dass ich nach Lila Kate verrückt war, ja, dass ich sie liebte, wollte ich sie nicht mehr verlieren. Ich würde nicht mehr von ihr lassen, und ich würde dafür sorgen, dass umgekehrt dasselbe galt.

Lila Kate war mir so wichtig geworden wie die Luft zum Atmen, was mir eine Höllenangst einjagte. Doch es stimmte.

Vernünftig wäre es gewesen, sie an ihrem Studio weiterwerkeln zu lassen, während ich meinen Dad im Club traf. Clever. Doch da mir der Gedanke nicht gefiel, sie zurückzulassen, bat ich sie, mich zu begleiten. Wir könnten dann zusammen mittagessen.

Dabei hatte sie mit dieser Welt nichts am Hut. War davor weggelaufen. War deswegen ans andere Ende der Stadt gezogen, und doch rief ich Trottel ihr in Erinnerung, dass ich diese Welt verkörperte. Schließlich würde ich eines Tages den Club besitzen samt allem, was dazugehörte. Logisch, das war ihr bewusst, doch eigentlich hatte ich sie trotzdem nicht daran erinnern wollen. Nicht so verdammt bald.

Als wir beim Parkservice vorfuhren und ausstiegen, um hineinzugehen, schien sie eigentlich ganz gut drauf zu sein. Ich schlang den Arm um ihre Taille, und sie erstarrte weder, noch wurde sie nervös, sprich: Sie hatte kein Problem mit dieser öffentlichen Liebesbekundung. Alles in Butter, freute ich mich gerade, als Shelby, eine Kellnerin, an deren Nachnamen ich mich nicht erinnern konnte, aus dem Restaurant kam. Leise murmelte ich einen Fluch, als ihr Blick auf mich fiel und sie verblüfft lächelte, weil ich den Arm um Lila Kates Taille gelegt hatte.

»Cruz!« Sie bedachte mich mit einem zu vertrauten, zu sinnlichen Lächeln.

»Hallo«, erwiderte ich mit einem Nicken und hoffte, sie würde an mir vorbeigehen. Sie war eine Angestellte, insofern hätte ich ihren Nachnamen eigentlich kennen sollen. Davon, dass sie sich einmal monatlich ein Brazilian Waxing verpassen ließ, hätte ich dagegen keine Ahnung haben dürfen.

»Ich bin gerade mit der Frühschicht fertig.« Sie zwinkerte mir vielsagend zu.

»Dann einen schönen Tag noch!« Hoffentlich verstand sie den Wink. Ihr Blick wanderte von mir zu Kate, und ihre Augen weiteten sich kurz, als würde ihr erst jetzt aufgehen, dass ich nicht allein unterwegs war.

»Seid ihr zwei …« Sie hielt in ihrer Frage inne und schwang einen Finger zwischen Lila Kate und mir hin und her.

»Ja, das sind wir. Wie gesagt, schönen Tag noch.« In der Hoffnung, Shelby würde nicht weiterbohren, ging ich weiter.

»Du musst dich nicht so anspannen, wenn so was passiert, Cruz. Ich kenne dich schon mein ganzes Leben. So was wird garantiert noch häufig vorkommen«, ließ sich neben mir Lila Kate vernehmen.

»Ich wünschte, ich könnte das verhindern.« Ich sah sie an. »Ich möchte nicht, dass du dich unbehaglich fühlst.«

Sie grinste. »Wenn man dich datet, bleibt einem gar nichts anderes übrig, als sich mit deinen vergangenen Beziehungen zu arrangieren.«

»Shelby war keine Beziehung. Sie war ein Fick.«

Lila Kate seufzte. »Na, ich wollt's halt etwas netter ausdrücken.«

Ich musste lachen. »Shelby hat mich auch nie als Beziehung betrachtet. Versprochen.«

»Kaum vorstellbar, dass das überhaupt je ein Mädchen getan hat«, meinte sie achselzuckend.

Nie hatte ich mir gewünscht, ich könnte die Uhr zurückdrehen und die dunklen Seiten in meinem Leben auslöschen. Bis jetzt. Lila Kates Meinung über mich war nicht gerade die beste, und das Schlimmste daran war, dass sie nicht mal stimmte. Es stand noch viel übler um mich, als sie dachte.

»Während du dich mit deinem Dad triffst, organisier ich uns schon mal einen Tisch und bestell was zu trinken«, meinte sie, als wir uns dem Restauranteingang näherten.

»Okay. Es wird nicht lang dauern. Ich werde ihm klarmachen, dass du auf mich wartest. Der wird sich gar nicht mehr einkriegen vor Glück.«

»Willst du deinen Eltern wirklich schon davon erzählen? Meinst du nicht, wir sollten warten, bis du dir sicher bist?« Ihre zweifelnden Worte trafen mich. Selbst jetzt nach der dramatischen Szene, die ich heute Morgen hingelegt hatte, blieb sie noch immer vorsichtig. Gut, das verdiente ich wohl auch.

Ich hob ihre Hand und drückte einen Kuss auf ihre Finger.

»Ich frage mich, wo ich mich heute Morgen nicht klar ausgedrückt habe. Aber ja, ich will es meinen Eltern erzählen. Da habe ich überhaupt keine Zweifel. Du denn?«

Wenn sie nämlich immer noch skeptisch war, was uns beide anging, musste ich womöglich zu ganz dramatischen Mitteln greifen. Sie also beispielsweise kidnappen, in eine Berghütte entführen und dort dafür sorgen, dass sie so süchtig nach mir wurde, wie ich es nach ihr war.

Innerlich seufzte ich. Gedanken wie diese zeigten, wie verfallen ich ihr schon war.

»Ich habe schon seit meinem vierzehnten Lebensjahr keinerlei Zweifel«, erwiderte sie.

Schon damals hatte ich angefangen, sie von mir zu stoßen. Als ich begriff, dass es zwischen uns knisterte, ich ihr letzten Endes jedoch wehtun würde. Folglich tat ich ihr lieber gleich am Anfang weh. Nun hatte ich eine Menge wiedergutzumachen.

Ich umfasste ihren Kopf und küsste sie, bis sie sich an mich klammerte und unsere Atemzüge schneller gingen. Dann drückte ich ihr noch einen kleinen Kuss auf die Lippen und machte mich in Richtung Büro meines Vaters auf.

Schon seit Langem war ich nicht mehr so verdammt gern hier gewesen und hatte mich darauf gefreut, den Lunch im Club einzunehmen. Bestimmt seit meiner Kindheit nicht mehr.

Nach einem Blick zurück, um mich zu vergewissern,

dass Lila Kate ins Restaurant gegangen war, klopfte ich an die Tür meines Dads.

»Herein!«, rief er.

Ausnahmsweise einmal fürchtete ich mich nicht davor hineinzugehen. Ich öffnete die Tür und entdeckte Dad, der mit vor der Brust verschränkten Armen vorn an seinem Schreibtisch lehnte. Mit finsterem Gesicht funkelte er mich wütend an.

»Erklär mir, was ich da draußen gerade gesehen habe. In aller Ruhe und ausführlich.«

Shit!

»Keine Ahnung, worauf du anspielst«, gab ich lahm zurück.

»Cruz, verdammt, lass den Scheiß! Also, ich höre?«

Früher oder später kam ich um dieses Gespräch sowieso nicht herum. Dann brachten wir es doch mal hinter uns. »Ich liebe Lila Kate.«

Dads Blick hellte sich auf, und er studierte mich mit zusammengekniffenen Augenbrauen. »Du liebst sie? Wie in: Du liebst nur diese eine Frau?«

Herrgott, für wie mies hielt der mich eigentlich?

»Gibt es noch eine Liebe? Ich habe nämlich immer geglaubt, wenn man liebt, ist das etwas Einzigartiges. Außer man ist in Frauen generell verliebt.«

»Alter Klugscheißer!« Er machte wieder ein finsteres Gesicht. »Wann ist dir klar geworden, dass du Lila Kate liebst?«

Was sollte die Frage? Ich war nicht hier, um mich zu verteidigen. Das stand demnächst bei Grant an, aber doch nicht bei meinem Vater. »Spielt das eine Rolle?«

Er nickte einmal scharf und sah mich weiter finster an.

»Als ich dachte, ich würde sie für immer verlieren. Da wusste ich es.«

»Sie verlieren? Wann hat sie dir denn gehört?«

»Sie hat mir nicht gehört, doch es war der Gedanke, sie könnte einen anderen lieben. Mich vergessen. Ein neues Kapitel in ihrem Leben aufschlagen. Das war wie eine Ohrfeige. Eine, die ich gebraucht habe.«

Dad richtete sich stöhnend auf. »Hm, das ist nicht die Antwort, die ich hören wollte. Es reicht nicht zu denken, dass du sie liebst, damit sie dich weiterliebt, und nach einer Weile langweilst du dich mit ihr und brichst ihr das Herz. Das ist grausam, Sohn. Egoistisch. Da habe ich dir Besseres beigebracht.«

»Ich liebe sie schon seit Langem. Okay. Ich wusste, wenn ich es zuließe, würde ich etwas Besonderes spüren. Aber Lila Kate ist … Sie ist ein ganz besonderer Mensch. Ich durfte sie nicht verletzen. Also habe ich sie vor mir beschützt.«

Dad rieb sich die Stirn, als sei er frustriert. Dabei ging ihn das doch gar nichts an. Wir waren keine Kinder, die man gerade dabei erwischt hatte, wie sie auf der Autorückbank miteinander herummachten. »Du wolltest dieses Kipling-Franchise mit mir besprechen«, erinnerte ich ihn.

»Du wechselst das Thema.«

»Jepp.«

Er wollte etwas sagen und hielt inne. »Schön. Ihr seid beide erwachsen. Ich kann dich nicht aufhalten. Aber Lila Kate ist anders als die Frauen, mit denen du dich normalerweise abgibst. Sie ist zerbrechlich, lieb, unsicher. Ich möchte nicht, dass du sie verletzt.«

Ich sah meinem Dad direkt in die Augen. »Nichts in

meinem Leben war mir je so wichtig. Ich bringe jeden um, der sie verletzt.«

Dad schwieg eine Weile und hob dann eine seiner Augenbrauen. »Tja, Sohn, ich schätze, diese Wette habe ich verloren.«

»Was?«

Er ging auf die andere Seite des Schreibtisches. »Ich habe deiner Mutter gesagt, du würdest bis mindestens vierzig Junggeselle bleiben, und sie hat mit mir gewettet, dass du dich noch vor Jahresende verliebst. Hat gemeint, sie hätte da so ein Bauchgefühl.«

Sauer über beide meiner Eltern stand ich auf. »Ich kann nicht fassen, dass ihr beide über so was Wetten abschließt. Ich hoffe, Mom hat dich ordentlich ausgenommen!«

Dad lachte in sich hinein. »Ich erzähl dir lieber nicht, was der Einsatz war. Damit kämst du nicht klar.«

36. KAPITEL

Lila Kate

Während ich auf Cruz wartete, hatte ich ein paarmal an dem bestellten Oolong-Tee genippt, war in Gedanken jedoch so sehr bei Cruz' und meiner Situation gewesen, dass der Tee darüber schließlich fast kalt geworden war. Ich hatte nicht gescherzt, als ich sagte, ich würde mich noch auf eine Menge Shelbys gefasst machen müssen. So lagen die Dinge nun mal.

Doof nur, dass ich sofort anfing, mich mit ihr zu vergleichen und bei mir Mängel suchte. Sie war größer, langbeiniger, ihre Haare waren blond und gelockt. Sie war selbstsicher. Unmöglich, dass ich das jedes Mal tat, wenn ich auf eine ehemalige Bettgenossin von Cruz stieß. Auf Dauer würde ich dabei draufgehen. Ich musste Selbstvertrauen tanken, mir meine guten Eigenschaften bewusst machen und mir in Erinnerung rufen, dass Cruz mir versichert hatte, mich zu lieben.

Ich war mir fast sicher, dass das seine erste Liebeserklärung war. Leicht kam Cruz so etwas nämlich nicht über die Lippen.

»Sorry, dass es so lange gedauert hat«, erschreckte mich seine Stimme, und ich zuckte kurz zusammen. Mit einem belustigten Grinsen setzte er sich. »Du warst tief in Gedanken versunken.«

Ich nickte. »Ja. Hab nachgedacht.«

Sein Lächeln erlosch. »Worüber?«

Hach, er war genauso unsicher wie ich. Das half ein bisschen. Ich war also nicht die Einzige, die sich verletzlich fühlte. »Über alles. Nichts im Speziellen.«

Er beugte sich vor und sah mich ernst und eindringlich an. »Bitte stell das mit uns beiden oder mich nicht infrage. Gib mir Zeit. Ich kann all das sein, was du noch bezweifelst.«

Ich legte meine Hand auf seine. »Ich weiß. Darüber habe ich auch nicht nachgedacht.«

Er wirkte erleichtert und schlang den Daumen um meinen Finger. »Gut.«

»Hallo, Lila Kate, Cruz«, wurden wir von Kelsey Torrent unterbrochen, der Marketingchefin des Kerrington-Clubs.

Sofort zog Cruz seine Hand von meiner weg und setzte sich aufrecht. Niemand sonst wäre es aufgefallen, so unauffällig tat er es. Aber Kelseys Erscheinen hatte ihn erschreckt. Inzwischen arbeitete sie seit fünf Jahren für den Club. Ich kannte sie allerdings nicht besonders gut.

»Hallo, Kelsey.« Cruz sah kaum zu ihr hoch.

Kelsey lächelte, als wäre die Begrüßung viel wärmer ausgefallen. Doch ich spürte, dass irgendeine Spannung in der Luft lag, die keinen Sinn ergab. »Hallo«, sagte ich und bemühte mich, Cruz' Reaktion wieder wettzumachen.

Doch Kelsey beachtete mich kaum. »Dein Vater möchte dich sehen«, erklärte sie Cruz in ärgerlichem Ton. Es schien ihr nicht sonderlich viel an ihm zu liegen. Ob sie sich durch seine Position im Club bedroht fühlte? Vermutlich hielt sich ihre Freude darüber in Grenzen, künftig Anweisungen von jemandem zu erhalten, der zwanzig Jahre jünger war als sie.

»Ich war gerade erst bei ihm«, erwiderte Cruz.

Sie bemühte sich, ihren Zorn nicht zu zeigen. Doch ich konnte ihn hinter ihrem Fake-Lächeln erkennen. »Das mag sein, aber er möchte, dass du noch mal zu ihm kommst. Ganz sicher.« Mit einem knappen Lächeln sah sie zu mir. »Miss Carter kann ihren Lunch allein beenden.«

Ich wollte ihm sagen, ich könnte einfach zum Studio zurückfahren und arbeiten, doch Cruz kam mir zuvor. »Ich esse jetzt erst mal mit dir und schau dann, was Dad noch braucht.«

Stocksauer wirbelte Kelsey Torrent herum und stolzierte davon. Ich stieß die angehaltene Luft aus. Puh, ich hatte schon befürchtet, die beiden würden sich in die Haare kriegen! Was dann vermutlich dazu geführt hätte, dass sie gefeuert wurde und Cruz in ernsthaften Schwierigkeiten steckte.

»Hab nicht den Eindruck, dass sie dich sonderlich mag«, sagte ich leise, sobald Kelsey den Restaurantbereich verlassen hatte.

Er zuckte die Achseln, als sei ihm das egal, blieb aber angespannt. Das Ganze hatte ihm zu schaffen gemacht. Blöd, wenn man auf die Art einer Firma beitreten und sich mit Angestellten befassen musste, denen es missfiel, dass er früher oder später ihr Boss sein würde. »Sie ist eine Zicke«, war alles, was er dazu sagte.

Wir bestellten unser Essen, und Cruz versuchte erfolglos zu relaxen. Ich wünschte, er würde einfach herausfinden, was sein Vater wollte, anstatt ihn hinzuhalten und deswegen ein schlechtes Gewissen zu haben. Ich warf einen Blick auf mein Handy und entschied, Cruz mit einer kleinen Flunkerei von der Pflicht dieses Lunchs mit mir zu entbinden. Ansonsten würde er sich doch nur die ganze Zeit einen Kopf machen.

»Oh, das ist die Raumausstatterin, mit der ich mich treffen muss! Jetzt ist sie verfügbar, dann aber erst wieder am Donnerstag. Ich muss ins Studio und schauen, was sie tun kann, um mir dann ein Angebot machen zu lassen. Macht dir das was aus?«

»Nein, schon okay. Da musst du hin. Ich komme später nach. Zuerst mal muss ich aber das mit meinem Dad klären.«

»Danke. Tut mir leid. Ich kann ja in der Küche fragen, ob sie mir mein Essen zum Mitnehmen einpacken können.«

Er stand auf. »Das mach besser ich. Sonst lassen sie sich damit Zeit.« Er war hilfsbereit, doch mit den Gedanken irgendwo anders. Wir beide hatten gerade erst zusammengefunden. Unsere Beziehung war neu, genauso unser Anblick in der Öffentlichkeit. Daher hatte ich nicht das Gefühl, ich könnte zu sehr nachbohren, was ihn denn so ablenkte. Wenn er dazu bereit war, würde er es mir von sich aus erzählen.

Ich angelte mir meine Handtasche, trank den restlichen Tee aus, und dann kam er auch schon mit meiner Essenstüte zurück. Die Blicke, die ihm beim Durchqueren des Restaurants folgten, waren schwer zu übersehen. Viele sprachen ihn an. Andere sahen ihm mit hungrigen Blicken nach. Verübeln konnte ich es ihnen nicht. Er war ja auch ein echter Hingucker!

Als er wieder bei mir war, stand ich auf, und er küsste mich, sodass uns alle sehen konnten. Es war, als würde er auf die Art Anspruch auf mich erheben und es hiermit alle wissen lassen wollen. Doch in Wirklichkeit zeigte er mir, dass er es ernst meinte. Sobald der Kuss beendet war, nahm ich meine Tasche und spürte, wie meine Wangen warm wurden.

»Du läufst ja rot an!«, schmunzelte er.

»Ja«, flüsterte ich. »Diese Leute mögen mich nicht alle kennen, dich aber schon.«

»Sie kennen dich, Lila Kate Carter.«

Inzwischen glühten meine Wangen.

»Gott, du bist so süß.« Inzwischen grinste er. Seine Anspannung hatte nachgelassen. »Bis gleich.«

Mit einem Nicken und einem schüchternen Lächeln ging ich, den Blick starr nach vorn gerichtet, um jeglichen Blickkontakt zu vermeiden. Cruz war bereits in die andere Richtung verschwunden.

»Lila Kate!«, hielt mich eine weibliche Stimme auf. Ich drehte mich um und entdeckte, dass Adelle Boyd mich mit taxierendem Blick ansah. Sie saß an einem Tisch mit ihrer Mutter und ihrer jüngeren Schwester. Alle drei trugen Tenniskleidung, als wären sie gerade von den Tennisplätzen hereingekommen, und so war's vermutlich auch.

»Hallo!« Ich wusste schon, worum es ging. Der Kuss war süß gewesen, aber ich wusste, er hatte Aufmerksamkeit erregt, die ich gar nicht wollte.

»Datest du Cruz?« In ihrer Stimme schwang Ungläubigkeit mit.

Ich zwang mich zu einem Lächeln. »Ja.«

Ihre Mutter gab einen seltsamen, kehligen Laut von sich. Ich ignorierte sie.

»Seit wann?«

»Es ist noch ganz frisch«, erklärte ich ihr zuckersüß. Eigentlich hätte ich ihr allerdings zu gern vor den Latz geknallt, dass sie das einen feuchten Dreck angehe.

Ihr Mund verzog sich zu einem belustigten Grinsen. »Und es wird von kurzer Dauer sein.«

Sowohl ihre Mutter als auch ihre Schwester versuchten, sich ein Lachen zu verkneifen. Für so etwas war mir meine Zeit zu schade.

»Euch auch einen wunderschönen Tag!« Mit diesen Worten marschierte ich davon und hoffte, dass mich niemand mehr aufhielt.

Zum Glück war es auch so. Sobald ich draußen war, stieß ich einen erleichterten Seufzer aus. Doch ich wusste, das war erst der Anfang. Ich musste lernen, mit den Reaktionen anderer besser klarzukommen.

37. KAPITEL

Cruz Kerrington

Lila verließ den Club, und ich wandte mich in die entgegengesetzte Richtung. Mein Magen zog sich zusammen, denn meine Dämonen waren hinter mir her. Der Grund, warum ich von Lila Kate Abstand genommen hatte, der Grund, warum ich mich nach ihr gesehnt hatte und nun wusste, dass ich sie liebte, aber nie nah genug an sie herankäme, saß mir im Nacken. Ich hatte die Chance ergriffen und mich an sie herangemacht, obwohl ich mich mit einer beschissenen Geschichte herumschlug, die unsere Beziehung zerstören konnte, noch bevor sie überhaupt richtig begonnen hatte.

Ich hatte Lila Kate geschworen, ich würde ihr nicht wehtun, und jetzt wollte ich dafür sorgen, dass ich mein Versprechen auch halten konnte.

Ich bog nach links anstatt nach rechts ab und steuerte auf Kelseys Büro zu. Mein Vater hatte sie nicht nach mir geschickt. Sie hatte mich mit Lila Kate gesehen und sofort eingegriffen. Normalerweise mischte sie sich nicht in mein Sexleben ein. Schließlich war sie verheiratet. Doch sie wusste, das mit Lila Kate Carter war anders.

Ohne anzuklopfen, betrat ich ihr Zimmer. Sie stand mit einem Glas Eiswasser in der Hand auf der anderen Seite des Raums und starrte aus dem Fenster.

»Du kannst sie nicht daten«, sagte sie nur. Sie wandte sich nicht mal zu mir um.

»Ich kann tun und lassen, was ich will, Kelsey«, erwiderte ich, wütend darüber, dass sie dachte, sie besäße eine magische Pussy, mit der sie mich im Griff hätte. Vielleicht hatte das gestimmt, als ich sechzehn war und sie mich eines Abends nach einem Ball mit in dieses Zimmer genommen und mir zum ersten Mal einen geblasen hatte. Da hatte sie Macht über mich gehabt. Doch ich war kein kleiner Junge mehr. Seitdem sie mich mit Sex vertraut gemacht hatte, hatte ich eine Menge Frauen gehabt.

»Deine ganzen Huren sind mir egal. Mehr sind sie nicht. Männer mögen Sex und haben gern Abwechslung. Damit komme ich klar. Mit ihr dagegen nicht. Sie ist keine Hure, das weißt du. Du möchtest mehr von ihr.« Mit diesen Worten drehte sie sich zu mir um. »Habe ich recht?«

»Stimmt, ja. Was wir getan haben, war nicht richtig. Du bist verheiratet. Wir hätten schon vor langer Zeit damit aufhören sollen. Zur Hölle, wir hätten gar nicht erst damit anfangen sollen! Aber ich war ein geiler Teenager, und das hast du ausgenützt. Damals war mir dein Mann egal. Das war verkehrt, aber ich war nun mal komplett schwanzgesteuert. Das mit uns ist aus. Ich liebe Lila Kate. Für mich gibt es nur noch sie.«

Kelsey war eine schöne Frau. Hochgewachsen, schlank, üppiger Vorbau und ein Freak, wenn es um Sex ging. Viele Male hatte ich sie in den unterschiedlichsten Stellungen gleich hier auf diesem Schreibtisch genommen, und sie hatte mir dabei zugeschaut, wie ich es mit anderen Frauen trieb, um es gleich danach mit mir zu treiben, weil sie das scharfgemacht hatte. Das war eine geile Zeit gewesen. Doch im vergangenen Jahr hatte sie angefangen zu klammern. War bedürftiger geworden. Besitzergreifender.

»Glaubst du etwa, du kannst mich fünf Jahre lang ficken und dann gehen? Einfach so?«

»Wir hatten ja keine Beziehung. Wir haben gevögelt, mehr nicht. Exklusiv war das nie. Du bist verheiratet. Vergessen? Verdammt, ich kann machen, was ich will. Was wir getan haben, ist vorbei.«

Es war nie ein gutes Zeichen, wenn ihre Augen aufloderten. Ein Nein hörte sie nicht gern. Normalerweise bekam sie nämlich grundsätzlich, was sie wollte. Ich war mir mehr als sicher, dass ich nicht der einzige Teenager war, den sie vernascht hatte. Sie mochte junge Typen. Das hatte sie gestanden, als sie ihre Brüste vor mir entblößt und mir das erste Mal einen Blowjob verpasst hatte.

Während mir der Sex mit ihr in den vergangenen fünf Jahren gut in den Kram gepasst hatte, wusste ich doch, dass es nicht richtig war, und Lila Kate würde aus allen Wolken fallen. Ich musste das Problem aus der Welt schaffen. Sie durfte nie davon erfahren.

»Du meinst, das kannst du einfach so entscheiden?« Kelsey machte einen Schritt auf mich zu und knöpfte dabei ihre Bluse auf. Früher einmal hatte mich das erregt. Jetzt pisste es mich einfach nur an.

»Allerdings, ja, es ist aus. Aus und vorbei.« Ich war direkt. Sah ihr in die Augen und vergewisserte mich, dass sie merkte, wie ernst es mir war.

Ihre Bluse stand offen, doch ich senkte nicht den Blick. Kein Bedarf mehr.

Sie legte die Hand in meinen Schritt und drückte meinen Schwanz. »Ernsthaft?«, schnurrte sie.

»Ja, ernsthaft.« Ich wich vor ihr zurück. »Hör einfach auf. Das ist armselig.«

Sie erstarrte, und ihr Lächeln wich erneut einer wütenden Miene. »Du kleiner, verwöhnter Bastard. Das wirst du bereuen!«

»Wohl kaum«, erwiderte ich und wandte mich zum Gehen. Es war längst fällig gewesen, einen Schlussstrich zu ziehen. Fast schon an der Tür, ließ mich eine Bemerkung von ihr innehalten.

»Ich bin schwanger. Mein Mann ist zeugungsunfähig. Ich hatte vor, ihm von uns zu erzählen. Das habe ich noch immer. Du kannst davor nicht einfach davonlaufen. Du wirst Daddy!«

Ich warf ihr einen wütenden Blick zu. Selbst jetzt log sie. »Ich habe dich nie ungeschützt gefickt. Niemals. Folglich muss es das Kind eines anderen sein. Nicht meins. Sag deinem Mann, dass es meins ist, aber dann wirst du es beweisen müssen.« Ich war kein Teenager mehr, und ich ließ mich nicht mehr für dumm verkaufen.

Ihre Augen füllten sich mit Tränen. »Kondome sind nicht zu hundert Prozent sicher.«

»Die Pille schon«, schoss ich zurück.

Sie wischte sich eine einzelne Träne weg, die an ihrer Wange hinabrollte. »Damit habe ich vor einem Jahr aufgehört. Ich möchte ein Kind. Ich möchte dein Kind!«

Ich schüttelte den Kopf. Quatsch. Sie log. Das war ihre Art zu manipulieren. Aber das würde nicht funktionieren. »Du lügst!«, brüllte ich. Es scherte mich nicht, wer mich hörte. Dann stürmte ich aus ihrem Büro. Weg von dem Club und meiner dunklen Seite, die mich nun einholte. Ich hatte gedacht, sie würde ihre Ehe nicht aufs Spiel setzen wollen und daher den Mund halten. Sie hatte mir mal erzählt, sie würde ihren Mann lieben, der sie jedoch sexuell vernachlässige. Sie brauche mehr. Das Versaute, die Aufregung. Sie hatte mir leidgetan, und ich hatte mich gewundert, wie ein Mann ihre verrückten sexuellen Bedürfnisse nicht genießen konnte. Es hatte Spaß gemacht. Nun sah ich ein, dass der Spaß abgefuckt war.

Zudem wäre ich erledigt, wenn sie ihre Lüge durchzog. Ich musste etwas dagegen unternehmen. Lila Kate beschützen. Ich wollte nicht, dass sie je von dieser Seite meines Lebens erfuhr. Von dem verdorbenen Scheiß hörte, zu dem ich mich hatte hinreißen lassen.

Für den Moment musste ich nur unbedingt zu Lila Kate kommen. Sie halten. Sie riechen. Sie fühlen. Ihre helle Welt ließ meine dunkle Vergangenheit verblassen.

Ihr Studio lag nur ein paar Meilen entfernt, doch die Fahrt dauerte eine gefühlte Ewigkeit. Ich hatte Angst, sie könnte von der Sache erfahren und mich hassen. Sich weigern, mir zuzuhören, und mich von sich stoßen. Ich drückte aufs Gas.

Den Weg zu ihrer Tür legte ich im Laufschritt zurück. Ich riss sie auf und entdeckte Lila, die gerade einen Pinsel reinigte. Inzwischen hatte sie sich mit Farbe bekleckste Klamotten angezogen, das Haar zu einem Dutt hochfrisiert und schwang die Hüften zur Musik. Sie war gut. Perfekt. Rein.

Ich schloss die Tür hinter mir und ging auf sie zu. Sie sah auf, erschrak kurz und lächelte dann.

»Hey!«, war das Einzige, was sie sagen konnte, ehe ich auch schon vor ihr stand und sie zurückschob, bis wir uns hinter einer Ecke befanden und durchs Fenster nicht mehr zu sehen waren. Trotz des trüben Lichts dort konnte man die Überraschung und Erregung in ihrem Gesicht erkennen.

Ich nahm mir nicht die Zeit, sie in die Arme zu nehmen und zu küssen. Die Wölfe, die mir hinterherjagten, ließen mich verzweifeln. Ich riss ihr Shorts und Höschen runter und schob dann hastig meine Jeans nach unten. Gleich darauf packte ich sie auch schon an der Taille, drückte sie an die Wand und drang stöhnend in sie ein.

Sie hielt sich an meinen Schultern fest und stieß meinen Namen aus. Was zu dem wilden, intensiven Hämmern in meinem Kopf noch beitrug. Mit einem leidenschaftlichen Kuss versiegelte ich ihre Lippen und fickte und liebte sie zugleich.

»Du gehörst mir!«, erklärte ich und biss ihr in den Hals. »Du kannst mich nicht verlassen!« Für sie mussten meine Worte verrückt klingen, aber sie entfuhren mir trotzdem.

»Okay.« Sie warf den Kopf zurück und bot mir ihren Hals dar, über den ich leckte, ehe ich ihr dort einen Knutschfleck verpasste.

»Ich werde das hier immer brauchen. Dich brauchen. Ich bin dir verfallen. Verfallen mit Haut und Haar.«

Sie stöhnte auf, und ich stieß fester zu. Wollte so tief in sie hinein, bis wir eins wurden. Niemand sonst würde mir je so viel bedeuten. Sie war alles, was ich brauchte. Wenn ich in ihr war, verschwanden die Dunkelheit und die Lügen. Nur sie zählte. Das hier. Wir beide.

»O Gott«, keuchte sie, biss mir in die Schulter und erzitterte in meinen Armen. »AH!« Sie kam, ihre Muskeln krampften sich eng um meinen Schaft zusammen, und ich hielt mich auch nicht länger zurück.

»Fuck! Genau so, Baby. Komm über meinen Schwanz!«

»Ahhh! Cruz! Ich kann nicht mehr!« Inzwischen klammerte sie sich an mir fest. Die Arme fest um mich geschlungen. Ihr Kopf in meiner Halsbeuge.

Ich explodierte in ihr, da ich mich ein wenig zu spät entfernt hatte.

»Shit«, stöhnte ich, während meine restliche Ladung die Innenseiten ihrer Schenkel benetzten.

Wir standen da in der Ecke, verschwitzt, eng umschlungen, keuchend. Meine Verrücktheit, wenn es um Lila Kate ging, hatte die Oberhand gewonnen, und ich hatte überhaupt nicht mehr daran gedacht, ein Kondom zu benutzen.

»Es ist okay«, flüsterte sie schließlich. »Denk dran, ich nehme die Pille.«

Ich nickte und hielt sie weiter fest in meinen Armen. Wünschte mir, ich würde mich noch immer in ihr befinden und mich in ihr ergießen, bis mein Samen frei aus ihr herauslief – und auf die Art machte, dass sie mir gehörte.

38. KAPITEL

Lila Kate

Eigentlich hatte ich an diesem Wochenende eine Menge erledigen wollen. Doch diesen Plan musste ich über den Haufen werfen. Nach dem wilden Sex, den Cruz und ich unten hingelegt hatten, war er mit mir unter die Dusche gegangen, wo er mich nun ausgiebig wusch. Er war relativ einsilbig dabei. Der Ausdruck in seinen Augen, als würde er vor etwas davonrennen und bei mir Schutz suchen, war schwer zu übersehen. Es war, als sei er in Sicherheit, solange wir uns berührten.

Cruz war wichtiger als das Studio. Das konnte alles warten. Für den Moment genoss ich ihn. Das Zusammensein mit ihm. Er brauchte Rückhalt. Das war neu. Ich brauchte den ja auch, aber nachdem Cruz nicht von meiner Seite wich, bekam ich genug.

Am Sonntag schliefen wir aus, aßen das gemeinsam zubereitete Frühstück und schauten uns den ganzen Tag Filme an.

Am Montagmorgen stand Ophelia auf der Matte. Ich war gerade aus der Dusche gestiegen und freute mich auf den Kaffee, dessen Duft aus der Küche wehte, als ich sie sagen hörte: »Heilige Scheiße, das bilde ich mir jetzt doch nur ein, oder?«

Ich schnappte mir ein Handtuch, schlang es um mich

und eilte aus dem Bad. Ophelia stand mit einem Koffer im Küchenbereich und sah mit heruntergeklappter Kinnlade Cruz an, der gerade mit nichts als seinen Boxershorts am Leib ein Blech mit Muffins aus dem Ofen holte.

»Moin, Ophelia. Kann nicht gerade behaupten, dass ich froh bin, dass du da bist«, sagte Cruz, drehte sich dann zu mir um und zwinkerte mir zu.

Ophelia sah zu mir. »O mein Gott!«, war alles, was sie herausbrachte. Ihre Augen weiteten sich, und sie ließ die Tasche an ihrer linken Schulter herunterrutschen und mit einem dumpfen Geräusch auf den Boden fallen. »Was ist passiert?«

»Es ist unhöflich, sich nach Einzelheiten zu erkundigen, O. Das sollte dir eigentlich klar sein«, neckte Cruz sie.

Sie funkelte ihn an. »Um Gottes willen, bloß keine Einzelheiten! Ich möchte nur wissen, ob es eine Erklärung gibt, die nicht einschließt«, sie deutete mit dem Finger auf mich, dann auf ihn, »dass ihr es miteinander tut.«

Cruz prustete los. »Hast du gerade ›es tut‹ gesagt?«, fragte er und lachte wieder los.

Sie gab es mit ihm auf und wandte sich zu mir. Ich stand noch immer sprachlos da. »Lila Kate?«, forderte sie mich auf.

»Ich, nun, äh.« Ich warf einen Blick zu Cruz, der grinsend einen Muffin mampfte und das Ganze eindeutig etwas zu sehr genoss. »Ja, wir haben es getan«, platzte es aus mir heraus.

Wieder lachte Cruz los.

»Hast du den Verstand verloren?«, fragte sie und deutete auf Cruz. »Cruz ist doch ein alter Hurenbock!«

»Hey, ich habe Gefühle, und du trampelst darauf herum!« Er klang überhaupt nicht so, als sei das der Fall.

Sie verdrehte die Augen und schüttelte den Kopf.

»Nein, ich bin, äh, wir sind, also verstehst du …«, stammelte ich.

»Wir sind exklusiv. Ich habe meine Hurenbockeigenschaften abgelegt, da Lila Kate mir eine Kostprobe gewährt hat und ich süchtig danach geworden bin. Hinzu kommt noch das kleine und äußerst wichtige Detail, dass ich schwer in sie verliebt bin.«

Seine Erklärung war nicht so romantisch wie seine letzte dieser Art, doch meine Brust schwoll dennoch an. Das war so süß, wie sich Cruz der Welt maximal zeigte. Er war offen gewesen und hatte sich durch sein Geständnis verletzlich gemacht.

»Verliebt?« Ophelia wiederholte es wie ein Fremdwort, das sie noch nie gehört hatte. Sie sah wieder zu mir.

»Ja, und ich bin in ihn verliebt.«

Fassungslos setzte sie sich auf ihren Koffer und schüttelte den Kopf. »Ich brauche einen Moment. Das ist … einfach wow!«

»Einen Muffin?«, fragte Cruz und hielt das Blech erst ihr und dann mir hin. »Die sind saulecker. Nehmt euch schnell welche, sonst sind sie weg!«

Ich ging an Ophelia vorbei, und sie beobachtete mich, als würden mir gleich Flügel wachsen, mit denen ich davonflöge. Ich nahm das Blech mit den Muffins, suchte mir einen aus und goss mir einen Kaffee ein.

»Hast du denn vor«, sie deutete an Cruz hinab, »öfter so leicht bekleidet hier rumzulaufen?«

Er grinste dreckig. »Nein, sorry, da muss ich dich enttäuschen. Mir war bloß nicht klar, dass du hier schon so früh erscheinen würdest.«

»Es ist zehn!«

»Genau, Morgengrauen sozusagen.«

»Lila Kate, das kann doch nicht dein Ernst sein. Es handelt sich … Na ja, es handelt sich um Cruz!«

Ich lächelte in meine Kaffeetasse. Das war unser erstes Zusammentreffen mit jemandem aus unserem Freundes- beziehungsweise Familienkreis. Die anderen würden ähnlich ablaufen.

»Was ist mit Eli? Ich dachte, du magst ihn!«

Cruz' Lächeln erlosch, und seine Miene verfinsterte sich. »Tut sie nicht«, erwiderte er. Von scherzendem Ton keine Spur mehr.

Ich stellte meine Tasse ab. »Eli ist ein toller Typ. Aber ich bin schon so lange in Cruz verliebt.«

»Warum nur?«

Cruz lachte auf. »Verdammt, Ophelia. Ich wusste gar nicht, dass du eine so hohe Meinung von mir hast.«

Sie legte den Kopf schief und sah ihn mit einem Jetzt-komm-mal-auf-den-Boden-Ausdruck an. »Du hast mit dem Großteil meiner Freundinnen geschlafen, und wenn ich ›Großteil‹ sage, dann schließt das alle mit ein, und nun schläfst du mit Lila Kate!«

Er zuckte zusammen. »Könnten wir meine Vergangenheit aus dem Spiel lassen? Die liegt hinter mir. Dort soll sie auch bleiben.«

Mit einem tiefen Seufzer erhob sich Ophelia. »Das wird böse enden, und dann bringt Grant Carter dich um. Denk an meine Worte!« Sie trug ihren Koffer und ihre Tasche in ihr neues Zimmer.

Ich schlang Cruz einen Arm um die Hüfte und schmiegte mich an ihn. »Bestimmt sieht sie das bald nicht mehr so eng.«

Er küsste mich aufs Haar. »Ich schätze, dass jeder aus unserem Umfeld ähnlich reagieren wird.«

Vermutlich schon. Ich hielt einfach den Mund und drückte ihn an mich. »Ich bin glücklich. Bin nie glücklicher gewesen«, versicherte ich ihm.

»Mir geht's genauso und ganz ehrlich: Das macht mir eine Höllenangst!«

»Warum?« Ich legte den Kopf zurück, damit ich zu ihm aufsehen konnte.

»Weil ich jetzt weiß, wie sich das anfühlt, und ohne es beziehungsweise dich nicht mehr leben kann.«

»Das musst du auch nicht, insofern: kein Problem. Ich verschwinde schließlich nicht.«

Wieder verschattete dieser verzweifelte, verfolgte Ausdruck seine Augen. Ich wünschte mir, ich könnte ihm seine Befürchtungen nehmen. Ich sollte es sein, die sich sorgte. Nicht er.

»Sagt mal, könntet ihr euch zumindest was überziehen, während ich die Umzugskartons aus meinem Wagen hole?«, erinnerte uns Ophelia an ihre Gegenwart.

Cruz riss mir das Handtuch vom Leib, und ich versuchte, es ihm wieder zu entreißen. »Du bist so eine Spaßbremse«, meckerte er Ophelia an. »Ich mag sie im Handtuch. Da ist es leichter, sie nackig zu machen.«

»Gott! Du bist so ein Saukerl!« Sie eilte nach draußen.

Ich gab ihm einen Klaps auf die Brust und schnappte mir das Handtuch. »Lass das!«

Er zog mich an sich. »Meinst du, es würde Ophelia etwas ausmachen, wenn wir in dein Zimmer hochgingen und noch eine Runde einlegen würden?«

Ein verführerischer Gedanke, aber das wollte ich Ophelia dann doch nicht antun. »Zieh dir was an, Cruz«, erklärte ich ihm grinsend und ging die Treppe zu meinem Zimmer hoch, ohne das Handtuch wieder um mich herumzuschlingen.

»Verdammt, du verlangst ja förmlich danach«, drohte er.

Ich sah zu ihm zurück und zwinkerte ihm zu. »Spar es dir für später auf.«

»Ich nehm's zurück«, sagte er und sah zu mir hoch.

»Was denn?«

»Du bist keine Porzellanpuppe, und nichts an dir ist kalt.«

Ich lächelte und biss mir auf die Unterlippe, damit ich nicht zu breit grinste.

»Du bist unglaublich tough, und dein Körper ist so verdammt heiß, dass ich nie genug davon kriegen werde.«

Nicht unbedingt Worte, die man je in einem Sonett zu hören bekommen würde, doch aus Cruz Kerringtons Mund war es die reinste Poesie.

39. KAPITEL

Cruz Kerrington

Dass Ophelia bei Lila Kate einzog, fand ich nicht so ideal, doch im Lauf der nächsten Wochen spielte sich alles allmählich ein. Sogar mit meinem Dad kam ich besser zurecht, was in erster Linie daran lag, dass ich rechtzeitig in der Arbeit aufkreuzte, an allen gewünschten Meetings teilnahm und anderen Käse machte, der mich davor nicht gejuckt hatte.

Mir machte der Gedanke zu schaffen, dass ich im August aufs College zurückkehren müsste. Lila Kate hatte ihre Ausbildung schon beendet. Sie würde hierbleiben, und ich wäre weg. Nicht schön. Die Sorge darüber stresste mich zusätzlich. Dabei musste ich ja schon schauen, wie ich Kelsey bei der Arbeit aus dem Weg gehen konnte. Meinem Vater hatte sie noch nichts verklickert, denn das hätte ich mitbekommen. Ich hoffte, sie hatte einfach geblufft, um mir Angst zu machen.

So oder so, das Kind war nicht von mir. Ich war jederzeit zu einem Vaterschaftstest bereit, um das zu beweisen. Vorausgesetzt, es gab überhaupt ein Baby. Auch das bezweifelte ich. Als ich sechzehn war, hatte ich in ihr die erotische, aufregende ältere Frau gesehen. Im vergangenen Jahr hatte ich dann allerdings bemerkt, dass unter der Oberfläche der Wahnsinn lauerte.

Die Sommergäste waren schon munter unterwegs, als ich um acht Uhr morgens Lila Kates Studio verließ. Ich wollte zu dem Coffeeshop auf der anderen Seite des Parkplatzes gehen und für Lila einen dieser hippen Tees und ein Muffin besorgen. Ich war definitiv nicht darauf gefasst, dass dort Grant Carter an seinem Wagen lehnte, die Arme vor der Brust verschränkt, und mich wütend anblitzte, als wolle er mich mit bloßen Händen abmurksen.

Schöne Scheiße!

»Grant!« Ich bemühte mich, keine schuldbewusste Miene zu machen, weil ich die Nacht bei seiner Tochter verbracht hatte.

»Ich bin nicht hier, um mit dir über irgendeinen Bullshit zu plaudern, Jungchen.«

Davon war ich auch nicht ausgegangen. »Nein, Sir. Das dachte ich mir schon.«

Er ließ die Hände fallen und sah zu den Fenstern von Lila Kates Loft hinauf. »Das Mädel da drin ist die andere Hälfte meiner Welt. Zusammen mit ihrer Mama ist sie seit dem Augenblick, da ich sie zum ersten Mal in den Armen hielt, mein absolutes Ein und Alles.«

»Das verstehe ich«, begann ich, und er machte einen Schritt auf mich zu. Sein Blick verfinsterte sich. »Nein, tust du nicht. Verdammt, du verstehst rein gar nichts, Junge. Du bist noch nie mit einer Frau zusammen gewesen, die du mehr als das Leben liebst, noch hast du je ein kostbares kleines Mädchen in den Armen gehalten, das einem Wunder gleichkommt, und gewusst, dass dein Leben fortan darin bestehen wird, es zu beschützen. Davon hast du keinen blassen Schimmer!«

Da hatte er recht. Aus Angst, dass er mir ein paar Gesichtsknochen brechen würde, wenn ich etwas sagte, bevor er fertig war, nickte ich nur. Mein Gesicht gefiel mir so, wie es war.

»Sie ist genau wie ihre Mutter. Freundlich, lieb, smart, und wenn sie liebt, dann liebt sie mit jeder Faser ihres Herzens. Da kommt auf einen Mann viel zu. Das muss man gebührend wertschätzen. Bei ihrer Mom habe ich das nicht gleich begriffen und beinahe das Einzige verloren, wofür es zu leben wert war. Ihr Dad hätte mich am liebsten tot gesehen, und das kann ich ihm nicht verübeln.«

Ich nickte, schwieg jedoch noch immer.

Grant sah mich durchdringend an, seine Schultern breiter und seine Arme dicker als meine. »Wenn du mit dem Herzen meiner Kleinen spielst, dann scheiß ich drauf, wer deine Eltern sind. Bisher hab ich nichts anderes mitbekommen, als dass du wild in der Gegend rumvögelst. Spielchen treibst. Frauen genießt. Aber dieses Mädchen da oben«, sagte er, »das ist nicht von der Sorte, mit der man so was macht. Denn eines sage ich dir«, er zeigte auf mein Gesicht, »sie muss dich lieben, denn sonst wärst du nicht hier. Sie wäre nie auf dein Motorrad gestiegen und mit dir weggefahren. Das ist überhaupt nicht Lila Kates Art. Dazu haben ihre Gefühle für dich sie verleitet. Also erwiderst du ihre Gefühle entweder, oder du machst einen sauberen Schnitt und schaust, dass du aus der Stadt kommst, bevor ich dich erwische. Habe ich mich klar ausgedrückt?«

Jetzt war ich dran. »Ja, Sir. Das ist mir alles klar. Deshalb habe ich ja auch so lange Abstand gehalten. Doch als sie Rosemary Beach verlassen hat, wusste ich, ich würde sie verlieren und damit auch jede Chance mit ihr. Ich musste eine Entscheidung treffen und bin ihr hinterhergefahren.

Ich habe mir eingeredet, ich würde sie beschützen wollen, doch tief in mir wusste ich, was ich tat. Ich liebe Lila Kate. Ich brauche niemanden sonst.«

Grants Gesicht hellte sich ein wenig auf, doch überzeugt wirkte er noch nicht. »Ich mag dich, Cruz. Mag deine Familie. Aber meine Kleine gebe ich nicht so leicht her. Keine Ahnung, ob ich das je kann. Ich werde dich immer im Auge behalten. Lasse nicht locker. Sobald du ihr Kummer bereitest, hefte ich mich an deine Fersen, verlass dich drauf.«

Herrje! Es war ein Wunder, dass Lila in der Highschool je ein Date gehabt hatte. Jeden Augenblick rechnete ich damit, dass er eine Knarre aus seinem Pick-up angelte und damit herumfuchtelte. »Ich werde ihr niemals wehtun.«

Sah nicht aus, als würde er mir das glauben. »Dein Lebenswandel gefällt mir gar nicht, Jungchen. Kann gut sein, dass dich deine Vergangenheit einholt und dir Probleme macht. Wenn's nach mir ginge, würde Lila Kate die Finger von dir lassen. Würde einen Kerl finden, der es sich nicht zum Ziel gemacht hat, die gesamte weibliche Bevölkerung dieser Stadt flachzulegen. Aber ich hab da nichts zu melden. Sie ist erwachsen. Die Entscheidung liegt bei ihr. Doch ich bin ihr Daddy, und wenn du das verkackst, wirst du nirgends mehr sicher sein. Ich finde dich!«

»Daddy!«, hörte ich Lila Kate rufen, und ich warf einen Blick über meine Schulter und sah sie in ihrem pinken, flauschigen Morgenrock mit Herzchen drauf in ihrer Eingangstür stehen. Zum Glück richtete sie ihren kummervollen Blick auf ihren Vater und nicht auf mich.

»Hey, Baby!«, erwiderte er.

Sie kam mit großen Schritten auf uns zu. »Das hier ist besser nicht das, wofür ich es halte!«

Grant zuckte arglos die Achseln. »Ich bin dein Vater. Ich wollte gerade zu Besuch kommen und habe gesehen, wie Cruz deine Wohnung verlässt. Na, und da habe ich mir gedacht, ich klär ihn mal über ein paar Dinge auf!«

Wie etwa darüber, dass er mich umbrächte, wenn ich seiner Tochter Kummer bereiten würde. Das ließ er allerdings unter den Tisch fallen.

»Es ist nicht nötig, dass du den Männern in meinem Leben drohst!«

»Männern?«, fragten Grant und ich im Chor. Es gab keine anderen Männer!

Sie verdrehte die Augen. »Meine Güte! Dann eben dem *Mann* in meinem Leben. Ich bin erwachsen und kann bei mir übernachten lassen, wen ich will. Kann daten, wen immer ich will, und ich kann lieben, wen immer ich will. Ich hab das im Griff. Bitte vertrau mir doch!«

»Das tue ich ja.« Er schenkte ihr ein so charmantes Lächeln, wie er es für mich mal sicher nicht übriggehabt hatte. »Hab mich nur vergewissert, dass Cruz und du auf einer Wellenlänge seid. Das ist alles.«

Lila Kate stemmte die Hände in die Hüften. »Und das heißt im Klartext?«

»Na, dass er es so ernst meint wie du.«

»Und meine Meinung dazu ist, dass dich das nichts angeht!«

»Du bist und bleibst meine Tochter, und daher sehe ich es als meine Aufgabe an, ein Auge auf dich zu haben, solange ich lebe.«

Lila Kate seufzte und warf mir einen entschuldigenden Blick zu. »Na, überlegst du es dir jetzt anders?«

Ich schmunzelte. Als ob Grant Carter mich aufhalten könnte, sie zu begehren. »Nein. Überhaupt nicht.«

Ihr Blick wurde weich, und einen Augenblick lang vergaß ich, dass ihr Vater bei uns stand und einen wunderschönen Morgen ruinierte. Unser gemütliches Frühstück lief anders als geplant.

»Ach Gott«, murmelte Grant. Dann ging er zu Lila Kate und umarmte sie. »Ich kann nicht anders, weißt du«, flüsterte er.

»Ich liebe ihn«, erwiderte sie, und ihr Blick wanderte zu mir.

»Und das macht ihn zum größten Glückspilz, den ich kenne, wenn man mal von mir selbst absieht.«

Lila Kate grinste ihren Vater an.

Früher oder später hatte ich mit so einer Konfrontation schon gerechnet. Gott sei Dank hatte ich sie nun hinter mir. Nun musste ich nur noch zusehen, dass ich die Sache mit Kelsey in Ordnung brachte. Wenn ich Lila Kate ihretwegen verlieren würde, konnte Grant mich meinetwegen gern von meinen Qualen erlösen.

40. KAPITEL

Lila Kate

Mom hatte angerufen und einen gemeinsamen Lunch im Club vorgeschlagen. Da ich in den letzten Tagen das Studio fertig bekommen musste und außerdem viel Zeit mit Cruz verbracht hatte, hatten wir uns kaum gesehen. Nun wollte ich gerade das Hauptgebäude betreten, als mein Handy vibrierte. Ich checkte es und entdeckte eine Nachricht von Eli.

Einmal in der Woche, wenn nicht mehr, meldete er sich bei mir. Cruz war nicht gerade happy über unsere Freundschaft, duldete sie aber. Wenn er gewusst hätte, dass ich in betrunkenem Zustand Sex mit Eli gehabt hatte, hätte das wohl anders ausgesehen. Aber das lag vor unserer Zeit, weshalb ich es auch nie erwähnt hatte.

Ich fragte ihn ja auch nicht nach seinen ganzen Verflossenen.

Studio fast fertig?, erkundigte sich Eli in seiner Nachricht.

Ich blieb stehen und antwortete ihm. Noch zwei Wochen bis zur Eröffnung. Bin gleich zum Lunch mit meiner Mom verabredet. Schreib dir später noch mal. Ich ließ mein Handy wieder in meine Tasche fallen und sah ein paar Schritte von mir entfernt Kelsey stehen, die Augen vom Weinen rot und verquollen. Komisch, normalerweise gab sie immer ganz die coole Businessfrau! Ihr Blick war auf mich gerichtet. Fast so, als wäre ich für ihren Kummer verantwortlich. Ich sah mich nach weiteren Personen in der Nähe um, doch außer mir war da niemand.

»Ich muss mit dir reden.«

Sie klang so aufgelöst, dass ich schlecht »Nein danke. Ich habe ein Lunchdate mit meiner Mom« sagen konnte.

Und so nickte ich einfach.

»Kannst du mit in mein Büro kommen?«

Wieder nickte ich, und sie machte kehrt und marschierte los. Ich sah mich noch einmal um. Ich wollte mit dieser Frau nicht in ihr Büro gehen, doch wie hätte ich höflich ablehnen können?

Die Tür stand offen, sie ging hinein, und ich folgte ihr widerstrebend.

Kaum waren wir drin, schloss sie die Tür hinter uns. Etwas an ihr machte mich nervös, und ich wünschte, sie hätte sie offen gelassen.

»Ich fasse mich kurz. Es gibt da nur etwas, das du wissen solltest. Ich habe versucht, es mit Cruz zu klären, aber der stellt sich quer. Er ist …«, sie hielt inne und war den Tränen wieder nahe. »Na, ich bin mir sicher, du weißt, wie grausam und egoistisch er sein kann.«

Das ließ mich aufhorchen. »Cruz ist weder das eine noch das andere«, verteidigte ich ihn. Diese Frau hatte eindeutig Probleme mit Cruz' Stellung im Club. Damit musste sich Woods dringend befassen.

Ihr verweintes Gesicht wirkte nicht mehr gar so kummervoll und wieder mehr wie das der blasierten Frau, die ich erlebt hatte, als sie vergangene Woche hier im Club mit Cruz sprach.

»Du bist so jung und naiv«, sagte sie mit angewidertem Blick. »Glaub's oder nicht, aber Cruz ist nicht dein Märchenprinz und auch nicht von der Sorte Mann, die sich häuslich niederlässt und heiratet. Er braucht Sex mit verschiedenen Frauen. Einer Auswahl.« Sie grinste, als würde sie sich über mich amüsieren.

»Als er sechzehn war, habe ich ihm alles über Sex beigebracht. Habe seine Sucht in Gang gesetzt. Auf ebendiesem Tisch haben wir es unzählige Male getrieben. Ich stand genau hier, die Beine gespreizt, während er mich leckte, bis ich mich nicht mehr aufrecht halten konnte. Damit er Erfahrungen sammeln konnte, ließ ich ihn mit anderen Mädchen zusammen sein. Aber ich wusste, er würde immer zu mir zurückkommen. Er wollte mich. Brauchte, was ich ihm geben konnte. Er ist deshalb so gut im Bett, weil ich ihm gezeigt habe, was sich eine Frau wünscht. Wonach sie lechzt. Der Mund, den du geküsst hast, war schon überall auf diesem Körper.« Bei diesen Worten umfasste sie ihre Brüste.

Mir hatte es die Sprache verschlagen. Was sie da von sich gab, klang wie das Geschwafel einer Verrückten. Wollte sie mir echt weismachen, Cruz hätte mit sechzehn Sex mit einer verheirateten Vierzigjährigen gehabt?

»Du vergreifst dich da an etwas, das mir gehört.«

»Sie sind verheiratet«, versetzte ich, noch immer geschockt, dass sie auch nur dachte, ich könnte ihr diesen Schwachsinn abnehmen.

Sie lachte. »Das spielt keine Rolle. Nicht bei uns. Cruz und ich sind verrückt nacheinander. Bis du daherkamst, hat er mir gehört. Nun bin ich schwanger von ihm, und er will mit mir und dem Baby nichts zu tun haben. Du nimmst unserem Kind den Vater weg!« Sie berührte behutsam ihren Bauch.

»Sie lügen!« Kopfschüttelnd wich ich zur Tür zurück. Dass Cruz bislang kein Kind von Traurigkeit gewesen war, wusste ich. War ja auch kein Geheimnis. Aber zu so etwas hatte er sich nicht hinreißen lassen. Bestimmt nicht.

»Ich wusste, dass du mir nicht glauben würdest«, sagte sie und griff nach einer Fernbedienung auf dem Schreibtisch. Typische Sexgeräusche erfüllten den Raum, und ich drehte mich zu dem Flachbildschirm hinter mir um.

Das, was ich sah, ließ sich nicht leugnen. Kelsey war nackt, die Beine weit gespreizt und den Kopf zurückgeworfen, während Cruz sie auf ihrem Schreibtisch nahm. Genau wie sie gesagt hatte.

»Wir haben uns beim Sex gern aufgenommen und es später angeschaut. Das hat uns heiß und scharf gemacht. Wir haben oft gefickt, während wir uns auf dem Bildschirm dabei zugesehen haben. So was braucht Cruz, um wirklich glücklich zu sein. Ich habe ihm auch zugeschaut. Er hat irgendein Mädchen vernascht, während ich ihnen von einem Versteck aus dabei zugesehen habe. Es gefiel ihm zu wissen, dass ich da war, während er es tat. Sie gesehen habe. Das hat ihn jedes Mal so angetörnt, dass wir beide verrückt danach waren. Davon habe ich auch Videos, wenn du sie sehen möchtest.«

»Fuck, ja, Kelsey. Mach die Beine breit, du dreckige Nutte! Gib mir, was ich will«, ertönten Cruz' Worte von dem Bildschirm, und ich zuckte zusammen. »Was bist du nur für eine verdorbene Bitch. Komm, meine verdorbene Bitch, gib mir diesen Arsch.« Damit drehte Cruz sie um. Zog ihre Hüften hoch, sodass ihr Hintern in die Höhe ragte. Dann spuckte er darauf und steckte ihr seine Finger hinein. »Enges Arschloch. Du willst meinen Schwanz darin spüren, oder?«

»Ja! Fick meinen Arsch!«, keuchte sie. »Fick ihn hart!« Dann drehte sie den Kopf zu ihm um, und er drückte seinen Mund auf ihren – mehr ertrug ich nicht.

Ich rannte.

Rannte zur Tür hinaus. Rannte zu meinem Auto. Rannte vor allem weg. Ich fuhr. Hielt nicht an. Ich wusste nicht, wo ich hinfuhr, doch meine Seele war zerstört worden.

Mein Handy klingelte immerzu, aber ich konnte unmöglich drangehen. Also schaltete ich es aus. Falls es meine Mutter war, würde ich nicht sprechen können. Sie würde sich Sorgen machen. Das Einzige, was ich konnte, war fahren. Vor allem abhauen. Bis sich mein Brustkorb nicht mehr anfühlte, als hätte man ihn zertrümmert.

Die Worte, die er Kelsey gesagt hatte, und das Bild der beiden zusammen ging mir nicht aus dem Kopf. Übelkeit stieg in mir auf. Ungläubigkeit, dass ich ihm tatsächlich vertraut hatte. Gedacht hatte, was wir hatten, wäre echt. Aber er … Er hatte dunklere Seiten als gedacht. Als die Tränen schließlich kamen, nahm ich eine Ausfahrt und parkte auf einem Hotelparkplatz. Ich weinte um alles, wovon ich geträumt hatte. Um all das Glück, das ich gefunden zu haben geglaubt hatte. Das Ganze hatte mir für immer einen Stempel aufgedrückt. Ich würde nie mehr dieselbe ein. Meine Fantasie war genau das gewesen, eine Fantasie. Nichts davon war echt. Zärtliche Erinnerungen würde es keine geben. Nur die an einen Albtraum.

Es tut mir leid. Aber mit mir ist alles okay. Ich brauche bloß

Abstand. Diese Nachricht schickte ich meiner Mutter, damit sie sich keine Sorgen machte. Als ich mein Handy wieder angestellt hatte, hatten sich achtundzwanzig verpasste Nachrichten und fünfzig verpasste Anrufe darauf befunden. Ich ignorierte sie alle, schaltete das Handy wieder aus und ging, um mir für die Nacht ein Hotelzimmer zu besorgen.

41. KAPITEL

Cruz Kerrington

Es war nur Sex gewesen. Nichts sonst. Wie hätte ich wissen sollen, dass meine Affäre mit Kelsey solche Folgen hätte? Ich vergrub mein Gesicht in den Händen, während mein Vater vor mir auf und ab schritt. Jetzt herrschte Stille im Raum. Seine Tiraden und sein Gebrüll hatten geendet.

»Alles so weit okay mit ihr. Das am Telefon war gerade Harlow. Lila Kate hat ihr eine schlichte Nachricht geschickt, dass alles in Ordnung sei, sie aber Abstand brauche«, verkündete meine Mutter, die ins Wohnzimmer gekommen war.

Nach langer Zeit sah ich zum ersten Mal wieder auf. Dass mit Lila Kate alles gut war, erleichterte mich schon mal, und meine Ängste ließen ein wenig nach, auch wenn ich noch immer am Boden zerstört war. Ich hatte sie angerufen und ihr Unmengen von Nachrichten geschickt, in denen ich sie angefleht hatte, mich anzuhören. Auf keine hatte sie reagiert.

»Hat sie gesagt, wo sie steckt?«, fragte ich, auch wenn ich wusste, dass die Chance, dass mir die Carters das verraten würden, gegen null ging.

Mom schüttelte den Kopf. »Nein. Ich glaube allerdings, dass Grant versucht, ihr Handy zu tracken.«

Der ging gerade ganz darin auf, sich um Lila Kates Sicherheit zu sorgen. Sobald sie wohlbehalten zurück war, würde er sich mich vorknöpfen. Augenblicklich wäre mir das gar nicht unlieb gewesen. Ich hätte mich viel eher mit Kelsey befassen sollen. Wie dämlich von mir zu meinen, das Problem würde sich in Luft auflösen.

»Kelsey droht mit einem Prozess«, sagte Dad. »Ich habe alle Gegenstände in ihrem Büro konfisziert. Man hat die Videos gefunden. Auf manchen bist du noch minderjährig. Damit hat der Club was gegen sie in der Hand. Wenn sie keine Ruhe gibt, wird sie es sein, die eine Klage an den Hals bekommt.«

Mom sank auf die Kante eines Stuhls vor mir. »Du warst noch ein Baby, und sie ist in meinem Alter. Ich kapiere einfach nicht, wie sie so etwas tun konnte.«

»Er hat nur zu gern mitgemacht, Della«, erinnerte Dad sie. »Und wenn sie schwanger ist, dann müssen wir uns damit auseinandersetzen.«

Ich schüttelte den Kopf. »Das Kind wird schon nicht meins sein – wenn es denn überhaupt eines gibt.«

»Aber wenn doch, dann bist du kein Minderjähriger mehr, den man ausgenutzt hat. Verdammt, du bist ein erwachsener Mann, der es besser wissen müsste, als mit einer verheirateten Frau herumzumachen!«

Bei diesen Worten wurde Mom kreidebleich. Ich hatte so viele Menschen verletzt. Wie hatte ich mir einbilden können, jemanden wie Lila Kate zu verdienen? Nach all dem Scheiß, den ich angestellt hatte?

»Das weiß ich.« Ich sah zu ihm auf. »Ich hätte damit aufhören müssen. Verdammt noch mal, ich hätte gar nicht erst damit anfangen dürfen! Aber ich büße dafür. Ich liebe Lila, und nun habe ich sie verloren. Sie leidet, und es ist alles meine Schuld. Das bringt mich um.«

Dads Gesicht verfinsterte sich. »Richtig. Man macht Fehler im Leben, aber dieser ist nicht zu überbieten. Er ist egoistisch, unverantwortlich und ja, so etwas gehört sich einfach nicht. Schon klar, du warst ein Teenager, und deine Hormone haben verrücktgespielt, aber Kelsey ist verheiratet! Das«, sagte er und deutete auf mich, »genau das ist der Punkt, wo du es versiebt hast. Nein, Lila Kate wird dir nicht verzeihen. Warum sollte sie?«

Nicht imstande, mir meine Fehler noch länger anzuhören, stand ich auf. Ich wusste, dass ich Mist gebaut hatte. Das brauchte mir mein Dad also nicht immer und immer wieder unter die Nase zu reiben. Die Frage war doch viel eher, wie ich das Ganze wieder in Ordnung bringen konnte. Ich sah keine Möglichkeit.

»Wohin willst du?« Auch nachdem mein Dad mich eine Stunde lang angebrüllt hatte, war seine Wut noch nicht verraucht.

»Sind wir denn nicht fertig?«, blaffte ich zurück.

Er trat ganz dicht an mich heran und funkelte mich an. »Du hast mit einer verheirateten Angestellten eines Unternehmens geschlafen, das eines Tages dir gehören wird. Du hast Sexvideos mit ihr gedreht. Sie behauptet, von dir schwanger zu sein. Nein, verdammt, wir sind noch nicht fertig! Ich habe mit den Anwälten gesprochen. Mit Kelseys Ehemann. In einer Stunde treffen wir uns im Sitzungszimmer des Clubs. Du gehst nirgends hin!«

Lila war irgendwo da draußen, und ich hatte keine Ahnung, wo oder wie ich sie finden sollte beziehungsweise wo ich auch nur nach ihr suchen sollte. Ich hatte Nate angerufen, doch der hatte geschworen, nach Sea Breeze sei sie nicht gekommen. Dabei musste sie sich doch auch meine Seite dieser Geschichte anhören! Ich musste es ihr erklären dürfen. Wie alles angefangen hatte und dass ich kein Problem darin sah, bis Lila Kate die Stadt verlassen hatte und ich ihr hinterhergefahren war. Vielleicht hätte sie dann ja Verständnis. Jetzt jedenfalls hatte ich ein Problem. Wenn ich doch nur der Mann ihrer Träume sein und all den vergangenen Mist aus meinem Leben streichen könnte! Ich war ein Vollpfosten. Nun würde ich dafür büßen.

»Sie braucht Abstand. Außerdem kannst du sie nicht finden, weil du nicht weißt, wohin sie gefahren ist.« Die Stimme meiner Mutter war warm und verständnisvoll.

»Ich bin dafür verantwortlich. Ich habe ihr wehgetan!« Mir brach die Stimme.

Meine Mom nickte. »Ja, und du bist der Einzige, der das wieder in Ordnung bringen kann. Aber zunächst musst du erst mal etwas anderes in Ordnung bringen.«

»Das kann man wohl sagen!« Dad klang wütend und gereizt.

»Woods, beruhige dich. Ich weiß, dass du wütend bist. Doch als die ganze Geschichte angefangen hat, war er noch ein Kind. Sie hat ihn ausgenützt. Denk daran.«

Dad warf frustriert die Hände in die Höhe. »Sie ist verheiratet, Della. Verheiratet! Ich würde gern denken, dass mein Sohn genügend Moralgefühl besitzt, um das zu respektieren!«

Mom nickte. »Ich auch. Aber geschehen ist geschehen. Wir dachten, er würde lediglich eine wilde Phase durchmachen und ihr über kurz oder lang entwachsen. Wir hätten besser aufpassen müssen.«

Dad deutete auf mich. »Er hätte auch mal sein verdammtes Hirn benützen müssen und nicht nur seinen Schwanz!«

Mom zuckte zusammen. »Mal im Ernst, Schatz. Sind solche Ausdrücke nötig?«

Er schüttelte den Kopf. »Na, das ist doch einfach scheiße! Ich war in seinem Alter auch nicht vollkommen, aber so was hab ich mir nicht geleistet. Rechtliche Schritte einleiten musste der Club meinetwegen nie, und ich hab's auch nicht mit verheirateten Angestellten getrieben!«

Ich schon.

»Wann fahren wir zum Club?«, erkundigte ich mich.

»Am besten gleich. Ich muss dafür sorgen, dass der Raum bereit ist, und unsere Anwälte müssen noch ein paar Dinge mit dir durchgehen. Was du sagen darfst und was nicht.«

Mom stand auf. »Ich komm mit.«

»Nein!«, riefen Dad und ich zur selben Zeit.

Mom runzelte die Stirn. »Warum denn nicht?«

Ich sah zu Dad, und er seufzte. »Weil ich fürchte, Della, dass wir uns mit weiteren rechtlichen Problemen befassen müssten, wenn du auf Kelsey triffst. Man wird über die Videos diskutieren, und ich kann nicht garantieren, dass du nicht über diese Frau herfällst.«

Gutes Argument. Ich hatte nur Angst gehabt, es könnte sie mitnehmen.

»Sie ist schwanger. Vielleicht ist es nicht Cruz' Kind, aber einer schwangeren Frau würde ich nie etwas zuleide tun«, versetzte Mom.

Dad hob eine Augenbraue. »Du hast die Videos noch nicht gesehen.«

Mom stieß einen tiefen Seufzer aus und nickte dann. »Vielleicht hast du recht.«

Dad ging zu Mom hinüber, zog sie in die Arme und küsste sie aufs Haar. »Ich halte dich auf dem Laufenden.«

Sie nickte an seiner Brust. So waren sie immer gewesen. Sich nah. Eine Einheit. Dad betete sie an, und sie liebte ihn abgöttisch. So etwas hatte ich nicht gewollt. Hatte immer gedacht, das würde einen verletzlich machen. Es war mir nicht geheuer. Man ging ein Risiko ein, wenn man so liebte. Von Kelsey hatte ich schon vor Jahren gehört, wie schrecklich die meisten Ehen seien. Ich hatte ihr geglaubt.

Aber als ich die beiden nun beobachtete, begriff ich, dass ich so etwas auch wollte. Mit Lila Kate hatte ich einen Vorgeschmack bekommen. Eine kurze Zeit, in der ich wusste, mehr als sie würde ich nie wollen. Nun hatte das viel zu schnell geendet. Meine Eltern fanden ihre Beziehung nicht einzigartig. Sie liebten sich einfach nur.

Kelsey liebte nicht. Das machte den Unterschied aus.

Meine Eltern machte die Liebe nicht verletzlich. Sondern stärker. Meine Lügen und Geheimnisse hatten ans Tageslicht kommen müssen, damit ich mir über diese Art der Liebe klar wurde. Warum hatte das sein müssen? Warum hatte ich das nicht schon vor Jahren begreifen und auf die Art so vielen Menschen Kummer ersparen können?

Doch kampflos würde ich Lila Kate nicht aufgeben. Ich würde alles, was ich zerstört hatte, bestmöglich wieder in Ordnung bringen. Ich würde lernen und nach vorn sehen und eine Möglichkeit entdecken, dass sie mir vergab. Selbst wenn ich dafür den Rest unseres Lebens brauchte. Ich würde auf sie warten. Unseretwegen.

42. KAPITEL

Eli Hardy

Während ich beobachtete, wie Lila auf mich zukam, mit von der Sonne aufgehellten Strähnen im Haar und von Kummer geprägten, perfekten Gesichtszügen, begriff ich etwas: Sie hatte »mehr« empfunden. Sie hatte dieses »Mehr« erlebt, das wir uns alle erhoffen. Eine Leidenschaft, die dich packt und so in ihren Bann zieht, dass dir nichts anderes übrig bleibt, als dich darauf einzulassen und das Beste zu hoffen.

Ich hatte diese Leidenschaft nicht ausgelöst. An dem Abend, als wir uns kennenlernten, hielt sie Lila schon fest im Griff, auch wenn sie es gar nicht wollte. Doch Cruz hatte Lila schon vor langer Zeit das Herz gestohlen. Dennoch war ich dankbar, dass ihre Reise sie zu mir geführt hatte. Ohne sie, ohne die Gefühle, die ich für sie entwickelt hatte, wäre ich nie zu der Erkenntnis gelangt, dass ich eine andere so lieben könnte, wie ich Bliss geliebt hatte. Bliss war meine beste Freundin, meine Kindheit. Doch nun waren wir erwachsen, und ich war über sie hinweg.

Lila blieb bei dem Tisch stehen, den ich vor der Bäckerei in Sea Breeze, die ich gern besuchte, für uns ausgesucht hatte. Nate hatte letztens bei mir vorbeigeschaut und gefragt, ob ich etwas von Lila Kate gehört hätte, was ich verneinte. Bei der Gelegenheit erzählte er mir, Cruz stecke bis zum Hals in der Scheiße und Lila sei davor geflüchtet.

Zwei Tage später meldete sie sich dann aus Nashville bei mir. Ich hatte überlegt, dorthin zu fahren, ließ es aber bleiben. Wir waren kein Paar. Würden es nie sein. Heute Morgen nun hatte sie mir gesimst, sie sei in Sea Breeze und wolle mich sehen.

Die dunklen Ringe unter ihren wunderhübschen Augen und ihre Traurigkeit bekümmerten mich. Es ging mir nahe, sie so zu sehen. Ich wusste, wie es sich anfühlte, wenn einem das Herz brach. Schrecklich war das. Es zerstörte dich. Man brauchte Kraft, um sich davon wieder zu erholen. Doch ich wusste, Lila hatte diese Kraft.

»Ich habe den Kaffee so bestellt, wie du ihn magst«, erklärte ich ihr, als sie mir gegenüber Platz nahm.

Sie rang sich ein Lächeln ab, das ihre Augen jedoch nicht erreichte.

Ich beobachtete, wie sie einen kleinen Schluck trank, dann den Blick hob und mich anschaute. »Danke, dass du dich hier mit mir triffst.«

Ich zuckte die Achseln. »Hatte nichts Besseres zu tun. Sea Breeze ist langweilig geworden.«

Es klappte nicht, sie mit der Bemerkung zum Lachen zu bringen. Ihr Blick schweifte anderswohin. Ihre Gedanken waren in einem anderen Augenblick verloren. Ich ließ sie in Ruhe und trank von meinem Tee. O Mann, war sie fertig! So hatte ich es noch bei keiner Frau erlebt. Nate hatte mir die Geschichte erzählt. Hatte erzählt, was Cruz getan hatte. Warum Lila abgehauen war und wie sie es herausgefunden hatte. Was für ein Bullshit! Aber nachdem ich Cruz kennengelernt hatte, wunderte mich das überhaupt nicht.

Nate sagte, dass Cruz mit dieser verheirateten Frau schon als Teenager rumgemacht hatte und sich mit der Zeit auch weiter gar nichts mehr dabei gedacht hätte.

»Hast du überhaupt ein Auge zugemacht?« Mit meiner Frage holte ich Kate ins Hier und Jetzt zurück. Fort von den Dämonen in ihrem Kopf, die sie verhöhnten.

Sie fokussierte sich wieder auf mich, wollte nicken, ließ es aber. »Nein, nicht wirklich. Wenn ich die Augen schließe, dann bin ich da in diesem Raum. Sie zeigt mir das Video. Ich höre die beiden.« Sie verstummte und schüttelte den Kopf. »Dabei weiß ich ja, dass es vor mir stattfand. Ich weiß, dass er mit vielen, vielen Frauen zusammen war.« Sie schloss die Augen, als hätte sie etwas gesagt, das sie nicht sagen wollte. Als könnte sie es nicht ertragen, mich dabei anzusehen. »Diese Frau hat ihn ausgenutzt. Ich gebe ihm nicht mal die ganze Schuld an dieser Affäre. Den Großteil ihrer … Beziehung war ja sie die Erwachsene.« Langsam öffnete sie die Augen und begegnete meinem Blick. »Es ist das Video. Die Dinge, die er ihr gesagt hat.« Ihre Stimme war ein Flüstern. »Wenn es das ist, was er will. Solche Sachen hat er mir nie gesagt. Unser Sex … muss ihn gelangweilt haben.«

So wild ich jetzt auch darauf war zu erfahren, was genau er denn gesagt hatte, fragte ich stattdessen doch das Offensichtliche: »Dass sie echt schwanger sein könnte, macht dir keine Angst?«

Lila schüttelte den Kopf. »Nein. Selbst wenn sie es wäre, was ich nicht glaube, so ist es nicht seins. Frauen schieben Schwangerschaften doch schon seit Beginn der Menschheit vor, um Männer zu halten, die sie verloren haben, denk ich mal. Zuerst hab ich's ihr geglaubt und war fix und fertig deswegen. Inzwischen hatte ich Zeit, über ihr Verhalten nachzudenken. Die Art, wie sie es gesagt hat. In psychischer Hinsicht ist sie nicht die Stabilste.«

Da musste ich ihr zustimmen. Wenn diese Frau angefangen hatte, mit Cruz zu schlafen, als er sechzehn war, dann war sie nicht ganz richtig im Kopf. »Fährst du denn bald zurück?«

Sie zuckte die Achseln. »Irgendwann muss ich ja wohl. Ich muss mein Studio fertig bekommen. Zu meinem Leben zurückkehren. So schwer mir das auch fallen wird. Angelogen hat mich Cruz nicht, denn ich habe ihn nie gefragt, was für sexuelle Erfahrungen er gemacht hat. Allerdings muss er gewusst haben, dass diese Geschichte mit Kelsey jeden Moment hochgehen könnte, und hat mir trotzdem nichts davon erzählt. Vielleicht kann man es ihm verzeihen, dass er mit ihr Sex hatte, als er jung und dumm war. Doch das Video, das ich zu sehen bekommen habe, ist noch nicht alt. Er hat sich also vor gar nicht langer Zeit immer noch mit ihr getroffen. Wie soll ich ihm vertrauen, wenn er sich nichts dabei denkt, Sex mit einer verheirateten Frau zu haben?«

Da hatte sie recht, und ich war mir nicht sicher, ob ich darauf eine Antwort parat hatte. Andererseits, irgendwelche Leichen im Keller hatte doch jeder. Eine dunkle Seite, die er vor der Welt verbarg. Ich fand, ihm zu verzeihen war durchaus eine Möglichkeit, wenn man vor der Wahl stand, ansonsten auf das »Mehr« verzichten zu müssen, nach dem wir uns alle sehnten. Konnte Liebe nicht reichen und beiden helfen, es hinter sich zu lassen?

»Liebst du Cruz?«, fragte ich Lila.

Sie nickte.

»Haben dieses … Video oder die Worte dieser Frau etwas von dieser Liebe getötet? Sie in irgendeiner Hinsicht geschwächt?«

Sie hielt inne, ließ dann die Schultern hängen und schüttelte den Kopf.

»Dann bist du es dir schuldig, dass du dir anhörst, was er dazu zu sagen hat, und dass du ihm vergibst. Sonst schneidest du dir doch nur ins eigene Fleisch.«

Lilas Augen füllten sich mit Tränen. »Aber vielleicht könnte ich ihn sowieso nicht halten. Ich hab … Ich hab doch gar keine Erfahrung. Solche Sachen, wie ich sie da gesehen und gehört habe, so was tue ich nicht. Ich bin … Ich bin langweilig.«

Am liebsten hätte ich gelacht. Die Frau vor mir war alles andere als langweilig. Doch ich beherrschte mich, denn ich kannte die Frauen gut genug, um zu wissen, dass sie den Blödsinn, den sie manchmal von sich gaben, wirklich glaubten. Sie in solchen Situationen auszulachen kam gar nicht gut.

»Du bist alles andere als langweilig. Du bist höflich, hast Anstand, bist freundlich und rücksichtsvoll. Du setzt deine Schönheit nicht als Waffe ein. Bist total faszinierend. Männer schauen dir hinterher. Sie sind hingerissen von dir, und du merkst das alles gar nicht, was dich nur umso reizvoller macht. Cruz Kerrington und ich haben wenig gemein. Eins aber doch, wir sind nämlich beide heterosexuelle Männer. Ich weiß, was er sieht, wenn er dich anschaut. Ich weiß auch, dass der Mann dir nichts wie hinterher ist, als du die Stadt verlassen hast. Er wollte dich nicht verlieren. Er liebt dich, Lila. Das habe ich an jenem Morgen in deiner Wohnung gemerkt. Fahr zurück. Hör dir seine Erklärungen an.«

Sie schenkte mir ein kleines Lächeln. »Das alles denkst du von mir?«

»Jedes Wort.«

»Warum hast es nicht du sein können? Warum musste sich mein Herz in ihn verlieben?«

Ich lachte. Dasselbe hatte ich mich zunächst auch gefragt, doch inzwischen hatte ich genügend Zeit gehabt, darüber nachzudenken, und wusste, ich musste mich noch mit ein paar Dingen auseinandersetzen. Musste mir Dinge eingestehen, und vor dem letzten Monat wäre ich nicht bereit gewesen, in meinem Leben ein neues Kapitel aufzuschlagen. Hätte es damit verschwendet, mich nach einer Frau zu sehnen, die nie dasselbe empfinden würde. Ich würde immer noch jedes Date, das ich hatte, komplett vergeigen, weil ich jede Frau mit Bliss verglich. Doch jetzt lagen die Dinge anders. Ich war anders geworden.

Das alles verdankte ich Lila.

43. KAPITEL

Lila Kate

Drei Stunden hatte es gedauert, ehe ich meine Eltern so weit hatte, wieder zu gehen. Kaum hatte ich ihnen geschrieben, ich sei wieder zu Hause, da rückten sie auch schon samt einem Fresskorb bei mir an. Cruz oder den Grund, warum ich weggefahren war, sprachen sie nicht an. Wir aßen. Ich erzählte ihnen, wo ich überall hingefahren war. Small Talk eben. Etwas gezwungen. Als Dad erwähnte, er würde etwas unternehmen wollen, warnte ich ihn sofort, dass ich es ihm nie verzeihen würde, wenn er Cruz irgendetwas sagen oder antun würde. Das schien er nicht so gern zu hören, doch nachdem meine Mutter auch noch ein Wörtchen mit ihm geredet hatte, versprach er, sich aus der Sache rauszuhalten.

Als gar nicht so leicht erwies es sich, die beiden wieder zum Gehen zu bewegen. Dabei brauchte ich Zeit für mich allein. Erst als Ophelia heimkam, zogen sie schließlich ab. Sobald die Tür hinter ihnen ins Schloss fiel, stieß ich einen Seufzer der Erleichterung aus.

»Die waren wohl schon ein Weilchen hier, was?« Ophelia goss sich ein Glas Wasser ein.

»Ja, aber sie haben sich Sorgen gemacht und mussten sich vergewissern, dass es mir gut geht. Ich bin jetzt erst mal froh, dass sie weg sind.«

Ophelia kam und setzte sich auf das Sofa mir gegenüber. »Hast du mit ihm gesprochen?«

Ich wusste, sie spielte auf Cruz an. Ich schüttelte den Kopf.

»Wirst du es?«

Auf meiner Heimfahrt gestern hatte ich über Elis Worte nachgedacht. »Ja. Irgendwann. Wir müssen reden.«

»Kelsey ist nicht schwanger«, sagte sie und beobachtete gespannt, wie ich darauf reagierte.

»Das habe ich ihr auch nie wirklich abgenommen. Aber woher weißt du es?«

»Mom hat gesagt, Woods hätte damit gedroht, Anklage wegen Kinderpornografie zu erheben. Sie hatte Sexvideos von ihm in ihrem Büro, als er … Nun, als er sechzehn war.«

Darauf konnte ich nicht antworten. Ich hasste diese Videos.

»Sorry. Ich hätte das nicht erwähnen sollen, aber ich dachte, du würdest es wissen wollen. Ich meine, ich war schockiert, dass du mit Cruz zusammen warst. Ihr beide, na ja, ihr passt nicht wirklich zusammen. Er ist Cruz. Sexvideos, jeden Abend eine andere Frau, Alkohol, immer Party machen – genau so kennt man ihn.«

Die Leute beurteilten Cruz nach Äußerlichkeiten und nicht danach, wer er war. Hatte irgendjemand sich mal die Mühe gemacht, sich etwas genauer mit ihm zu befassen? Jemand außer mir?

»Er ist smart, und er ist fürsorglich. Er hat ein großes Herz, und er will niemandem wehtun. Er liebt seine Familie. Will seinen Dad nicht enttäuschen. In Cruz steckt so viel mehr als das, was er getan hat.«

Ophelia musterte mich eindringlich. »Du liebst ihn wirklich, oder?« Es war keine Frage.

»Dass ich ihn liebe, steht nicht zur Debatte. Was mich besorgt, ist, ob das reicht.«

Ophelia stand auf, kam zu mir herüber und legte den Arm um mich. »Na, eigentlich geht's doch darum, das zu erreichen, was man als Idealzustand betrachtet, egal wie verkorkst derjenige ist, sich durch nichts beirren zu lassen und Risiken einzugehen. Wenn du das alles getan hast, dann hast du keinen Grund aufzugeben. Nicht jetzt.«

»Was, wenn es nicht ums Aufgeben geht, sondern darum, die Realität zu akzeptieren?«

Sie lächelte. »Noch weißt du doch gar nicht, wie die Realität eigentlich aussieht.«

Das klang alles so einfach. Doch ich wusste, nichts davon war es. Cruz zu lieben war, als würde man mit dem Feuer spielen. Über kurz oder lang würde ich mir die Finger daran verbrennen. Als ich an diesem Abend schlafen ging, fragte ich mich, ob es das wert war.

Eine Woche darauf war mir bewusst, dass meine ganzen Grübeleien, ob ich ihm nun verzeihen sollte oder nicht, für die Tonne waren. Denn Cruz war weder hier aufgetaucht, um mit mir zu reden, noch hatte er angerufen, um zu hören, wie es mir ging. Nach den vielen Voicemails und Nachrichten, die er mir am Tag meiner Flucht geschickt hatte und in denen er mich anflehte, ihm zu verzeihen, herrschte nun absolute Funkstille. Dabei war dieser Ort hier nicht groß. Er wusste, dass ich wieder da war, und doch machte er keinen Versuch, mir alles zu erklären. Keinen einzigen.

Ich verbrachte die Tage im Studio, bestellte mir Essen

über den Lieferservice, weinte unter der Dusche, bis ich zu müde war, um weiterzuweinen, und ging ins Bett. Inzwischen war das Routine. Meine Mom hatte angerufen und gefragt, ob wir zusammen essen gingen, doch ich hatte behauptet, ich wäre zu beschäftigt. Nun rechnete ich täglich damit, dass sie hier aufkreuzte und mir etwas zu essen brachte.

Ophelia brach mit ihrer Familie für ein paar Wochen nach Sea Breeze auf, wo sie Nate und Bliss besuchen wollten. In der Wohnung war es still. Ich hatte nichts außer meinen Gedanken, und die drehten sich immerzu um Cruz. So allmählich freute ich mich auf den Tag, an dem ich ohne zu weinen duschen konnte. Ich wollte wieder glücklich sein.

Mit dem Streichen war ich fertig. Spiegel wurden aufgehängt, Ballettstangen entlang der Wände angebracht. Als Nächstes war der Boden dran. Über jeden Handwerker, der kam und mich mit seinem Lärm von meinen Gedanken an Cruz ablenkte, war ich froh.

Als die zweite Woche nach meiner Rückkehr dem Ende zuging, weinte ich tatsächlich nicht mehr unter der Dusche. Vor dem Zubettgehen schaute ich mir einen Film an und aß eine vollständige Mahlzeit, anstatt nur etwas zu knabbern. Als ich an diesem Abend zur Decke starrte, begriff ich, dass sich alles fügen würde. Gut, Cruz würde nicht herkommen. Doch ich brauchte einen Abschluss. Durch seine Aktionen, oder besser: Nichtaktionen wusste ich alles, was ich über uns beide wissen musste. Für ihn war das Ganze abgeschlossen. Doch ich musste erst noch einmal mit ihm reden.

Ich würde morgen früh aufstehen und mich auf die Suche nach ihm machen. Dann würde ich uns das Ende geben, das ich brauchte, und dann würde ich Cruz Kerrington endlich hinter mir lassen. Ich würde ein neues Kapitel in meinem Leben aufschlagen und diesmal wirklich nicht mehr zurücksehen.

44. KAPITEL

Cruz Kerrington

Glücklicher. Lila Kate war glücklicher. Ich hatte sie beobachtet. Obwohl mir Nate versichert hatte, dort sei sie nicht, war ich nach Sea Breeze gefahren – und hatte sie entdeckt. Lila Kate war dort. Sie war glücklicher. Eli saß ihr gegenüber, und sie lächelte. Er hatte gelacht. Keine Schuldgefühle, dunkle Seiten oder Qualen umgaben sie. Lila Kate gehörte ihm. Es hatte wehgetan, das zu akzeptieren. Doch ich wollte sie glücklich sehen. Ich hatte ihr auf eine Weise Leid zugefügt, wie er es nie tun würde. Ich brauchte sie. Doch sie brauchte ihn. Ich liebte sie mehr, als irgendein anderer Mann es je täte.

Doch was spielte das für eine Rolle? Sie hatte gelächelt. Ja, gelacht! Es war alles so eindeutig gewesen. Sie brauchte Eli. Nicht mich. Der abgefuckte Cruz Kerrington verdiente Lila Kate Carter nicht. Sie brauchte jemandem, der ihr nicht das Herz brach. Auf die Art konnte sie glücklich sein. Nichts war mir je so schwergefallen, wie sie dort zurückzulassen. Doch sie war wieder nach Rosemary Beach zurückgekommen.

Zwei Wochen lang hatte ich sie beobachtet. Sie ging nicht weg. Arbeitete den ganzen Tag, bestellte Essen, ging früh schlafen. Mehr als ein Dutzend Male wäre ich beinahe aus diesem verdammten Pick-up gestiegen, einem unserer

Geschäftswagen, der zur Instandhaltung des Golfplatzes benutzt wurde, wäre hinübergegangen und hätte an die Tür geklopft. Aber wie konnte ich das? Sie hatte nicht angerufen. War nicht zu mir gekommen. Nicht mal eine Nachricht hatte sie geschrieben.

Eine Vergangenheit wie meine konnte sie dann doch nicht akzeptieren. Aber hätte man etwas anderes erwarten können? Lila Kate hatte sich noch nie etwas zuschulden kommen lassen. Hatte nie etwas verbockt. Den einzigen verfickten Fehler, den sie sich je geleistet hatte, war ich. Ich trank einen Schluck Kaffee, der allmählich zu meinem Standardgetränk wurde, da ich nachts nicht schlafen konnte und entsprechend viel Koffein am Tag brauchte.

Im Club wollte mich mein Dad nicht mehr sehen. Nachdem man sich nun mit dem »Problem« Kelsey beschäftigt hatte und sie weg war, fand er, ich sei in der Rasenpflege-Crew für den Golfplatz am besten untergebracht. Ich bräuchte ja wohl noch meine Zeit, um erwachsen zu werden.

Und so kroch ich an sieben Tagen in der Woche um vier Uhr früh aus den Federn, mähte Gras, entfernte Unkraut und sammelte Abfall ein. Dad meinte, wenn ich mich nicht auf die harte Weise hocharbeiten wolle, könnte ich mich gern anderswo nach einem Job umsehen. Der Club bedeute ihm zu viel, als dass er ihn mir nun, da mein unmoralisches Verhalten ans Tageslicht gekommen sei, noch anvertrauen wolle.

Vor Überraschung fiel mir das Kuchenstück, das ich mir im Coffeeshop gekauft hatte, aus der Hand, als ich Lila Kate zum ersten Mal seit zwei Wochen aus dem Haus treten sah. Sie ging zu ihrem Wagen, und ich stellte meine Tasse ab.

Sie wollte irgendwohin fahren. Zurück zu diesem Eli etwa? Wollte sie wieder nach Sea Breeze? Obwohl ich wusste, dass sie das, was Eli ihr geben konnte, verdiente, geriet ich in Panik.

Sobald sie auf die Straße bog, fuhr ich ihr nach. Mir war klar, dass das krank war, aber ich war zu dem Schluss gekommen, dass ich tatsächlich nicht ganz bei Trost war, wie es mir mein Vater vorgeworfen hatte. Ich brauchte eine Therapie oder so was. Vielleicht war dieser Rasenpflegekram vor Sonnenaufgang in der Hinsicht ja gar nicht so schlecht.

Bald schon merkte ich, dass sie nicht etwa nach Sea Breeze fuhr, sondern meine Adresse ansteuerte. Kurz bevor sie in die Einfahrt hätte einbiegen müssen, fuhr sie an den Straßenrand, und ich bremste ab. Ihre Wagentür schwang auf, sie stieg aus und sah mich an, als sei sie sauer.

Ich blieb hinter ihr stehen, schaltete den Motor ab und stieg ebenfalls aus.

»Fährst du mir etwa hinterher?« Sie stemmte die Hände in die Hüften. »Und hältst du eine Sonnenbrille und eine Baseballkappe tatsächlich für eine ausreichende Tarnung?«

Das hatte ich wirklich. Zudem ich ja auch noch diesen verstaubten alten Pick-up fuhr. Sie war eine aufmerksame Autofahrerin, das musste man ihr lassen. »Ja.«

»Warum?«, wollte sie wissen.

»Ich habe mir Sorgen um dich gemacht.« Und versucht, den Mut aufzubringen, mit dir zu sprechen. Doch das sagte ich nicht.

Lila Kate marschierte auf mich zu und schubste mich mit ihren zarten kleinen Händen nach hinten. »Seit zwei Wochen bin ich bereits wieder da. Da hast du nicht mehr zu sagen?«, zischte sie und schubste mich erneut. »Du hast dir Sorgen um mich gemacht? Warum, CRUZ? Warum hast du dir Sorgen um mich gemacht? Weil deine verrückte Freundin mir Fickvideos von euch beiden gezeigt und mir gesagt hat, sie wäre schwanger von dir?« Lila Kate wurde lauter, und ihre Augen füllten sich mit Tränen. Ich streckte die Hände aus, um sie festzuhalten, um sie davon abzubringen, mich auf die Straße zu stoßen, und um sie zu beruhigen.

»NEIN! Fass mich nicht an. Wehe, du berührst mich! Ich habe dich geliebt! Und du wartest zwei Wochen lang und lauerst mir dann vor meiner Wohnung auf?«

Sie wusste, dass ich mit dem Wagen vor ihrem Haus gestanden hatte? Respekt!

Inzwischen strömten ihr die Tränen nur so übers Gesicht. Schluchzend schlug sie mit den Fäusten auf mich ein. Mit der einen auf den Arm, mit der anderen auf den Brustkorb. Danach wirbelte sie herum und machte sich auf den Weg zurück zu ihrem Wagen.

»Du hast gesagt ›geliebt‹!«, rief ich ihr hinterher. »Das ist die Vergangenheitsform, Lila Kate. Ist es vorbei? Liebst du so schnell schon einen anderen?« Angst schnürte mir die Kehle zu. Während meiner Beobachtungen hatte ich mich an die hauchdünne Hoffnung geklammert, sie würde mir verzeihen. Würde mich immer noch lieben. Mich nicht so mir nichts, dir nichts durch Eli Hardy ersetzen. Denn wie sollte ich um sie kämpfen, wenn sie mich nach dem, was sie nun wusste, nicht mehr liebte?

Sie blieb stehen. Mit dem Rücken zu mir. Ich wartete ab, auch wenn ich eigentlich zu ihr rennen, sie in den Arm nehmen und bitten wollte, mich zu lieben.

»Was willst du von mir?« Sie drehte sich wieder zu mir um. Ihr tränenüberströmtes Gesicht war rot und fleckig.

»Alles«, erwiderte ich aufrichtig.

»Wo warst du die ganze Zeit?«

»Vor deinem Haus. In diesem verdammten Pick-up«, gestand ich.

»Warum?«

»Weil ich einen Riesenschiss hatte, dass ich keine Chance bekommen würde, alles wieder in Ordnung zu bringen. Dass ich alles verloren hätte. Dass ich dich verloren hätte!«

»Und deshalb bist du nicht gekommen und hast mich gefragt? Du hast lieber den Eindruck vermittelt, es sei aus und vorbei, ja?«

Ich schüttelte den Kopf. »Ich hab dich angerufen und dir Nachrichten geschrieben, aber du hast nie reagiert. Ich habe gewartet. Dir Zeit gegeben. Und … ich habe dich mit ihm gesehen. Habe dich lächeln gesehen. Lachen. Du warst glücklich, Lila. Ich möchte, dass du glücklich bist. Aber verlassen habe ich dich nicht. Die ganze Zeit befand ich mich vor deiner Haustür. Außer wenn ich auf dem Golfplatz um vier Uhr früh Rasen mähen und Unkraut jäten musste.«

»Mit wem hast du mich wann lächeln sehen?«, fragte sie mit verwirrter Miene.

»Eli.«

»Eli? In Sea Breeze?«

»Ich habe mich auf die Suche nach dir gemacht und dich entdeckt. Zusammen mit ihm. Er hat dich zum Lächeln gebracht. Er ist ein guter Kerl, und er hat dir nicht wie ich wehgetan.«

Zunächst schwieg sie. Stand nur da, starrte mich an und ließ mein Geständnis sacken. Was ich gesehen hatte, konnte sie schlecht leugnen. Nämlich, dass Eli es geschafft hatte, sie ihren Kummer vergessen zu lassen. Er hatte ihr einen Grund gegeben zu lächeln. Er würde sie nie so verletzen, wie ich es getan hatte. Doch wir wussten beide, dass er sie nie so lieben könnte wie ich. Das konnte niemand.

»Wann warst du das letzte Mal mit Kelsey zusammen?«

»Vor drei Monaten. Ich war hackedicht. Sie rief mich an. Ich bin zu ihr gefahren. Aus reiner Gewohnheit. Eine, die ich für den Rest meines Lebens bereuen werde.«

»Am Anfang, hast du sie da geliebt?«

»Ich war ein Teenager, Lila. Da habe ich jede Frau geliebt, die mir erlaubt hat, meinen Schwanz bei ihr reinzustecken. Nach einer Weile erzählte sie mir, wie schlecht sie von ihrem Mann behandelt werde und dass er keinen Sex mit ihr haben wolle. Sie tat mir leid. Ab einem gewissen Punkt hielt ich uns für Freunde, doch von ihrer Seite handelte es sich grundsätzlich um Manipulation. Geliebt habe ich sie nie. Verliebt habe ich mich nur einmal. Bin es noch. Selbst wenn es mir nicht klar war, warst du dieses Mädchen. Immer du. Das Mädchen, dessen ich mich nie würdig fühlte. Das Mädchen, das ich aus der Ferne beobachtete und von dem ich nachts träumte. Nur du.«

Schniefend wischte sie sich eine Träne weg. »Wir sind so verschieden. Du wirst dich auf Dauer langweilen. Ich … Ich bin weder erfahren noch abenteuerlustig. Ich könnte es sein, aber ich weiß nicht mal, wie es geht!«

Mit jedem Wort wurde mir leichter ums Herz, und ich nahm den ersten tiefen Atemzug, seitdem ich herausgefunden hatte, dass Lila Kate verschwunden war und warum.

»Ist das dein Ernst?« Ich machte einen vorsichtigen Schritt auf sie zu.

Sie nickte.

»Hast du denn gar keine Ahnung, wie perfekt du bist?«

Diesmal schüttelte sie leicht den Kopf.

»In meinem Leben hat es keinen Augenblick gegeben, in dem ich an meine Zukunft gedacht habe, ohne dich darin zu sehen. Dein Gesicht hatte ich immer vor mir. Hörte deine Stimme in meinem Kopf, wenn ich das Falsche tat. Diese Augen verfolgten mich, selbst wenn ich im Alkoholrausch weggetreten war. Du hast mich jeden Augenblick meines Lebens begleitet. Selbst wenn ich dich dort gar nicht wollte, hielt mein Herz an dir fest. Seit ich ein Kind war. Ich mag dagegen angekämpft haben, doch die Verbindung war geschaffen. Sie wird immer bestehen.« Ich machte einen weiteren Schritt auf sie zu. »Du kannst mich hassen. Du kannst mir nie verzeihen. Du kannst mich auffordern zu verschwinden und nie zurückzukommen. Trotzdem werde ich dich immer lieben. Daran wird sich nichts ändern.«

Wieder schniefte sie. »Heißt das, du wirst immer wie ein Stalker vor meinem Haus sitzen und mich beobachten?«

Ich grinste. »Höchstwahrscheinlich schon.«

Lila Kate schloss den Abstand zwischen uns und legte die Hände auf meine Brust, diesmal sanft. »Dann bleibt mir ja gar keine andere Wahl, oder?«

»Willst du ein Kontaktverbot erwirken?«, scherzte ich.

Sie lächelte. Ein großes, schönes Lächeln, das, solange ich mich erinnern konnte, meine Knie weich werden ließ. »Das ist eine Option«, erwiderte sie. »Aber ich denke, ich wähle Option Nummer zwei.«

»Und die wäre?«

Sie stellte sich auf die Zehenspitzen und drückte mir einen Kuss aufs Kinn. »Dich den Rest meines Lebens zu lieben.«

Ich umfasste ihr Gesicht und betrachtete die Frau, die immer das sein würde, was mich vervollständigte. Sie war mein Zentrum. Die Liebe zu ihr hatte mich zerstört. Mein altes Ich war verschwunden. Den dummen, egoistischen Mann, der ich gewesen war, gab es nicht mehr. Ich wollte gut genug sein für sie. Und das würde ich. Ich würde die Art von Mann sein, wie es mein Vater war. Mein Leben hatte einen Sinn.

Und das alles verdankte ich Lila.